바람과 구름과 비

바람과 구름과 비 1

초판 1쇄   2020년 5월 15일
초판 2쇄   2020년 5월 20일

지은이   이병주
펴낸이   이정원

펴낸곳   그림같은세상
등록일자   1995년 5월 17일
등록번호   10-1162
주소   경기도 파주시 교하읍 문발리 파주출판단지 513-9
전화   031-955-7374 (마케팅)
              031-955-7384 (편집)
팩스   031-955-7393

ISBN   978-89-960020-3-1 (04810)   978-89-960020-0-0 (세트)
CIP   2020017394

이 도서의 국립중앙도서관 출판예정도서목록(CIP)은 서지정보유통지원시스템 홈페이지
(http://seoji.nl.go.kr)와 국가자료공동목록시스템(http://www.nl.go.kr/kolisnet)에서 이용하
실 수 있습니다.

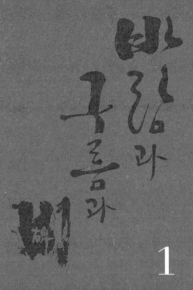

바람과
구름과
비

1

이 병 주 대 하 소 설

그림같은삶상

【 일러두기 】

1. 대하소설 《바람과 구름과 비碑》는 1978년부터 1980년까지 조선일보에 연재된 소설로, 1992년 '기린
    원'에서 총 10권으로 편찬되었고 그 11년 뒤인 2003년에 도서출판 들녘에서 다시 간행되었습니다.

2. 이 소설이 세상에 나올 당시는 초등학교 고학년 이후 직간접적으로 한자 교육이 시행되어 독자들이
    한자어에 크게 낯설지 않을 때였습니다. 그러나 시간이 흘러 한자 병용이 배제되고 순 한글로만 교
    육이 이루어짐에 따라 한자어에 대한 이해가 얕아지게 되었습니다. 이런 사정을 반영하여, 이 소설
    에 나오는 한자어(그리고 일부 순우리말)에 대해 본문 하단에 풀이를 달아두었습니다. 이는 순전히 '그
    림같은세상' 편집부가 한 작업으로, 그 오류에 대한 책임은 전적으로 '그림같은세상'에 있음을 밝혀
    둡니다. 독자 여러분의 질정이 있을 때는 충실히 논의하여 이후 거듭되는 쇄에 반영토록 하겠습니다.

3. 기존의 판과 2020년판이 다른 점 중에서도 가장 큰 것은 1권 서두에 실렸던 '서곡'이 1권 말미로 옮
    겨진 것입니다. 이 꼭지는 작가가 이 대하소설을 집필하게 된 배경과 의도를 밝힌 것으로, 특히 2부
    에 해당되는 7권 이후의 내용이 어떻게 전개될 것인지를 암시하고 있습니다. 《바람과 구름과 비碑》
    를 읽음에 있어 필독의 부분이긴 하지만, 처음 이 소설을 접하는 독자에게는 그 유장함과 통한의 마
    음이 다소 난해함의 벽을 드리울 수도 있다는 우려가 있었습니다. 그래서 일단 이야기의 흐름을 탄
    연후에 보셔도 된다고 판단하였던 것인데, 먼저 읽으시든 1권 뒤에 읽으시든, 꼭 읽어보시길 권해드
    립니다.

차 례

간계의 춘풍

奸計 　春風

계해癸亥, 철종哲宗 14년. 서력으론 1863년으로 치는 해다.

그해에도 봄은 있었다.

그러나 을씨년스런 봄이었다. 기골이 있는 시인이면 '춘색春色은 장동의 김문金門이 독점하고, 백성에겐 춘궁春窮만이 있다'고 탄식할밖에 없는 그러한 봄이었다.

진주민란을 비롯해서 북쪽으론 함경도, 남쪽으론 제주도에 이르기까지 전국을 휩쓴 민란이 금년 들어 다소 수그러들긴 했으나, 화근은 그냥 남아 있어, 언제 어디서 무슨 변이 날지 모르는 불안이 산야에 감돌고 있었다. 2월에 있었던 금위영 군졸들의 반란은 무엇보다도 위험한 징조라고 할 수가 있었다. 바야흐로 태평양 건너의 미국에선 남북전쟁이 한창이었고, 바로 이웃인 청나라에선 태평천국의 난이 치열했지만, 그 포성이 들려올 까닭도 없었으니, 동양의 은사국隱士國은 숱한 병을 안고서도, 권문호족權門豪族은 춘흥春興에 취하고, 서민들은 춘궁에 곯아 모두들 졸고만 있었다.

그러한 5월의 어느 날, 용문산龍門山 중턱에 풀을 깔고 앉아 아지랑이 피어오르는 들, 북쪽으로 미원촌迷源村을 내려다보면서, 최천중崔天中은 졸고 있는 것도 아니고, 춘색을 즐기고 있는 것도 아니었다.

갓과 도포를 벗어 소나무 가지에 걸어놓았는데, 명주로 된 도포 자락이 가끔 바람을 받아 한들거렸다. 연두 빛깔의 마고자에 마노의 단추가 달려 있는 것을 보면 부유한 집안의 선비라고 하겠는데, 옷가지와 미투리, 그 밖의 일용품을 싼 듯한 꽤 큰 부피의 보따리가 옆에 놓였음에도 종자를 데리고 있지 않은 것이 약간 의아스러웠다.

간혹 일어서선 이곳저곳 걸어보기도 했다.

키가 훤칠하고 모양이 반듯했다. 툭 튀어나온 이마에선 재기가 느껴졌고, 부리부리한 눈망울로 보아 만만찮은 기우氣宇*의 소지자라고 판단할 수도 있었다. 나이는 서른 안팎, 건강이 넘치는 체구이기도 했다. 그런데 자세히 보면 어딘지 모르게 귀골貴骨답지 않은, 그렇다고 해서 천골賤骨이라고까진 할 수 없는 그늘진 곳이 있었다. 잘생겼다고 할 수 있는 코를 투박해 뵈는 관골이 약간 화기和氣를 꺾고 있는 것이다.

최천중은 점술사이며 관상사였다. 산수도인山水道人이란 이름의 도사를 십 년 동안 사사한 후 세상에 나온 지가 2년밖엔 안 되었지만, 그를 겪은 사람들은 모두 그의 영특한 신통력에 감탄했다. 자

---

* 기개와 도량.

연, 재물도 풍성하게 생겼다. 그러니 종자를 데릴 만도 했지만 하나
의 목적을 이룰 때까지 보류하고 있는 터였다.

그는 미리 택해놓은 미원촌 어느 집에서 그날 밤 거창한 운명
을 만들 참이었다. 그 목적으로 한양을 떠나 여주 신륵사神勒寺에
서 하룻밤을 묵고 오후 그곳에 와 앉아 해가 지길 기다리며 세심
한 계교를 꾸미고 있는 중이었다. 어디선지 종달새 소리가 들리는
듯했다. '공산불견인空山不見人 단문인어향但聞人語響'**이란 왕유
王維의 시구가 최천중의 뇌리에 '공산불견인 단문운작향但聞雲雀
響'***으로 바뀌는 순간도 있었다.

남의 점을 치기 전에 자기의 점을 쳐서 운명의 방향을 잡아야 한
다는 것이 최천중의 신념이었다. 이 신념은 양면의 의미를 가지고
있었다. 하나는 자기가 믿을 수 있는 점술이라야만 남을 이롭게 할
수 있다는 것이고, 다른 하나는 자기 자신의 운명을 자기가 지배해
야 된다는 것이었다. 최천중은 자기의 성격이 간사하다는 것을 알
고 있었다. 그런데 그 간사한 성격을 죽여 별도의 인간이 되려고 애
쓰는 것보다, 그 간사한 성격을 크게 활용하는 것이 자기의 팔자에
어긋나지 않을 뿐 아니라 뜻밖의 영화를 누릴 수 있다는 방침을
세웠다.

최천중은 또한, 뭔가를 획책하고 그것을 위해서 부지런히 서둘지
않곤 배겨내지 못하는 성질을 가지고 있었다. 그러니 뭔가를 위해

** '텅 빈 산에 사람 모습 보이지 않고, 그저 말소리만 들려오네.'
*** '텅 빈 산에 사람 모습 보이지 않고, 종다리 울음소리만 들려오네.'

서 노력해야만 했다. 동시에 그는 자존심이 강했다.

이러한 성격이 복합되어, 터무니없는 야심을 최천중에게 안겨주었다. 말하자면, 그는 자기에게 충신으로서의 소질과 공신功臣으로서의 능력이 있다고 자부하고 왕을 받들 뜻을 품은 것이다.

그런데 점술가로서의 최천중은 이 나라의 망조를 보았다.

즉, 점술을 통해서 망조를 보았다기보다는, 사태를 예견하고자하는 점술가로서의 의지와 정열이 망조를 보게 했다고 하는 것이 정확할지 몰랐다.

최천중은, 불원한 장래에 망하게 되어 있는 이 나라를 물려받아 군림할, 왕재王材가 될 만한 자식을 가져야겠다는 생각을 2년 전부터 가꾸기 시작했다. 거센 자기 자신에 대한 체관諦觀*이 있었다. 자기는 왕의 아버지가 될 수는 있어도, 왕이 될 그릇도 신수도 아니란 체관이었다.

왕재가 되려면 우선 완벽한 사주를 타고나야 한다. 최천중은 완벽하다고 생각하는 사주 삼종三種을 구상했다. 30년쯤 후에 등극할 예정의 연령을 가정한 결과였다.

최천중은 금강산으로 들어가 폭포에서 목욕재계한 후, 비로봉에 올라 천지신명에게 절하고, 준비한 삼종 가운데 하나의 사주를 택하기 위해 괘를 뽑았다.

신명의 계시가 있었다.

'갑자년 무진월 경인일 을축시甲子年 戊辰月 庚寅日 乙丑時.'

---

* 충분한 살핌.

철종 15년, 또는 청동치淸同治 3년 2월 20일 첫새벽.

최천중은 2년 전에 이렇게 미리 사주를 맞추어놓고, 자기의 씨를 받을 밭을 찾아 헤맸다. 자기의 마누라는 아무래도 왕재를 낳을 만한 밭이 못 된다고 판단한 이 사나이는, 적당한 여자만 물색되면 처녀이건 권문의 귀부인이건 수단 방법을 가리지 않고 자기의 밭으로 할 각오를 세웠다.

말하자면 일생일대의 도박을 할 참이었던 것이다.

아무리 생각해도 터무니없어 뵈는 일이지만, 사람의 집념이란 이렇게 가꾸어진다. 집념이란, 그것을 가져보지 못한 사람, 갖지 않은 사람에겐 원래 터무니가 없어 뵈는 그런 것이기도 하다.

'집념은 사람을 귀신으로 만든다'는 말도 있다. 최천중의 집념은 드디어 밭을 발견하기에 이르렀다. 그 밭이 미원촌에 있는 것이다.

지난해, 그러니까 임술壬戌의 가을, 추수가 끝난 무렵의 어느 날이었다.

당시 최천중은 여주의 신륵사에 장기간 머물고 있었다.

소풍을 겸해 불공을 드리러 온 일단의 부인들이 있었다. 언제나 목적의식을 잊지 않는 최천중이 예의에 어긋나지 않을 정도의 거리를 두고 여인 하나하나의 관상을 음미하고 있었는데, 돌연 여인 하나가 선명하게 시야에 들어섰다.

맑은 가을의 대기가 그 여인의 언저리에선 유난히 향기로 응집되는 느낌이었다. 주변의 사람들을 원경으로 밀어버린 기분으로 여인의 청초함이 그윽했다.

최천중은 숨을 죽였다.

여인은 이마가 반반했고, 콧날이 준수했다. 얼굴의 빛은 곱게 다듬어놓은 상아빛을 닮았고, 크지도 작지도 않은 눈엔 형언할 수 없는 기품이 서려 있었다.

'한 치를 더하면 지나치게 크고, 한 치를 감하면 지나치게 짧다(가일촌태장加一寸太長, 감일촌태단減一寸太短)'는 초나라 송옥宋玉의 수사修辭를 최천중이 상기했을 만큼, 알맞은 키의 날씬한 몸매가 오색 물을 들인 무명옷을 입은 모습으로, 가히 절색이라고 할 만도 했다. 그런데 그 아름다움이 지나쳐 부화浮華*하지 않은 얼굴과 몸매는 능히 왕비의 귀상이라고 할 수 있었다. 만일 현재의 지체가 그 귀상에 어울리지 않는 처지에 있다면 기필 왕재를 낳을 밭이란 확신을 최천중은 가졌다. 하나, 그 얼굴에 서려 있는 우수가 흠이라면 흠이 될 수 있었다.

자세히 관찰해본 결과, 그 우수는 일시적인 기분이 엮은 것이 아니고, 어떤 불행이 뿜어내는 뿌리 깊은 것이라고 최천중은 판단했다.

몸 움직임으로 보아 아직 잉태를 모르는 여체임을 알 수 있었다.

옥색 옷을 입었으나, 과부는 아닌 것 같았다. 비단옷이 아니니 부잣집 부인은 아닐 테지만, 단정한 옷매무새를 보아 체통 있는 집안의 부인임엔 틀림이 없었다. 최천중의 끈질긴 관찰은, 그 여인의 우수가, 양기가 부실한 사나이를 남편으로 하고 있는 여자의 특유한 우수라는 것을 알아차렸다.

---

* 실속은 없이 겉만 화려함.

여인은 특히 칠성당에서의 치성에 정신을 집중하고 있었다. 칠성당에서의 치성이면 아이를 낳게 해달라는 치성인 것이다. 그렇다면 그 여인의 남편이 고자(성불구자)일 까닭은 없다. 궁금증에 겨워, 최천중은 자기를 좋아하는 상좌를 불러냈다.

"저 부인은 뉘기 댁 부인인가?"

"모르겠는뎁쇼."

"어디서 오신 분인지도 모르겠나?"

"모르겠는뎁쇼."

최천중은 지체할 수 없는 기분이 되었다. 초소로 돌아가, 행장을 챙겨선 절 문 밖으로 나가, 언덕 위 나뭇가지 사이에 몸을 숨겼다. 길목을 지키고 있다가 뒤를 밟아볼 작정을 한 것이다.

최천중은, 신명이 점지한 것이란 믿음을 의심하지 않았다. 걷잡을 수 없는 감동이 솟구쳐 올랐다. 동시에 두려움도 있었다. 그 외포畏怖 섞인 기쁨을 진정시키느라고 눈앞에서 흐르는 한강을 바라봤다.

맑은 하늘과 구름을 안고 한강은 유연히 흐르고 있었다. 유연한 흐름 속의 황망한 인생! 그러나 인생은 살아볼 만한 것이 아닌가. 거창한 꿈을 꾸어볼 만한 것이 아닌가. 최천중의 가슴에 용기가 솟구쳐 올랐다.

해가 서쪽으로 기울어 들자, 그 일단의 부인들은 귀로에 올랐다.

최천중은 그들의 모습을, 보일락 말락 한 거리를 두고 천천히 뒤따랐다. 해가 지면 바싹 뒤따를 작정이었다.

길은 강둑을 따르기도 하고, 들 가운델 누비기도 했다. 산비탈을 기어오르고 내리기도 했다. 최천중은 꿈속을 거닐고 있는 기분이었다.

언제나 가을 길을 걷고 있으면 두보의 '만리비추상작객萬里悲秋常作客'*이란 시구가 떠올라 슬프게 가슴을 물들이곤 했는데, 이날의 가을 길은 금수錦繡의 비단 위를 걷는 왕상王相의 감회가 되었으니, 엉뚱한 시구가 심상 위에 떠오를 만도 했다.

강회비이토江淮非異土
표박여하우飄泊汝何憂
(강회는 이국이 아닐진대, 이곳저곳 표박하며 너는 무엇을 근심하는가.)

그렇게 얼마를 걸었는지 모른다. 조금도 피로를 느끼지 않았으니 말이다.

부인들은 자욱한 저녁놀이 감싸듯하고 있는 산기슭 마을로 들어갔다. 그곳이 용문산 북쪽에 있는 미원촌이었고, 그 여인의 집은 마을 들머리의 다섯 번째에 있는 초가집이었다.

어둑어둑한 놀 속에서 보아도 기와집이 많은 마을에서, 하필이면 그 우아한 여인이 초라한 초가집으로 들어가야 하는지 안타까웠지만 어쩔 수 없는 일이었다.

그 집의 대문을 눈여겨보아놓고 최천중은 주막을 찾았다. 큼직한 대감 집 문을 두드려 신세를 지지 못할 바도 아니었지만, 주막집

---

* '타향 만리 나그네 언제나 가을이 서러워.'

에서 묵는 것이 여러 가지로 앞길을 위해 편리할 것 같아서였다.

주막집은, 그 골목에서 빠져나와 들길을 조금 걸어야 하는 곳에 있는 외딴집이었다.

마흔 안팎으로 보이는 주모가 최천중의 행색을 살피듯 하더니,

"선비 어른께서 주무실 곳은 아닌데유."

하고 난색을 띠었다.

"선비가 주막에서 못 자란 법이 있나요?"

최천중은 웃으며 덧붙였다.

"그리고 나는 선비가 아뇨. 점을 쳐 먹고사는 뜨내기요."

그러자 봉놋방 문이 탁 열리더니 텁텁한 노인의 소리가 있었다.

"하여간 황혼 축객逐客은 비인사非人事** 아닌가비여. 이리로 들어오세유."

봉놋방 안엔 호롱불 아래 세 사람이 등지고 앉아 있었다. 최천중은 보따리를 구석에 밀쳐놓고 한 자리를 차지하고 앉았다.

수인사를 하고 곧 밥을 청했다. 그리고 거기 있는 손님들에겐 별도로 술상을 차려 오라고 시켜 한턱을 냈다.

"초면의 선비로부터 이런 대접을 받아서야…."

모두들 송구스러워하자, 최천중은

"거저 한턱내는 건 아닙니다. 나는 점술가이고 관상사니까요. 내 일이라도 동네 사람들에게 권해서 관상을 보러 오도록 하면 난 본전을 찾는 겁니다."

** 해 저물녘에 나그네를 내쫓는 것은 사람의 도리가 아니다.

하고 활달하게 웃었다.

그렇게 사이를 터놓고 나니 허물없는 말이 오가게 되어, 최천중은 그 동네의 사정을 대강 알게 되었다.

육십 호 남짓한 미원촌은 조씨趙氏가 벌족을 이루어 살고 있고, 그 밖의 양반이라곤 왕씨王氏가 여덟 호 있을 뿐이며, 나머지는 조씨가와 왕씨가의 노복 또는 소작인들이라고 했다.

"왕씨는 꽤 잘살았어유. 요즘은 형편이 없어두유."

주막집 바깥주인이 한 말이었다.

최천중은 그 여인이 조씨 가문의 사람인지 궁금했지만, 섣불리 그런 것을 물어볼 순 없었다. 천기는 자연스럽게 트여야 하는 것이다.

"손님은 어디서 오셨습니까?"

그 가운데선 젊어 보이는 한 사람이 말했다. 젊어 보인댔자 마흔은 넘은 성싶었다.

"한성에서 왔소."

한성이라고 하자 갑자기 흥미가 동한 모양으로 주막집 바깥주인이 물었다.

"나라님이 병환에 계시다는데 위독하지나 않습니까요?"

"잔병이 잦으시단 얘기지, 위독하지는 않은가 봅니다. 아직도 춘추가 서른셋인걸요."

"하지만 매일 여색과 술 속에 파묻혀 있다는데, 쇤들 배겨내겠수?"

아까의 젊은 사람이 한 말이었다.

말투가 비교적 매끄러웠기에 최천중이 물었다.

"당신은 뭣을 하는 사람이오?"

"나는 유기장사 하는 사람이우. 나도 한성에서 왔시유."

"나라님 마음대로 되는 게 한 가지도 없다는데 참말인가유?"

"뻔하지 않소."

유기장수가 대신 대답을 했다.

"김씨 세도에 나라님도 꿈쩍 못 한다오. 벼슬이 났다 하면 김씬데요 뭐. 호조판서 김병익 대감의 동생 김병교 대감이 엊그제 한성판윤이 되었다지요? 김씨들이 벼슬 두루마기를 할 작정인가 보죠?"

"진사 어른 말씀이 무서워요. 벼슬자리는 남았는데 김씨가 모자라면, 김씨 집 개와 소가 나설 판이라구요."

주막집 주인은 이렇게 말해놓고 입을 헤벌쭉 벌리고 웃었다.

"진사 어른이라니, 누구죠?"

최천중이 물었다.

"우리 동네의 조 진사 어른 말예요. 진사 어른 집안은 조 대비趙大妃와 그렇게 멀지 않은 사이인데도 벼슬 하나 못 하니 심기가 편할 리 있겠수?"

최천중은 무식한 사람들의 그런 얘기에 끼어들 순 없었으나, 조정이 하는 처사는 너무나 어처구니가 없다는 생각을 항상 하고 있는 터라 속으로 웃었다.

이해에 들어서만도 김씨 일문의 세도는 지나친 데가 있었다. 정월엔 김병학金炳學을 선혜청당상宣惠廳堂上에 임명하더니, 2월엔 김병주金炳柱를 경상도관찰사에, 김병기를 호조판서에, 3월엔 김병시金炳始를 이조참의, 김병교를 한성판윤에, 4월엔 김대근金大根을

19

판의금부사判義禁府事에 임명해댔으니, '벼룩에도 낯짝이 있고 빈대에도 체면이 있다'는 말을 해보고 싶어질 수밖에 없었다.

그러나 최천중은 다음과 같이 넌지시 한마디 했다.

"봉놋방에 앉아 그런 말을 해도 목이 성하겠소?"

"어어럽쇼. 우리 미원촌에선 무슨 욕을 해도 괜찮다우. 조씨 가문에 대한 욕만 않으문…."

주막집 주인의 구성진 얘길 듣고 있다가, 최천중은 아랫목에 누워 눈을 감았다. 내일의 구상을 해야 했기 때문이다.

인시반寅時半, 요즘 시각으로 치면 오전 네 시, 최천중은 자리에서 일어났다. 그것이 그의 버릇이었다. 그 버릇이 봉놋방에서 잤다고 해서 깨어질 수는 없었다. 보따리에서 세수 도구를 꺼내들고 주막집을 나섰다. 동이 틀락 말락, 동천東天에 회명晦明의 기가 있었다.

최천중은 바로 주막 옆으로 흐르는 개울에서 양치와 세수를 하고 마을 쪽을 바라보았다. 어둠 속의 마을은 하나의 덩치로 된 괴물처럼 육중한 잠에서 아직 깨어나지 않고 있는 기분이었다. 저 속에 여인의 잠길이 있을 것이라고 생각하니, 그 잠길에 현몽現夢을 하는 신통력이 있었더라면 하는 아쉬움을 느낀다.

어슬렁어슬렁 발길을 옮겨 동네를 향해 걸었다. 그리고 인적이 없는 골목으로 접어들어, 어제 저녁나절 눈여겨봐놓았던 그 여인의 집 앞을 지났다. 흙돌담 안에서 무슨 소리가 들려왔다. 최천중은 멈춰 서서 귀를 기울였다. 책을 읽는 낭랑한 목소리였다.

…팽경문왈彭更問曰, 후거수십승後車數十乘 종자수백인從者數百人

20

으로 이전식어제후以傳食於諸侯는 불이태호不以泰乎아. 맹자왈孟子曰, 비기도非其道이면 즉일단식불가수어인則一簞食不可受於人이어늘 여기도如其道이면 즉순수요천하則舜受堯天下도 불이위태不以爲泰니라. 자이위태호子以爲泰乎아···.

(팽경이 묻길, 몇 십 대 수레가 뒤따르게 하고, 종자 수백 인을 거느리곤, 제후로부터 차례차례 음식 대접을 받는 것은 과분한 일 아닙니까. 맹자 가로되, 도리에 맞지 않으면 일단식一簞食도 받아선 안 되지만, 도리에 맞기만 하면 순舜이 요堯로부터 천하를 받는 것도 과분한 일이 아니니라. 너는 그걸 과분하다고 생각하느냐.)

맹자 등문공장구滕文公章句 가운데의 한 부분이었다. 천중은 그 집 앞에서 걸음을 옮기며, '새벽에 일어나 책을 읽는 걸 보니, 그 집 주인, 즉 그 여인의 남편은 퍽이나 호학好學하는 사람이구나' 하는 생각을 가졌다.

'그러나 새삼스럽게 맹자가 뭐꼬···'

하다가, 최천중은 돌연 이상한 감동으로 전율했다.

그건 분명히 하나의 계시였다.

'도리에 어긋나면 한 그릇의 밥도 얻어먹어선 안 되지만, 도리에 맞기만 하면 천하를 물려받아도 좋다!'

이것은 바로,

'뜻과 포부가 있어서 하는 짓이라면, 남의 마누라를 범해도 좋다' 로 되는 것이 아닌가.

새벽에 일어나 하필이면 그 구절을 읽고 있는 그 사나이는, 스스

21

로 느낄 수 없고 알 수도 없는 어느 힘에 이끌려 흙돌담 밖을 지나가는 나, 최천중에게 천하에 군림할 왕재를 만들기 위해선 자기 아내를 주어도 좋다는 뜻을 밝히고 있는 것이다.

최천중은 이러한 해석을 결코 견강부회, 아전인수라고 생각하지 않았다.

그만큼 주책이 없는 성격이라고 할 수도 있고, 그만큼 강한 개성이라고도 할 수 있었다.

아무튼 집념은 흐르는 구름의 모양, 부는 바람의 자락까지도 자기 합리화를 위한 미끼로 하는지 몰랐다.

만일 최천중이, 다윗이 우리야의 아내를 겁탈해서 솔로몬을 낳은 구약성서의 지식이 있었더라면, 그것까지도 끌어다가 자기의 집념을 불태우기 위한 연료로 했을지 모른다. 하여간 최천중은 이제 막 들은 맹자의 장구를 계시로 믿고 의심하지 않았다.

어느새 소문이 퍼진 것이다. 아침 밥상을 물리기도 전에 제법 사람들이 모여들어, 주막집의 뜰과 마루는 때 아닌 성황을 이루었다. 그날그날을 허덕이며 살면서도 자기들의 운명엔 모두들 관심이 있는가 보았다.

주막집 주인은 복채 흥정을 하려고 들었다.

최천중은 마루로 나와 모여든 사람들에게 일렀다.

"신수를 미리 안다는 건 천기를 살피는 일이오. 그렇게 지중한 일을 법석대는 곳에서 할 수가 있겠소? 관상 보길 원하는 사람은 각기 집으로 돌아가서 나를 청하시오."

최천중이 저의가 있어서 한 말이다.

"집 안 가진 우리 같은 놈은 관상도 못 보겠구먼."

하고 투덜대는 소리가 있었다. 머리에 수건을 둘러맨 꼴로 보아 어느 집의 머슴이나 종인 듯했다.

"상놈에게 관상이 당할 말인가?"

하는 말도 있었다.

"관상에 반상班常이 있을 까닭이 있소? 신령 앞엔 귀천이 없는 법이오."

정색을 하고 최천중이 덧붙였다.

"그런 사람들을 위해선 후에 내가 자리를 마련하리다."

이 말에 엄숙한 기분이 돌았다.

의관을 갖추긴 했어도 허름한 형색의 선비가 앞으로 나섰다.

"내 집으로 청할까 하는데 와주겠소?"

"좋소."

하고 최천중이 응했다. 그리고

"끝나면 곧 돌아올 것이니 계속 청을 받아두시오."

하는 말을 주막집 주인에게 남겼다.

최천중은 그 선비의 뒤를 따르며 그의 모습을 살폈다. 토색土色에 가까운 얼굴도 병색이었거니와, 몸 전체가 병골病骨임이 완연했다. 아직 마흔 살을 넘지 않은 나이로 보였는데, 어깨는 쇠진한 몰골로 축 처져 있었다.

그 선비의 집은 집이라기보다 움막에 가까웠다. 그래도 사랑채란 것은 있었는데, 헛간 한 모퉁이에 조그마한 방을 들인 궁상스런 것이었다. 삿자리가 깔린 방안엔 마른 흙냄새가 물씬했다.

"나는 고한근이란 사람이오."

좌정을 하고 선비가 한 말이었다.

최천중은 잠자코 고한근의 얼굴을 살폈다. 얼굴의 윤곽엔 빈틈이 없었다. 말하자면, 골상으로선 나무랄 데가 없었다. 뭔가 특이한 능력이 그 선비에겐 있는 것으로 보였다. 그러나 한스럽게도 얼굴엔 이미 사상死相이 나타나 있었다. 최천중은 배에 두른 전대에서 돈 열 냥을 꺼내 방바닥에 놓았다. 그러고는 어리둥절해하는 고한근을 향해 나직이 공손한 태도로 일렀다.

"생원께선 관상을 보실 겨를이 없소. 쓸개가 썩고 있소. 우선 병을 고쳐야죠. 병을 고친 연후에 관상을 봐드리겠소. 생원에겐 특이한 재주가 있는 것으로 보였소. 그 재주가 아깝소."

고한근의 눈에 눈물이 괴었다.

"병을 고칠 수가 있을까요, 도사?"

"외람하지만 돈 열 냥을 드리겠소. 이걸 갖고 깊은 산으로 들어가 땅꾼을 찾으시오. 지금쯤 뱀들은 동면을 할 채비를 하고 있든지 동면에 들었든지 할 거요. 그 뱀들을 찾아내서 먹도록 하시오. 그리고 도라지를 캐 먹고 맑은 물을 마시고 하시오. 아직 여망은 있소. 나를 만났다는 게 생원의 운이오…"

"…"

"병이 낫거든 일 년 후라도 좋고 이 년 후에라도 좋으니 나를 찾으시오. 한양 남대문 밖 만리고개에서 관상사 최천중을 찾으면 쉬이 소식을 알 수 있을 거요. 그때 만나 우리 세상사를 의논해보도

24

록 합시다."

하고 최천중이 자리를 뜨려고 하자, 고한근이 만류했다.

"나는 내 사기死期를 알아볼 참으로 도사를 청했는데, 여망*이 있다고 들으니 반갑기 한량없소. 그러나 이 돈을 받을 순 없소."

"아니오. 이 돈은 거저 드리는 게 아닙니다. 생원의 아까운 재주에 내가 투자를 하는 겁니다. 지금 동면에 들어갈 뱀들을 구하려면, 이만한 돈은 있어야 할 거요. 그리고 한시가 급합니다. 돈은 병이 나은 후에 갚아주면 될 게 아니겠소. 서두르도록 하시오."

이 말을 남기고 최천중은, 배웅하러 나온 고한근을 뒤돌아보지도 않고 골목을 빠져나왔다.

주막에 돌아와보니, 벌써 이 집 저 집에서 청이 들어와 있었다.

최천중은 청한 순서대로 이 사랑에서 저 사랑으로 옮아 앉게 되었는데, 그가 목적으로 하고 있는 집에선 아무런 반응도 없었다. 호학하는 선비의 집이라서 관상과 점술 따위를 무시하는지도 몰랐다. 그러나 부인이 절에까지 가서 치성을 드릴 정도의 사정이면, 무망하다고는 할 수 없었다. 하여간 신중하게 기다려볼 일이었다.

최천중이 미원촌에 온 지 사흘 만에 조 진사의 청이 있었다. 영특한 관상사라는 소문이 그의 귀에까지 울려 퍼지게 된 까닭이었다.

동네에서 제일가는 부자일 뿐 아니라, 어른으로서 존대를 받고 있는 조 진사는, 네 귀에 풍경을 단 산정풍山亭風의 사랑을 지니고 있었다. 앞뜰엔 가을꽃이 만발하고, 뒤뜰엔 오죽烏竹의 숲이 있어,

---

* 餘望: 아직 남은 희망.

25

가을바람에 산들거리는 것이 당당한 가세를 과시하는 듯했다.

　주자朱子의 공동부空同賦를 초서草書한 열두 쪽 병풍을 등지고 장죽을 물고 앉은 조 진사는 빈발鬢髮*에 흰 것이 섞이기 시작한 홍안의 초로初老였는데, 들어오는 관상사가 너무나 젊은 사람인 것이 실망되었던 모양으로, 최천중이 좌정하자마자 물었다.

　"관상사의 나이는 몇인고?"

　"갓 서른이옵니다."

　"흠, 서른이라…. 관상사 수련을 몇 해나 했을꼬?"

　"그럭저럭 십이 년이 넘었습니다."

　"관상사가 되는 데 무슨 연유가 있었을 것 아닌가."

　"조실부모한 데다가 가세가 어려워 입신立身이 무망하여, 난세를 사는 지략이 될까 하여 관상술을 익혔습니다."

　"십이 년 전이면 아직 어린 나인데, 그때 난세임을 알았단 말인가? 퍽이나 조달했었군."

　"그렇지도 않사옵니다."

　"성씨는?"

　"경주 최가올습니다."

　"고향도 경주인가?"

　"제가 난 곳은 봉화奉化이옵니다."

　"죽 거기서 자랐는가?"

　"열여덟 살 때 산수도인이란 스승을 따라 출향하였습니다."

---

*　털과 머리카락.

조 진사는 '또 물을 것이 없을까?' 하는 태도로 장죽을 빨았다.

"학문엔 뜻이 없었던가?"

조 진사의 질문이었다.

"학문에 뜻이 없을 까닭이 있겠사옵니까. 지금도 촌가寸暇**를 아끼어 힘쓰고 있사옵니다."

그러자 조 진사는 턱으로 병풍을 가리키며 물었다.

"이 병풍의 글이 누구의 무슨 글인지 알겠는가?"

제목 부분과 낙관 부분을 접어놓은 것을 보면, 조 진사에겐 관상사를 시험해볼 의도가 미리부터 있었는지 몰랐다. 그렇다면 어린아이들의 수작 같은 것이었다. 최천중은 보일락 말락 한 웃음을 머금었다.

"회암晦庵 선생의 공동보空同譜라고 보았습니다."

"허어!"

하고 조 진사는 탄성을 올렸다. 하기야 탄성을 올릴 만도 했다. 진초서眞草書로 된 문장을, 그것도 중간 부분만 보고 회암의 공동부란 걸 알아차린다는 건 예사로운 견식이 아니다.

그런데 최천중은 한술 더 떴다.

"봄철엔 감춘부感春賦가 쓰인 병풍을 내놓으시겠지요?"

조 진사의 눈이 휘둥그레졌다.

공동부는 가을의 감회를 적은 것이기에 그렇게 추측해본 것인데, 그 추측이 적중한 것이다.

** 촌음. 짧은 시간.

"학문이 그만하면 상학相學도 대단하겠구려."

"관상은 학으로 되는 것이 아니고, 신관神觀을 터득함으로써 되는 것입니다."

"신관에 바탕이 되는 학이 있어야 할 것 아닌가."

"학과 술術은 다른 것이옵니다."

"그거야 그럴 테지만…."

하고, 조 진사는 장죽을 빼어놓고 정좌를 했다.

"내 상을 한번 봐주게."

"오복을 두루 갖추시고 부귀하시어 여한이 없으신 분이 상은 보셔서 무엇을 하시렵니까?"

"아닐세. 내겐 뜻하는 바가 있네. 하여간 봐주게. 부富는 이룩했는지 몰라도, 아직 귀貴엔 미치지 못했으니 하는 말이네."

최천중은 아까부터 조 진사 찰색에 여념이 없었지만, 잠깐 시간을 두어 관찰하고 음성을 장엄하게 꾸몄다.

"이 이상의 귀는 바라지 맙소서. 어른께선 이미 귀를 수壽와 맞바꾸셨습니다."

"그거 무슨 소린고?"

"그 이상의 귀를 바라신다는 건 망발이 되겠습니다."

"뭐라구? 망발이라구?"

조 진사의 얼굴에 불쾌감이 서렸다.

조 대비의 먼 친척이 된다는 사연을 두고, 조 진사는 은근히 요행을 기다리고 있음이 분명했다.

최천중은 노인의 눈을 똑바로 보며 선언했다.

"허망한 기다림은 심신을 모약耗弱케 할 뿐입니다. 어른의 홍안은 초조한 마음이 빚은 허양虛陽의 빛이라고 하겠습니다. 감수減壽의 염려마저 있사오니, 헛된 기다림은 버리시는 게 좋을까 합니다."

"그럼 귀와 수를 맞바꾸었다는 말은 무슨 소린고?"

조 진사는 쏘는 듯한 눈을 최천중에게 돌리고 물었다.

최천중은 조 진사의 관자놀이에 있는 흉터에 주목하고 있었다.

수십 년의 세월에 바래지고 햇볕에 그을려 범상한 사람의 눈으로썬 판별하기 어려운 흉터였지만, 관찰의 능수인 최천중의 눈에는 백지 위의 흑점黑點처럼 완연했다. 그리고 그 흉터의 크기와 빛깔로 봐서 분명히 소년 시절에 입은 상처임에 틀림이 없었고, 상처를 입은 당시는 치명적인 것이었다고 판단할 수 있었다.

최천중은 그것을 사십사오 년 전의 것으로 추측했다. 이럴 때 엄포가 적중하면 상대방을 사로잡는 명관상사가 될 수 있는 것이다.

"어른께서 기억하고 계실지 모르겠사오나, 십오 세가 되던 해 어른께선 요사夭死할 신수에 있었습니다."

"십오 세 때에?"

하더니 조 진사는

"흐음!"

하고 신음하는 소릴 냈다.

그러고는 무의식적으로 장죽을 입에 물었다. 최천중의 등 뒤로부터 미끄러지듯 사동이 나타나더니, 조 진사의 담뱃대 끝에 부싯돌을 쳐댔다.

자신을 얻은 최천중이 언성을 높였다.

"그때 부와 귀를 맞바꾼 것입니다. 만일 그런 일이 없었더라면, 어르신께선 벌써 일인지하 만인지상의 자리를 누리셨을 겁니다. 그러하오니 허망한 기다림을 버리시고 유유자적하소서."

조 진사는 반눈을 하고 담배 연기를 뿜어내더니,

"그만한 관상사이면 한양에서 김씨 일문과도 상종이 있었을 터인데, 그들의 세도는 언제까지 갈 모양인가?"

하고 중얼거리듯 물었다.

"정사政事엔 용훼容喙*하지 않기로 되어 있사옵니다."

최천중이 고개를 약간 숙이며 나직하게 아뢰었다.

"누가 정사를 물었나? 그들의 신수를 물었지."

조 진사의 말투에 노기가 끼었다.

"남의 신수를 누설할 수는 없사옵니다."

조 진사는 장죽으로 탁 재떨이를 치더니 고함을 질렀다.

"게 누구 없느냐. 서당에 가서 막내놈을 불러오너라."

이렇게 해서 조 진사는 아들 삼 형제와 다섯 손자의 관상을 차례차례 보았다.

조 진사 손자 가운데 하나가 출중한 상을 지니고 있었다. 사람을 물리친 뒤, 최천중은,

"그 도련님이야말로 진사 어른의 소망을 이어 귀한 운수를 타고났습니다. 소중히 기르옵소서."

하고 경하의 말까지 덧붙였다.

---

* 간섭이나 참견.

그러고서도,

"상은 수시로 변하니 계속 지켜보아야 합니다."

하고, 치성을 드리면 효과가 있을 것이란 후럼을 남겨놓았다.

"간혹 걸음이 있어주었으면 반갑겠네."

조 진사는 매우 흡족한 모양으로, 복채로 이백 냥의 돈을 제공했다. 그리고

"한양 갈 때 그 돈을 져다줄 사람까지 마련해둘 터이니 통기通奇**를 하게."

하는 고마운 말도 했다.

최천중의 득의는 짐작할 만했다.

조 진사 댁에 다녀온 그 이튿날 아침,

"오늘은 왕씨 댁에서 청이 있었습죠."

하고 주막집 주인이 앞장을 섰다.

왕씨는 이 동네에 여덟 가구가 사는데, 최천중을 청한 왕씨는 덕수德洙라는 이름을 가진 사람으로서 몇 해 전에 제금을 난(결혼해서 분가한) 처지라고 했다.

길을 안내하던 주막집 주인이, 최천중이 며칠 전 눈여겨보아두었던 그 집, 신륵사에서부터 뒤를 밟아 온 바로 그 부인이 들어간 집 앞에서 발을 멈췄을 때, 최천중은 가슴이 뭉클해졌다.

'드디어!'

** 통지.

31

하는 탄식이 가슴속에 메아리쳤다. 숨을 돌려야만 했다.

반쯤 열려 있는 대문을 비집고 들어서니, 왼편이 곧 사랑이었다.

"서방님, 손님 모셔 왔습니다."

주막집 주인이 뜰아래서 아뢰자, 사랑방 문이 탕 열리고 탕건을 쓴 젊은 선비가 마루로 나왔다.

핼쑥한 얼굴이 허약한 체질임을 나타내는 선비가 축담으로 내려서서 최천중을 맞았다. 깍듯한 예절이었다.

조그마한 방이 품위 있게 차려져 있었다. 한쪽 벽엔 천장에 닿도록 책이 꽉 찬 서함이 놓여 있고, 책상은 서창西窓을 향해 정결했다. 명창정궤*란 말이 어울리는 책상 위엔 주역周易이 반쯤 펼쳐져 있고, 그 옆에 필연筆硯이 다소곳이 놓여 있었다.

"왕덕수라고 하옵지요."

"최천중이라고 부릅니다."

수인사가 끝나자, 최천중은 왕덕수의 등 뒤에 있는 손병풍에 쓰인 시를 보았다. 왕어양王漁洋의 추류시秋流詩였다. 추류시는 최천중이 특히 좋아하는 시라서, 한동안 넋을 잃고 속으로 읊었다.

옛날, 강남의 왕자는 낙엽에 감感하여 슬퍼했고, 금성사마는 장조長條를 부여안고 눈물을 흘렸도다. 나도 원래 한 많고 감개 많은 사람인지라, 양류에 정을 기寄해선 소아의 복부僕夫에 동同하고 비추悲秋에 마음을 의지하여 상고의 원자遠耆를 바랄 즈음에 우연히 시

네 편이 이루어지니라. 이것을 동인同人들에게 보이노니, 원컨대 나를 위해 창화唱和할지니라. 정유 추일, 북저정에서 씀.

(석강남왕자昔江南王子 감락엽이흥비感落葉以興悲 금성사마金城司馬 반장조이운체攀長條而隕涕 복본한인성다감개僕本恨人性多感慨 기정양류寄情楊柳 동소아지복부同小雅之僕夫 치기비추致記悲秋 망상고지원자望湘皐之遠者 우성사십偶成四什 이시동인以示同人 위아지지爲我知之 정유추일丁酉秋日 북저정서北渚亭書)

그리고 이어지는 '추래하처최소혼秋來何處最銷魂, 잔조서풍백하문殘照西風白下門…'**

"도사께서도 어양漁洋을 좋아하십니까?"
왕덕수의 말이었다.
"좋아하고말고요."
최천중이 감개를 담고 말했다.
이렇게 되고 보니, 관상은 뒷전이 되고 말았다. 왕덕수와 최천중은 어양의 시를 번갈아가며 읊었다. 왕덕수가 '어양산하漁洋山下는 시오가是吾家, 산북산남山北山南에 반종다半種茶'***라고 읊으면, 최천중은 '오초청창吳楚靑蒼 분극포分極浦하고, 강산평원江山平遠

** '가을 들어 가장 애간장 녹이는 곳은 어디인가. 해거름 속 서풍 부는 백하문이라네.'
*** '어양의 산하는 곧 나의 집이니, 산의 남북으로 반은 차(茶)를 심으리.'

33

입신추입新秋'*라고 창화唱和하는 등, 흥이 흥을 불러 그렇게 하길 점심때에 이르렀다.

서로 창화하는 영시詠詩 소릴 듣고, 왕씨 부인은 관상사를 남편과 친교가 있는 사람으로 짐작했던 모양이다.

사동이 점심상을 들고 들어왔다.

"채는 없습니다만, 요기라도 합시다."

왕덕수는 정중하게 식사를 권했다.

"벌써 때가 그렇게 되었습니다그려."

하고 최천중은 미안해했다.

"붕우원방래朋友遠方來**란 감흥입니다."

반주를 따르며 왕덕수는 계속 흐뭇해했다.

식사를 물리고 나서도 두 사람은 학문 얘기에 열중했다. 제자백가가 화제에 오르기도 했다. 왕덕수는 묵자墨子에 관심이 있다는 얘기였고, 최천중은 장자莊子를 숭앙한다는 의견을 보였다.

이런 말을 하는 도중, 최천중이 물었다.

"왕공王公은 혹시 과거를 보실 의향이 없으십니까?"

"과거는 사는 것이지 보는 겁니까? 과거 보길 포기한 지 이미 오래되었습니다."

"사정은 그러하오나, 그 좋은 학문으로 그저 초야에 묻혀 있긴 너무나 억울하지 않습니까?"

---

* '오와 초 땅은 짙푸른데 먼 포구(浦口)에서 나뉘고, 넓고 평평한 강산은 초가을에 드는구나.'
** '유붕이자원방래(有朋而自遠方來)'를 차용함. '친구가 멀리서 찾아와 기쁨.'

"'거세개탁擧世皆濁인데 아독청我獨淸'***이란 굴원屈原의 심정으로 한운야학閑雲野鶴****과 더불어 사는 것도 나쁘질 않습니다."

왕덕수는 사뭇 그런 심정으로 사는 것 같았다. 최천중이 아무래도 아쉽다는 표정을 꾸미고 역설했다.

"어부사에도 있지 않습니까. 창랑의 물이 맑으면 갓끈을 씻는다구요. 세태에 따라서 움직여보는 겁니다. 그러고도 만세에 사표가 될 수 있는 명관이 되기만 하면, 불미한 방편쯤은 기늘*****하지 말아야죠. 한신韓信의 고사도 있지 않습니까."

"그러나 나는 이천 냥의 돈을 내고 벼슬을 살 생각은 없소이다. 그럴 만한 돈도 없구요."

"아닙니다. 돈은 내가 변통을 하죠. 그리고 장동 김씨 일문과 통하지 않는 바도 아니니…."

"최공, 그런 얘긴 그만둡시다."

하고, 왕덕수는 최천중의 말을 중도에서 막았다. 그리고 덧붙였다.

"최공이 한 말이 아니면, 나는 귀를 씻어야 할 판이오."

"하기야, 왕공이나 나나 아직 젊으니까 서둘게 덤빌 것까진 없겠죠. 세상이 언제까지나 이렇게 혼탁하진 않을 것이니까요."

하고, 최천중은 스스로의 무안을 말했다.

이어 시체時體****** 얘기가 화제로 올랐다. 서학西學 얘기도 있

***　'온 세상이 탁해도 나 홀로 깨끗하다.' 굴원의 '어부사' 중 한 구절.
****　한가로운 구름 아래 노니는 들의 학.
*****　꺼림.
******　당시의 시중 화젯거리.

35

었고, 왜놈 얘기도 나왔다. 난세를 살기 위한 처세방략處世方略을 논하기도 했다. 그런데도 최천중은 이李 왕조가 곧 망할 것이란 자기의 소신을 발설하진 않았다.

얘기가 뜸했을 즈음에는 왕덕수가 자세를 고쳐 앉았다.

"입신양명에 뜻이 없는 사람에게는 관상이 무슨 소용이 있겠습니까만, 성례한 지 십여 년인데 아직 후사가 없습니다. 다만, 그 일이 궁금해서 도사를 청한 것입니다."

"상만을 볼 것이 아니라 사주를 보아야 하겠습니다."

하고, 최천중이 왕씨 부부의 생년월일과 생시를 물었다.

왕덕수는 서른 살로 계사생癸巳生이고, 부인은 스물여덟으로 을미생乙未生이었다. 최천중은 눈을 감고 마음속으로 육갑六甲을 짚었다. 임진생壬辰生인 자기와 왕씨 부인의 궁합을 조합照合해보고 있는 것이었다. 그런 최천중의 꿍꿍이속을 알 까닭이 없는 왕덕수는, 최천중의 정온靜穩을 깨지 않으려고 침을 삼키는 소리마저 삼가고 있었다.

환희가 배 속으로부터 끓어올랐다. 최천중 자기와 왕씨 부인의 궁합이 사주책四柱冊의 범례로 해도 좋을 만큼 완전무결했던 것이다.

배 속으로부터 끓어오른 환희의 기분이 최천중의 얼굴에 미소로 번졌다. 그 흡족한 듯한 미소를 보자, 왕덕수는 자기도 모르게 무릎을 앞으로 내밀었다.

"좋은 소식이 있사오이까?"

왕덕수의 말이 들떴다.

"좋은 소식이다뿐입니까."

하고, 최천중은 바깥에까지 들릴 소리로 장엄하게 외쳤다.

"갑자년 봄엔 이 댁에 큰 경사가 있을 것이오. 금년이 임술년이니, 갑자년은 후명년이오."

"틀림없을까요?"

"왕공, 신의神意를 의심하는 것 옳지 못한 일이외다."

"예. 황공하옵니다."

왕덕수는 어느덧 최천중의 서슬에 말려들어 있었다.

최천중은 소리를 낮추어, 그러나 낭랑한 목청으로 왕덕수가 지켜야 할 일들을 지시했다.

"명년 오월, 내가 지시하는 날까진 범방을 삼가야 할 것이외다. 고사리와 뱀장어 등은 먹지 말 것이며, 내당께선 삭朔*에 한 마리씩 닭을 인삼과 같이 고아 먹을 것이고, 되도록이면 도라지 뿌리와 산저山藷**를 장복토록 해야 할 것이오. 기필 귀동자를 얻고자 한다면, 내 말을 신령의 말이라고 듣고 어김이 없도록 하시오. 명년 오월까진 좋지만, 명년 오월에 들면 존족尊族 외엔 해가 떨어진 시각부턴 어떤 사람도 집 안에 들여놓지 말도록 해야 할 거요."

최천중은 안뜰 쪽에서 인기척을 느꼈다. 왕씨 부인이 듣고 있는 게 분명했다. 그래, 한마디쯤 더 덧붙여야 되겠다고 마음먹었다.

"나는 떠나도 이 댁의 일을 항상 명념해두겠소. 명년 오월엔 다시 한 번 내가 와서 지시를 하리다. 오월의 언제가 될지 모르긴 하

---

* 매달.
** 산에서 나는 약.

지만, 오월에 들면 밤에 외인 출입을 금하는 조처만 해놓고 나를 기다리시오. 만일 내 시키는 대로 해서 일이 안 되는 경우에는 내 목숨이라도 바치겠소. 아들을 낳는다고 해도 범상한 아들을 낳는 것이 아니고, 영기靈氣를 띤 아들을 얻을 것이니, 각별한 치성이 필요할 거요."

왕덕수는 감지덕지한 얼굴로 최천중을 바라봤다. 그 구김살 없이 핼쑥한 얼굴을 보니 최천중의 가슴속에 죄책감이 일지 않는 바는 아니었으나, 그런 약한 마음을 먹어선 안 된다고 스스로 타일렀다.

최천중이 자리를 뜨려고 하자, 왕덕수는 이 마을에 머무는 동안엔 자기 집에서 묵으라고 간청을 했지만 그럴 순 없다고 사양했다. 그리고 복채 준비를 하는 것을 보곤,

"복채는 옥동자가 탄생한 연후에 받겠습니다. 그때 받아도 늦지 않을 것이니 괘념치 마십시오."

하는 말을 남기고 최천중은 그 집에서 나왔다. 대문을 나설 때, 며칠 전과 같은 옥색 차림의 왕씨 부인이 최천중의 곁눈을 스쳤다.

그래서 일단의 목적은 성취했지만, 신중을 기하는 뜻으로 최천중은 사흘을 더 주막에서 묵고 미원촌을 하직했다.

그로부터 일곱 달이 지난 뒤, 최천중은 용문산 중턱에 앉아 미원촌을 노려보고 있었다. 그는 이제 집념의 화신이랄 수가 있었다.

물론 그에겐들 착잡한 생각이 없을 까닭은 없었다. 맑고 고고하게 살고 있는 선비를 농락할 뿐 아니라, 그 부인에게 불의의 정욕을 갖는다는 것은 어느 모로 보나 어긋나는 짓이란 것쯤은 그도 알고

있었다.

그러나 용이 동천動天하려면 개천의 미꾸라지들과 개구리들의 등이 터져야만 했다. 하나의 왕재를 얻기 위해선 범인들의 윤리는 짓밟혀야만 했다. 묵자를 숭앙하는 외골수는 장자의 기우氣宇에 억눌려야 하는 것이다.

최천중은 보따리를 끌러 유지油紙에 싼 술병과 산약散藥의 봉지를 챙겨보곤, 술병은 끌어내기 쉽게 바깥쪽에 붙여 싸고, 산약의 봉지는 주머니 속에 넣었다. 술은 주기가 독하고 향기가 강한 오갈피술이고, 산약은 최면제였다. 두 가지 모두 북경을 드나드는 상인을 통해 구한 진귀한 물건들이었다. 최천중의 계략을 위해 쓰일 물건들이었다. 특히 최면제는, 최천중 자신이 시험해본 바에 의하면 자각 증상 없이 하룻밤 내내 숙수熟睡하고 이튿날 아침 기분이 가뿐해질 수 있는 영약이었다.

해가 서산으로 기울어, 들 반쯤에 그늘이 깔렸을 때, 최천중은 도포를 입고 갓을 썼다. 보따리는 멜빵에 매어 한쪽 어깨에 걸었다.

산을 내려 유유히 들길을 걸었다. 문득 증석曾晳이 공자에 답한 '논어'의 한 대목이 심상을 누볐다.

"늦은 봄날에 춘복春服이 기성旣成이면, 관자冠者 오륙인과* 동자童子 육칠인을 데리고 기수沂水에 가서 목욕하고, 그 옆의 단壇에서 바람을 쐬고, 시를 읊으며 돌아오리다."

증석의 이 말에 공자는 무릎을 치며 동조의 뜻을 표했다.

---

* '봄옷이 만들어지면 관을 쓴 사람 오륙인과~'.

최천중은 늦은 봄의 이 무렵이 바로 증석이 말한 그런 때일 것이라고 생각했다. 그는 흐뭇한 감정으로 또 한 수 시를 읊었다.

"불우불청不雨不晴이 최요조最窈窕러니, 일동일서一東一西 시왕환時往還이라!"*

이것은 왕어양王漁洋의 시였다. 따라서 핼쑥한 왕덕수의 얼굴이 떠올랐다.

미원촌에 다다랐을 때, 마을은 놀 속에 젖어들고 있었다. 골목은 한적했다. 누구의 눈에도 띄지 않고, 최천중은 왕덕수의 집 대문을 비집고 들어섰다.

왕덕수는 백년의 지기를 만난 것처럼 최천중을 반겼다.

"도사의 왕림을 진심으로 기다렸소이다."

하며, 감격을 숨기려 하지 않았다.

저녁 식사를 끝내고 최천중이 몇 가지 지시를 내렸다. 자시子時를 기해 부인의 기도가 시작되어야 한다는 것, 기도는 내실에서 부인 혼자 해야 된다는 것 등이었다.

최천중은 이어, 왕덕수가 좋아할 화제를 골라 얘기를 진행시켰다. 늦은 봄의 저녁때 들길을 걸어오니, '논어' 선진편先進篇의 증석과 공자의 대화가 생각나더라는 얘긴 빼놓지 않았다. 그리고 북경을 드나드는 상인의 얘기도 했다. 왕덕수는 취한 듯 최천중의 얘기에 귀를 기울였다.

---

* '비 오지도 맑지도 않은 날이 가장 고요하고 아늑하니, 한 번은 동쪽으로 한 번은 서쪽으로 계절이 왔다 간다.'

알맞은 시각이라고 생각했을 때, 최천중은 보따리에서 술병을 꺼냈다. 때마침 밤참을 마루에 갖다놓은 듯, 부인의 기침 소리가 있었다. 부인이 손수 상을 갖다놓는 것을 보니, 외인外人이 없는 것이 확실했다.

왕덕수가 나가 술상을 가지고 들어왔다. 최천중이 자기가 꺼낸 술병을 왕덕수에게 보이며,

"이것이 바로 북경에서 온 술이외다. 황제께서 잡수시는 술이라고 들었소. 오늘의 해후를 기뻐하는 뜻으로 이 술을 듭시다."

하고 말한 뒤에 냉수를 청했다.

왕덕수가 냉수를 가지러 나간 사이, 최천중은 민첩하게 주머니 속에서 최면제를 꺼내 왕덕수의 술잔에 털어 넣고, 그 위에 오갈피술을 부었다. 냉수를 가지고 들어온 왕덕수는 백자의 잔에 부어진 술 빛을 보며,

"술 빛이 어떻게 이처럼 아름다울까!"

하고 감탄했다.

"이장길李長吉의 시 '장진주將進酒'에 유리종호박농琉璃鍾琥珀濃**이란 글귀가 있지 않소. 이 빛깔이 바로 그 호박농이외다."

최천중이 넌지시 말하자, 왕덕수는

"소조주적少槽酒滴은 진주홍眞珠紅."***

이라고 받더니 그 '장진주'로,

** '유리 술잔에 호박빛 술 진하다.'
*** '작은 술통의 술 방울 진주처럼 붉다.'

"호치皓齒 노래 부르고, 세요細腰 춤을 추니, 황시청춘일장모況 是靑春日將暮요, 도화난락여홍우桃花亂落如紅雨라. 군이여! 권컨대 종일 명정취酩酊醉하라. 유령劉伶의 분상토墳上土까진 술이 이르 지 못하리니."*

하고 줄줄 외었다.

"기막힌 송재誦才외다."

최천중이 잔을 들었다. 왕덕수도 잔을 들었다.

"빛깔도 좋지만, 향기 또한 좋구려."

최면제를 먹었다곤 알 길이 없는 왕덕수는 그저 흡족하기만 한 모양이었다.

최천중은 계속해서 술을 권했다.

"이런 좋은 술을 마실 수 있다니, 이 밤 공과 더불어 운자韻字를 내어 시를 지어봅시다."

왕덕수의 제안이었는데 최천중이 손을 저었다.

"오늘 밤은 안 됩니다. 오늘 밤은 집 안에 인정기**를 없애고 부인

---

* 두 사람이 주고받고 있는 이하(李賀)의 '장진주(술을 권함)'는 다음과 같다. '유리 종호박농(琉璃鍾琥珀濃: 유리 술잔에 호박빛 술 진하고)/ 소조주적진주홍(少槽酒滴眞 珠紅: 작은 술주자의 술 방울 진주처럼 붉네)/ (중략)/ 호치가세요무(皓齒歌細腰舞: 흰 이 내보이며 노래하고 가는 허리로 춤추네)/ 황시청춘일장모(況是靑春日將暮: 하 물며 푸른 봄 날 저물려 하는데)/ 도화난락여홍우(桃花亂落如紅雨: 복사꽃 어지러이 떨어지니 붉은 비 내리는 듯하고)/ 권군종일명정취(勸君終日酩酊醉: 권컨대, 그대 하 루 종일 술에 취하게나)/ 주부도유령분상토(酒不到劉伶墳上土: 술이 유령의 무덤 위 흙까지는 이르지 않을지니)'. 유령(劉伶)은 죽림칠현의 한 사람으로 술을 몹시 즐 겨 '주덕송(酒德頌)'이라는 글을 남김.

** 인기척.

혼자 치성을 드려야 하오. 이 술을 마시면 그야말로 잠이 잘 옵니다. 깊이 잠들면 인정기가 없는 거나 마찬가지니, 우리 서너 잔 더 하고 빨리 자도록 합시다. 만일 우리가 잠들 수 없으면, 우리도 오늘 밤은 이 집에서 떠나 있어야 합니다."

"집을 떠날 수야 없으니…."

하고, 왕덕수는 최천중이 권하는 대로 술을 마셨다. 그러다가 아니나 다를까,

"잠이 올 것 같소."

했다.

"나도 잠이 오기 시작했소이다."

하고 최천중이 맞장구를 쳤다.

"그럼 빨리 침구를 깔아야지."

하며 왕덕수는 벽장에서 이불 두 채를 꺼냈다.

이불을 깔고 잘 채비를 한 것은 최천중이었다. 왕덕수가 침구를 꺼내다 말고 꺾어지듯 잠이 들어버린 것이다.

요를 깐 위에 왕덕수를 뉘어놓고, 최천중은 잠시 동안 눈을 감았다. 감쪽같이 기회는 만들어놓았는데, 다음에 할 동작이 불안했다. 담력이 강한 최천중으로서도 부들부들 떨리는 가슴을 진정하기가 힘들었다.

최천중은 왕덕수의 자는 얼굴을 말끄러미 들여다보고 앉았다가 보따리 속에서 한 자루의 비수를 꺼냈다. 반 자쯤의 길이를 가진 비수는 누런 우피牛皮의 칼집 속에 들어 있었다. 최악의 경우에 대비하기 위해 준비한 물건이었다.

그 비수를 바지춤 안쪽에 꽂고, 최천중은 바깥으로 나왔다. 상량한 야기夜氣 속에서도 두근거리는 심장 소리가 들리는 듯했다. 깊게 숨을 들이마시고 토했다. 그리고 북두北斗를 찾았다.

달 없는 하늘에서 북두는 찬란했다. 그 방위로 보아 자시子時가 가까워 있었다.

마루에서 내려선 최천중은 미투리를 찾아 발에 걸고 안채를 통해 사랑채 모퉁이를 돌았다. 별빛이 아슴푸레 깔린 뜰 저편에, 불이 켜진 내실이 보였다.

바람 한 점 없는 고요가 꽃향기에 서려 있었다.

'이 밤을 위해 내 생명이 있었던 것이다.'

하는 상념과 아울러,

'죽기 아니면 살기다.'

하는 각오가 가슴속에서 일었다.

최천중이 축담으로 올라 불이 켜진 내실 앞에 서며 가볍게 기침을 했다.

방문이 열렸다.

불빛을 옆으로 받은 왕씨 부인의 모습은 신화 속에 나오는 천녀를 닮아 요염하기도 하면서 우아했다. 그런데 그 표정은 기겁을 한 듯한 기색으로 변했다. 일어서려는데도 허리의 힘이 빠져 다리가 말을 듣지 않는다는 그런 상태인가 보았다. 금방 고함이라도 지를 것 같은 절박한 공기가 감돌았다.

'때를 놓쳐선 안 된다.'

최천중은 성큼 마루에 올라 민첩하게 방안으로 뛰어들어 문을 닫았다. 겁에 질린 부인의 얼굴엔 눈만 보였다.

"침착하십시오."

하고 최천중은 방문을 등진 자세로 꿇어앉았다.

"왕 생원께선 지금 깊이 잠이 들었습니다. 내 신통력으로써 그렇게 해놓은 것입니다. 내일 아침까진 무슨 일이 있어도 잠에서 깨지 못할 것이니, 고함을 질러도 소용이 없습니다."

"망측하군요. 빨리 나가시오."

날카롭게 한마디 하고, 부인은 와들와들 몸을 떨었다.

"소릴 질러봤자 이웃을 깨울 뿐입니다. 피차 창피를 당할 뿐입니다."

부인은 몸을 일으켜서 일어서려고 했다.

"잠깐 내 말을 들으시오, 부인!"

하고, 최천중은 부인이 일어서지 못하도록 막곤 다음과 같이 말을 이었다.

"오늘의 이 밤은 신령께서 점지한 밤이외다. 나는 북두의 인도로 작년 가을 미원촌에 온 것이며, 부인을 만나게 된 것입니다. 그리고 우리의 만남은 결코 우연이 아니외다. 천지의 도리가 우릴 만나게 한 것이외다. 상제의 신령이 분부한 것이외다. 장차 이 나라의 임금을 탄생케 하기 위해서 우리의 만남이 이루어진 것이외다."

"해괴한 소리 그만하시고 빨리 이 방에서 나가시오."

부인이 벽 쪽으로 돌아앉으며 나직이 말했다. 전신을 여전히 떨고 있었다.

"지금 나는 내 말을 하고 있는 것이 아니외다. 신령의 뜻을 전하고 있는 것이외다. 그러니 내 말을 해괴하다 하심은 곧 신령을 모독

하는 것이 되옵니다. 진정하시어 내 말을 끝까지 들어주소서. …작년 가을, 왕 생원과 부인의 사주를 보고 궁합을 맞춰보았을 때, 양위 분 사이엔 아들은커녕 딸도 낳을 수 없다는 사실을 알았습니다. 그런데 부인 단독의 사주엔 왕의 어머니가 되실, 이른바 왕운을 끼고 있었사옵니다. 그래서 외람하게도 나와 부인의 궁합을 보았더니, 천생의 배필로 나타났을 뿐 아니라, 귀자貴子를 얻을 운기運氣까지 일치해 있었사외다. 나는 계속 그 운기를 꼽아보았습니다. 그랬더니 명년 갑자년 이월에 아들을 얻기만 하면 왕이 될 아들이란 것을 확인했사옵니다. 나는 이 일에 내 생명을 걸기로 했습니다. 지금 이씨 왕조는 풍전의 등화나 같사외다. 우리가 만든 아들이 이씨 왕조에 이어 이 나라를 이어받을 임금이 되는 것입니다. 나는 작년 가을 이래 몸을 청정히 갖고 오늘 밤을 기다렸습니다. 그러는 도중, 몇 번인가 현몽現夢으로 신령이 나타나 내 뜻을 굽히지 말도록 분부까지 했었사외다. 나는 부인에게도 기필 현몽이 있었을 것으로 알고, 자신을 갖고 이 밤 부인을 찾은 것이외다."

"여자의 생명이 정절에 있거늘, 어찌 신령이 도리에 어긋난 분부를 내린단 말이오. 남편의 사주에 아들이 없으면 그로써 족합니다. 이 방에서 나가주시오."

벽을 향해 앉은 왕씨 부인의 모습은 바위와 같았다. 찬바람이 그 언저리를 도는 느낌마저 있었다.

최천중은 위엄을 보여야겠다고 마음먹었다. 언성을 살큼 높였다.

"진나라 시황은 여불위의 아들이오. 천상의 배필은 시운時運의 어긋남으로 해서 각기 달리 헤매다가도 언젠가 한 번은 결합하는

것이외다. 시황의 모주母主와 여불위의 만남이 진정 그러하였사외
다. 그리고 사사로운 인도로써 천도天道를 막을 순 없지 않으오리
까. 정절이란 소절小節에 구애되어 천기를 놓쳐선 하늘에 대죄를
짓는 것이 아니오이까. 이 최천중은 비록 일개의 관상사에 지나지
않소만, 천리天理에 어긋남이 없도록 행동하는 사람이외다. 사심,
사욕을 갖고 어찌 이처럼 담대한 짓을 꾸미오리까. 대의멸친大義滅
親이란 교훈도 있사옵니다, 부인."

"꼭 그렇다면 제게도 생각할 짬을 주십시오. 대의를 좇고 천도를
따르려는 사람이 어찌 야밤에 숙녀의 방을 범하는 망측한 일을 한
단 말입니까. 오늘 밤엔 그냥 돌아가십시오. 이 일로 심히 탓하진
않으리다."

어느덧 침착을 되찾은 모양으로, 부인은 말을 조리에 좇아 또렷
또렷하게 했다.

"이 밤을 놓치면 기회는 영원히 오지 않습니다. 왕 생원을 고이
잠들게 하는 신통력이 다시 발휘될 수도 없을 뿐 아니라, 갑자년
무진월 경인일 을축시의 사주는 오늘 밤이 아니면 만들 수가 없사
옵니다. 천기는 한 번 있지, 두 번 되풀이되는 것이 아니외다. 부인,
망조가 든 이 나라에 어진 임금을 베푸소서. 그리고 모후母后로서
의 영광을 누리소서."

그러나 부인은 미동도 하지 않았다.

최천중은 몸을 옮겨 부인의 어깨를 안으려고 했다. 그러자 부인
은 몸을 홱 털고 일어섰다.

최천중은 부지불각으로 치맛자락을 잡았다. 부인은 치맛자락을

사정없이 뿌리치고 날카롭게 쏘았다.

"나는 임금의 어머니 되길 원하지 않소. 정숙한 아내이길 원할 뿐이오."

그러고는 바깥으로 나갈 양으로 최천중의 몸 뒤를 돌았다.

그때, 최천중은 벌떡 일어나 허리춤에서 비수를 꺼냈다. 칼집을 벗기니 시퍼런 칼날이 촛불을 받아 번쩍했다.

"좋소."

최천중은 감정을 억누르는 소리로,

"대장부 일생일대의 뜻을 이루지 못할 때, 꼭 한 가지 수단이 있소. 그건 죽음이오. 나는 이 칼로 부인의 남편을 죽이고 나도 죽겠소. 이런 일은 성공하면 영광이 있고 실패하면 창피가 남을 뿐이오. 그런데 나는 살아남아 그 창피를 감당할 의사가 없소. 부인의 남편을 죽여야 하는 것은, 그 사람이 천상의 배필이 화합하여 천도를 행하지 못하게 한 장본인이기 때문이오. 부인께서 아무리 발악을 해도 내 뜻은 막지 못하리다. 부인은, 천상의 배필과 지상의 배필을 한꺼번에 잃고, 두 지아비의 과부가 되어 장차 정녀문貞女門의 귀신이나 되시오."

부인은 문설주에 한 손을 얹고, 거기 이마를 대고 온몸을 와들와들 떨었다.

"나는 왕 생원을 평생의 은인으로 알아, 앞으로 탄생할 아이를 그의 아들로 하고 받들 염원까지 세웠소. 오늘 밤의 일은 감쪽같이 비밀로 하여 무덤까지 가지고 갈 각오이오며, 그 아들이 왕위에 오르면 나는 신하로서 내 신명을 다 바칠 서원까지 세웠소이다. 그러하온데 그 포부는 부인의 옹졸한 고집 때문에 좌절되고, 이 밤 두 장부가 구만리 같은 앞날을 남기고 죽는 겁니다. 바라건대, 정녀문에 모셔진 귀신이 되어 이 밤의 일을 후회하지 마소서."

최천중은 이 말을 남겨놓고, 칼을 빼든 채 부인의 몸을 비켜 방문을 열려고 했다. 부인이 날쌔게 몸을 돌려 칼을 든 최천중의 팔에 매달리며,

"사람 살려요!"

하고, 찢는 듯한 고함을 질렀다.

최천중은 불각중에 팔꿈치로 사정없이 부인의 가슴팍을 쳤다.

무술의 경험이 있는 장정의 억센 팔꿈치를 명치에 맞고, 부인은 꺾어지듯 그 자리에 쓰러졌다. 기절한 것이다. 여자의 명치는 치명적인 급소인 것이다.

최천중은 민첩한 동작으로 마당으로 뛰어내려 이쪽 담, 저쪽 담을 돌며 이웃의 동정을 살폈다.

워낙 깊은 밤이어서 모두들 깊은 잠에 빠져, 외마디 고함은 보람이 없었던 것으로 보였다. 이웃으로부터 아무런 동정도 없었다.

최천중은 깊게 숨을 내쉬고 하늘을 쳐다봤다. 성두星斗가 찬란하게 만천滿天을 수놓고 있었다.

바람 한 가닥 없는 고요 속에서 만천의 별들이 자기의 동작을 응시하고 있는 것만 같았다.

돌연 '매골백운장이의埋骨白雲長已矣'란 시구가 심상 위를 스쳤다. 백골을 백운이 지나는 산속에 묻고 죽어버릴까 하는 절망의 탄식이었다.

'안 되지. 안 되고말고.'

하는 오기와 같은 감정이 잇달아 솟았다.

최천중은 사랑방 문을 열고 왕덕수의 깊은 잠을 확인하곤 내실로 향했다.

왕씨 부인은 아까 쓰러진 자세로 기절해 있었다. 최천중은 얼른 부인의 맥박을 살폈다. 끊어질 듯 말 듯한 맥박이었다.

최천중은 황급히 벽장의 소재를 알아내곤, 그곳에서 이불을 꺼내 아랫목에 깔았다.

부인을 안아 일으켰다. 최천중의 힘에 버금가지 않는 몸무게! 그의 눈에 눈물이 핑 돌았다. 이 세상 무엇과도 바꿀 수 없다는 무게를 통절하게 실감해보는 것은 기막힌 안타까움이었다. 그는 이미 아무것도 두렵지 않았다.

최천중은 왕씨 부인을 반듯이 요 위에 누이고, 먼저 저고리 고름을 풀었다. 안저고리 고름도 풀었다. 다음에 치마끈을 풀었다. 기적처럼 젖가슴이 부풀어올랐다. 억눌렸던 생명이 돌연 사슬에서 벗어나 자기를 주장하는 것 같은 상아 빛깔의 정열이었다.

최천중은 넋을 잃었다. 이래선 안 되겠다는 의식이 잇달았다. 촛대 놓인 소반 위의 물그릇을 들어 물을 한 모금 입에 품고, 그 물을 왕씨 부인의 입으로 옮겨 넣었다. 기가 막힌 감촉이었다.

그리고 몸을 뒤집어 저고리를 벗기곤 가볍게 등을 두드린 다음, 치마를 벗기고 속치마 위로 배를 안찰했다. 그러기로 얼마간을 지나서 기식氣息이 회복되는 징조가 나타났다. 그 징조를 확인하곤 버선을 벗겼다. 수줍은 처녀 같은 발을 두 손을 모아 쥐어보곤 정성을 다해 발바닥을 주물렀다.

부인은 기식과 더불어 의식도 거의 회복된 것 같았다. 그러나 기력까진 아직 되찾지 못한 모양으로, 이제 막 뜬 눈을 스르르 도로 감아버렸다. 눈을 감는 찰나, 눈꼬리로부터 한 줄기 눈물이 흘러내렸다. 그 자국이 촛불에 빛났다.

최천중은 조심스럽게 속치마를 벗겼다. 기력과 함께 그 의지도 잃어버린 듯, 왕씨 부인의 몸은 최천중의 손놀림에 따라 이리저리로 움직였다.

부인과 나란히 누워 가볍게 부인을 안았다. 가벼운 포옹으로써도 부인의 몸이 바윗돌처럼 경화되어 있다는 것을 알았다.

한암寒岩이 고목枯木*을 느끼듯 해서야 성취될 수 없는 일이었다. 최천중은 그의 자존심으로서도 기력을 잃은 여자를 겁탈할 의사는 없었다. 더욱이 왕씨 부인이기 때문에 그랬다.

그는 나직이 속삭였다.

"부인 내 말을 들어주십시오. 우리는 신령의 뜻을 받들어 천도를 행하려는 참입니다. 명분 없이 도리에 어긋난 짓을 하려는 것이 아닙니다. 부인, 장차 이 나라에 거룩한 인군을 모시기 위해 거룩한 의식을 거행하려는 것입니다. 나는 부인께서 이 밤을 신성한 밤이라고 믿고 축하하는 마음을 가지도록 간절히 바랍니다. 천상의 배필이 어쩌다 길이 어긋나 각기 다른 팔자의 행로를 헤매다가 신령의 점지로 하룻밤만이라도 이렇게 해후할 수 있으니 얼마나 기쁜

---

* 찬 바위와 말라 죽은 나무, 즉 생기 없는 싸늘함을 의미함.

51

일입니까. 나는 오늘 밤의 일을 무덤까지 가지고 갈 비밀로 보존하
겠습니다. 장차 태어날 아들을 왕 생원의 아들로서 기르고, 임금이
되는 날에도 왕 생원이 아비 노릇을 하도록 그늘에서 도울 작정입
니다. 부인…"

이렇게 속삭이면서 최천중은 손으로 쉬지 않고 부인의 전신을
어루만졌다.

왕씨 부인의 경화된 몸이 떨리기 시작하는 것을 최천중의 민감
한 손끝은 곧 감지할 수 있었다. 부인의 전신이, 느낄락 말락 한 산
들바람을 받은 나뭇잎처럼 요동하기 시작했던 것이다.

그러나 그 요동은 해빙기를 알리는 계절의 전조前兆 같은 것이었
다. 이윽고 요동이 멎고, 포근히 녹은 여체의 감촉이 최천중의 손끝
으로 해서 전해져 왔다.

옥방지요玉房指要를 비롯한 중국의 방중술을 익힌 최천중의 수
련이 기절 상태에서 깨어난 왕씨 부인의 육체에 드디어 정화情火를
불붙이기에 성공한 것이다.

이러한 반응을 확인한 최천중의 손이 대담하게 행동을 개시해
서, 왕씨 부인이 첩첩이 껴입은 속옷의 음미로운 부분에 이르는 매
듭의 마디를 풀어나갔다.

이미 모든 일을 체관*한 부인은 눈을 감은 채 숨소리를 죽이려고
했다. 그렇지만 여체의 슬픈 생리는 어떻게 할 도리가 없었다. 숨결
이 점점 가빠만 졌다. 얼굴에 홍조가 돋아났다.

---

* 諦觀: 단념.

최천중은 부인의 속옷의 매듭을 모조리 풀어버린 다음 허벅다리에 이르자, 그 탄력 있는 감촉에 자신의 전신이 화끈하게 불붙는 것 같은 느낌을 가졌다. 아까까지만 해도 차디찬 바윗돌처럼 경화되어 있던 부인의 육체가 어느덧 봄눈처럼 녹아버려, 가벼운 신음소리마저 꽃잎 같은 입술 사이로 새어 나왔다.

동현자同玄子의 가르침에 의하면 바로 이럴 무렵에,

"여인의 진액津液이 화심옥미花心玉美를 적시고 현포천정玄圃天庭을 가득 채운다."

고 했고, 이때가

"양대陽臺를 봉입棒入하여 구천일심지법九淺一深之法을 행할 때…"

라고 했다.

그러나 최천중은 단권單卷의 방중술만을 익힌 사람이 아니다.

왕씨 부인의 육체가 이미 정화의 불길에 싸여 있기는 해도, 그 정신은 아직 냉정하다고 짐작하고, 옥방지요의 첫머리를 상기하며 보다 더한 시기의 성숙을 기다렸다.

옥방지요의 첫머리란 다음과 같다.

교접지도交接之道 복타무기復他無奇 이화위귀以和爲貴

(교접의 방법은 별게 아니다. 화和로써 귀貴를 삼는다.)

화和는 종용안서從容安徐로써만 이루어진다고 했다. 화는 또한 의사의 합일, 사랑의 합일을 말한다. 정신은 죄의식에 젖어 있고 육체만이 정화에 싸여 있을 때, 의사의 합일과 사랑의 합일은 무망한 노릇이다.

최천중은, 자기가 정욕에 사로잡혀 불측한 짓을 하는 놈이 아니란 걸 부인에게 증거 세워야겠다고 생각했다. 그러기 위해서는 신중한 태도가 필요할 것이다. 사나이의 가슴에 이런 감정이 필 때, 그것은 사랑이랄 수밖에 없다.

최천중은 진정 왕씨 부인을 사랑했다.

최천중은 부인의 허벅다리를 간단없이 문지르면서도, 그 음미로운 장소의 침범을 억제하며 속삭였다.

"부인, 신륵사에서 부인을 뵈온 이래, 나는 몽매에도 부인을 잊지 않았소이다. 하룻밤만이라도 사랑을 얻을 수 있다면 죽어도 한이 없겠사옵니다…."

최천중의 속삭임은 애소哀訴였고, 그 애소는 흐느낌으로 바뀌었다.

그래도 부인은 말이 없었다.

최천중은 서둘지 않기로 마음을 다졌다. 교접의 극의極意가 이화위귀以和爲貴라면, 충동에 제동을 거는 뜻으로도 풀이할 수 있을 것이다.

극치에 빨리 이르기를 서둘기보다, 극치를 상상하고 충동을 제어하는 노릇도 환오歡娛*의 방편이 아닐 수 없다.

최천중은 신중한 태도로써, 자기가 결코 정욕에 사로잡혀 불측한 짓을 하는 놈이 아니란 걸 증거 세웠다고 자신을 가졌을 때, 비

———
* 기쁘고 즐거움.

54

로소 부인의 육체를 골고루 상미賞美하는 데서부터 의식儀式을 시작했다.

자연스럽게 속옷이 벗겨져나갔다. 명장名匠의 조탁彫琢으로 된 나신이 촛불에 감싸여, 그 황홀한 상아빛 광채로써 방을 가득 채웠다.

아미를 곁들인 부용芙蓉의 얼굴, 섬세한 목덜미로부터 흘러내린 우아한 선이 신비를 닮은 원구圓丘로서 유방으로 솟아 있고, 세요細腰의 교치巧緻를 지나면 풍요한 완구緩丘, 그 언덕에 조화의 신운神韻이 정적을 안은 다소곳한 숲…. 곤륜산崑崙山의 옥을 깎아 만든 기둥처럼 괴려한 두 다리에 흐르고 있는 정감의 황홀함이여!

최천중은 소녀경素女經 구법九法과 동현자同玄子 삼십법三十法을 골고루 활용할 작정을 세웠다.

그는 서서히 사세四勢의 전기前技를 작동하기 시작했다. 사세의 전기란 서주무敍綢繆, 신견권申繾綣, 폭새어曝鰓魚, 기린각麒麟角 등의 방법을 말한다. 이 사세의 전기는 옥방지요의 면목을 가장 잘 나타낸 묘법 중에 속한다.

최천중은,

'올해는 계해년인지라!'

하고 속으로 중얼거리며 서주무의 기법으로 들어갔다. 벌레 소리도 멎은 고요 속을 부인의 신음 소리와 서주무의 작동 소리가 누볐다. 그런데 서주무란 어떤 기법인가?

'…'

서주무가 끝나자, 최천중은

'이달은 기묘월인지라.'

하는 생각과 더불어 신견권의 기법으로 바꿨다. 부인의 신음 소리가 차츰 높아지는데, 신견권의 작동 소리가 그 신음 소릴 가렸다.

그런데 신견권이란 도대체 어떠한 기법인가?

'…'

신견권을 조절할 단계가 왔다. 최천중은 잠깐 숨을 돌리고 마음속으로,

'이날은 병오일인지라.'

하고 중얼거리며 폭새어의 기법으로 동작을 옮겼다. 부인의 신음 소리는 이제 폭새어 작동 소릴 앞질렀다. 여체가 바야흐로 환희를 찾아 절벽을 기어오르고 있는 것이다. 그런데 폭새어란 도대체 어떠한 기법일까?

'…'

폭새어의 기법도 한계가 있어야 했다.

최천중은

'바로 이 시각이 을축시렸다.'

하고 되뇌며 기린각의 기법으로 동작을 옮겼다. 기린각은 특히, 종용안서를 위주로 하는 기법인 것이다.

왕씨 부인의 몸이 불덩어리가 되어, 오징五徵과 오욕五慾이 모조리 발동한 듯 인내력의 마지막을 다하고, 경련하는 팔을 뻗어 최천중의 목을 안았다.

적시適時에 이른 것이었다.

최천중은 부드럽게 왕씨 부인의 팔을 풀어 몸을 일으키곤, 양대로써 옥리玉理를 건드리고, 다시 드디어 금구金溝를 찔렀다.

이윽고,

'몰릉로뇌沒稜露腦

왕래송진往來松津

극력유찰極力揉擦

좌우외찰左右偎擦

진병진몰塵柄盡沒

지근지잉至根止剩

수식수출隨拭隧出.'

하며, 최천중이 익힌 바 방중술의 비법을 활용하기 시작하자, 왕씨 부인은 동현자의 묘사 그대로 교성이 겁겁怯怯하고 성안星眼이 몽롱하기에 이르렀다.

이에 이르자, 최천중은 비로소 구천일심지법九淺一深之法을 쓰기 시작했다. 구천일심지법이란 금현琴絃과 맥치麥齒를 극대戟하는 심천深淺, 완급, 강약의 도를 말한다.

이어, 그는 구천일심지법을 팔천이심으로, 거기서 칠천삼심, 오천오심으로 옮겨 연심법連深法을 교대하다가 다시 구천일심지법으로 되돌아오곤 했다. 그사이, 왕씨 부인의 오열이 격해 열성이 터질 듯할 즈음에 최천중은 부인의 입에 수건을 물렸다. 절륜한 정력을 가진 그는 접이불루接而不漏의 원칙을 터득하고 있었지만, 목적이 목적이어서 세 차례의 파정을 했다.

그래도 그는 싱싱한 짐승이었다. 한편, 왕씨 부인은 아홉 번 죽고 열 번 살아나는 기적 속에서 무아의 경계를 오락가락했다.

이렇게 자시에 시작한 의식이 축시를 거의 지나서야 그 운우의

막을 내렸으니, 반고班固의 말 그대로

'방중房中은 정성情性의 극극極極이며, 지도至道의 제제際이니라.'

그러니 그날 밤의 그 광경은 '일추일퇴一推一退, 우경우희又驚又
喜' 따위로 묘사한 서상기西廂記의 필법으로선 도저히 감동할 수
가 없는 것이다.

운우가 끝났어도 왕씨 부인은 황홀경에서 좀처럼 깨어나질 못했
다. 최천중은 방중술서 선경仙經의 가르침에 따라 원앙무鴛鴦舞,
유화도柳花跳, 풍유롱風揉弄 등 삼법의 후기後技로써 부인의 의식
을 회복하게 한 뒤, 부인에게 이불을 덮어주고 자기는 옷을 입었다.
그리고 부인의 머리맡에 무릎을 꿇고 앉아 잔잔한 소리로 일렀다.

"신령의 점지 영특하기로, 백년해로의 부부가 못 다할 정의 극극極,
도의 제제際를 일기일회一期一會에 다하였소이다. 기필 상제의 응답
이 있을 것으로 아오나 보완의 필요가 있을 것 같으니, 부인께서 동
감하신다면 나흘 후 여주 신륵사로 왕림하소서. 거기 오시기만 하
면 방도는 내가 강구하겠소이다."

그리고 일어서며,

"십 일 후 왕 생원과의 동침을 잊지 마소서. 그때까진 몸을 청정
히 가지소서."

하는 말을 남겼다.

굴신할 수 없을 만큼 몸과 마음이 지친 왕씨 부인은 최천중의
방문을 여는 소리와 함께 눈을 떴다. 그 눈엔 눈물이 있었다.

'모르는 게 부처님'이란 말이 있다.

밤사이에 무슨 일이 있었던가를 알 까닭이 없는 왕덕수는 태평스런 얼굴을 하고 잠에서 깨었다.

'조금 늦잠을 잔 탓으로 새벽 글을 읽지 못했구나' 하는 후회가 없지 않았지만, 숙수를 한 뒷날 아침의 기분이란 과히 나쁘지 않았다.

아직 잠길에 있는 최천중을 깨우지 않게끔 조심을 하며 왕덕수는 밖으로 나왔다. 화창한 오월의 아침을 오동나무에 앉은 참새들이 노래 부르고 있었다. 왕덕수는 문득,

'동네의 글동무를 청해 최천중과 어울려 오늘 소풍이나 갈까?'
하고 생각했다.

어젯밤 최천중이 들먹인 논어 선진편에 있는 증석의 말이 상기된 탓도 있었다. 아닌 게 아니라, 춘복을 입고 뜻 맞는 시우詩友들과 함께 기수沂水, 한강으로 나가 춘색과 시흥에 도취해 놀다가 해 저물 무렵 어울려 노래 부르며 돌아오면 신날 것 같았다.

세수를 하려고 안채로 들어섰다. 세숫물을 떠 주는 부인의 얼굴이 이날 아침따라 더욱이나 화사하고 고왔다. 아들을 가질 수 있을지 모른다는 기대가 부인의 얼굴을 더욱 아름답게 한 것으로 보였다. 그런 짐작으로 왕덕수는 활짝 웃어 보이기까지 했다.

부인은 남편의 활달한 태도를 접하고 불안한 마음을 지울 수 있었다. 사실, 부인은 아직도 정신을 차리지 못하는 마음의 상황이었다. 어젯밤의 일이 꿈같기만 하다가, 돌연 죄를 느끼고 몸을 떨기도 했다. 그러면서도 마음의 바닥에 깔린 아련한 후렴 같은 것이 요사스럽게 가슴을 설레게 했다.

그러나 아침밥을 정성스럽게 마련했다. 외인금제外人禁制가 풀렸

다는 안심도 있어, 아랫사람들의 도움을 청하기도 해서 제법 융숭한 밥상을 차릴 수 있었다.

아침 밥상을 받은 자리에서 왕덕수가,

"최 도사, 오늘 우리 소풍을 갑시다. 동네에 마음이 맞는 시우들이 두어 사람 있사옵니다."

하고 말을 꺼냈다.

"그것, 유감스러운 일이군요."

최천중은 한양에 바쁜 일이 있어 오늘 안으로 꼭 떠나야겠다는 핑계를 댔다. 왕덕수는 그럴 수 없이 섭섭해했다.

"무슨 일인지 알 수 없어 굳이 만류하진 못하겠사오나, 웬만한 일이면 하루만 더 유하셔도 좋지 않겠습니까."

"말 못 할 사정이 있사옵니다."

하면서, 최천중은 왕덕수에게 한 가닥 미안한 감정을 가지면서도 한량없이 사람이 좋기만 한 그에 대해서 와락 미움을 느꼈다. 악인이 선인을 만나면 스스로의 악이 두드러지게 부각되는 바람에 되레 미움을 느낄 수가 있는 것이다. 이런 도착到錯된 기분은 경우에 따라 살의殺意로 번질 수도 있다.

최천중은 일순,

'이자만 없으면 부인을 내 차지로 할 수 있지 않을까?'

하는 생각을 했다.

최천중은 얼른 그 생각을 지워버렸다. '천망天網은 회회恢恢하여 소이불루疎而不漏'*라는 글귀가 뇌리를 스쳤기 때문이었다.

아침 식사를 끝내자, 최천중은 출발 채비를 차렸다.*

"열흘 후 내실에 들도록 하시오. 그때 북두의 방위가 알맞을 것이외다."

이 말을 남기고 최천중은 떠났다.

아지랑이가 피어오르고 있었다. 종달새가 노래 부르고 있었다.

샛노란 유채꽃이 군데군데 황금의 방석을 이루고 있었다. 모심기를 앞둔 대지에선 무럭무럭 생기가 뿜어지고 있었다.

신륵사에 이르는 길은 완연한 춘색 속을 누비는 꿈길이었다. 최천중의 가슴속에선 시흥이 파도처럼 일고 있었다. 타국을 정복하고 돌아오는 개선장군의 기쁨에 비할 수 있을까. 그것도 모자랐다. 최천중은 천하를 정복한 기분이었다.

어젯밤의 그 환희는 정말 인생에 있어서의 값진 승리였으며, 새 역사를 열 거룩한 출발이었다. 왕재를 만들었는지 만들지 못했는지의 문제는 대수롭지 않은 것이었다. 희귀한 여체에 사내의 정회를 풀 수 있었다는 사실 자체가 중요했던 것이다. 며칠 후 또 그 여체를 즐길 수 있으리란 기대가 또한 한량없는 감동이었다.

혹시 왕재를 만드는 기적이 이루어졌을지도 모른다는 생각이 또한 그를 황홀하게 했다. 그날의 태양도 최천중을 위해서 중천에 떠 있었다. 춘색을 곁들여서….

최천중은 문득 여불위를 상기했다. 설혹 최천중이 왕씨 부인을

---

* '하늘의 그물은 널널해서 성기기는 해도 새지는 않는다.' 악행을 저지르면 언젠가는 반드시 벌을 받게 된다는 의미.

통해 임금을 낳기로서니 여불위와는 사정이 달랐다. 여불위는 장양왕莊襄王에게 자기의 첩을 빼앗기고, 빼앗긴 그 여자와 다시 내통해서 아들을 얻은 처지의 사나이다. 그 아들이 장양왕의 후사後嗣로서 왕이 된 것이 진시황인 것이다.

그러나 최천중이 여불위를 상기한 것은 상국相國으로서의 그 지위 때문이었다. 임금의 아비로서 한일월閑日月을 즐기는 것보다는, 왕덕수의 아들로 해두고 상국으로서 실권을 행사하는 것이 최천중으로선 떳떳하고 보람 있는 일일 것이다.

그는 상국이 되는 날엔 강희康熙, 건륭乾隆의 성세를 방불케 하는 정치를 펼 것이란 포부를 다졌다. 이렇게 날개 돋친 마음은 그를 공상의 세계로 이끌었다. 하늘과 접한 산봉우리의 자주 빛깔의 능선이며, 산들바람이 지나가는 들이며, 오얏꽃이 만발해 있는 마을이며, 구름을 싣고 흐르는 강이며, 이 모든 것이 자기의 것이 된 것처럼 착각을 느꼈다.

"장부 이 세상에 나와 천하를 잡아야! 잡을 건 천하다!"

최천중의 뇌리에 일련의 글귀가 이루어졌다.

　　내 뜻과 더불어 산고山高하고
　　내 한과 더불어 강류江流하고
　　내 기쁨과 더불어 야활野闊하니
　　건곤乾坤은 나의 당우堂宇요
　　일월日月은 나의 등촉燈燭이라.

이러한 감정이 얼굴에 나타나지 않을 까닭이 없다. 강변을 산책하고 있던 신륵사의 주지 월산화상月山和尙이 절 어귀에서 최천중을 영접하며 대뜸 물었다.

"처사께선 무슨 좋은 일이 있었소?"

"대사, 어젯밤 저는 승룡비천乘龍飛天하는 꿈을 꾸었소."

"나무아미타불!"

하고 월산화상이 합장했다. 그리고 의아한 표정으로 서 있는 최천중에게 조용히 타이르듯 말했다.

"희喜에 비悲가 따르게 마련이고, 득의得意는 실의失意의 인因이오. 그런데 처사의 얼굴엔 새겨놓은 듯 사락邪樂의 흔적이 역력하구려. 악과惡果의 작인作因을 한 것이 아닌지 심히 두렵소. 나무아미타불!"

장상의 천하계

掌上

天下計

왕씨 부인은 나타나지 않았다.

한강이 눈 아래로 흐르는 신륵사 산문 옆, 동산에 앉아 꼬박 닷
새를 기다렸는데, 가인佳人은 끝끝내 오지 않고 춘색을 띤 강물은
여름을 향해 흐르고 있었다.

양반집 부인이 쉽사리 거동하기가 어려울 줄을 모르는 바는 아
니었으나, 최천중은 가슴에 구멍이 뚫린 것처럼 허전했다. 소녀경
구법과 동현자 삼심법, 그리고 옥방지요에서 뽑아낸 그 방중의 비
술들이 부인의 마음을 사로잡아 이곳에까지 데려올 수가 없었단
말인가!

최천중은 쓸쓸한 웃음을 띠고 엿새째 되는 아침 신륵사를 하직
했다.

하직 인사를 하자, 만사를 꿰뚫어보는 듯한 월산화상은,

"기다리던 사람이 오지 않은 모양이로군. 그러나 그것으로써 좋
은 거요."

하며 연민의 표정을 지었다.

"가인수불래佳人遂不來 춘강향하류春江向夏流

그리는 사람은 오지 않고, 봄 강이 여름을 향해 흐르고만 있었소이다."

최천중이 가슴에 괴었던 말을 했다.

"됐소. 그만한 풍류만 있으면 됐소."

하곤, 화상은 최천중을 산문 밖까지 전송했다. 그러나 월산화상은 근심스런 눈으로 멀어져가는 최천중의 등을 한참 동안이나 지켜보고 있었다. 월산은 최천중을 좋아했기에 최천중의 마음이 바람을 안고 있는 것을 통찰할 수 있었고, 위태위태함을 느껴 일말의 불안을 지녔던 것이다.

월산의 그런 불안에도 아랑곳없이 최천중은 봄과 여름의 사잇길을 화창한 기분으로 걸었다. 며칠 전의 들뜬 감정과는 달리 차분한 생각에 잠길 수 있었다. 왕씨 부인을 다시 만나 환오의 정을 나눌 수 없었던 것은 섭섭했지만, 늠름한 태도가 왕재의 어머니로서의 품도가 아닐까 싶어 갸륵한 마음도 드는 것이었다.

최천중은 새삼스럽게 왕씨 부인에게 존경을 곁들인 진정한 사랑을 느꼈다. 진정한 사랑을 쏟을 수 있는 여인을 이 천하 어느 곳에 두고 있다는 것은 그로써 사나이의 행복이 된다.

최천중은 왕씨 부인이 잉태했다고 믿고 장래를 설계해보는 마음으로 비약했다.

'첫째, 재물을 모아야지.'

재물을 모으는 갖가지 방법이 떠올랐다. 수단을 불구하고, 염치를 걷어치우고, 하나의 왕재를 기를 만한 재물을 모아야 하는 것이다. 재물이란 추잡하게 모으건, 악랄하게 모으건, 모으기만 하면 재물 자체의 빛으로 만사를 광피光被*할 수 있다는 사실을 그는 누구보다도 잘 알고 있었다.

'하물며 왕재를 기르기 위해서랴!'

최천중은, 교동 일대에 추녀를 잇대고 즐비한 장동壯洞 김씨 십이가十二家의 창고에 꽉 차 있을 재물을 염두에 그려봤다.

'그만한 재물은 있어야지.'

하는 감회가,

'그 재물을 뺏어야지.'

하는 호기로 변했다.

인재를 모아야 한다는 생각이 잇달았다. 그러나 그 일은 재물을 모은 연후에야 도모할 일인 것이다.

공상은 공상을 불러일으킨다. 최천중은 바야흐로 공상 속의 산과 들을 지나고, 그리고 강을 건너고 있었다. 보행에 따른 고통도 잊었다.

그가 널다리에서 늦은 점심 요기를 하고, 다시 걸음을 시작해서 만리동 집에 도착한 것은, 긴 초여름의 해도 저물기 시작하여 삼개 [마포麻浦]에 저녁놀이 깔리기 시작한 무렵이었다.

서울로 돌아오면 최천중은 일과가 바쁘다. 최천중은 이튿날 아침 일찍 일어나 삼개의 최팔룡崔八龍을 찾아갔다. 최팔룡은 미곡 도

---

* 빛이 널리 비침.

매를 하는 상인으로서, 삼개의 10대 여각旅閣 중에 드는 사람이었
다. 최천중은 동성동본이라고 해서 친해진 인연으로 자기의 재물
을 최팔룡의 창고에 맡겨두고 있었다.

최팔룡은 최천중을 보자,

"도사, 또 돈 벌어 가지고 왔소?"

하며 반겼다.

"돈 벌어 온 게 아니라, 돈을 좀 가지러 왔소."

"얼마쯤?"

"엽전 백 냥하고, 열 냥짜리 어음 스무 장만 떼주시구려."

"그 돈을 다 어디에 쓸 거요?"

"오늘은 선심을 좀 써야겠소."

"요즘 세상에 선심을 쓰는 사람이 있다니 듣기가 좋군."

하고, 최팔룡은 바로 그저께 같은 미곡 도매상인 이웃의 김재순金
在純이 쌀 2백 섬을 실은 배를 화적 떼에게 빼앗겼다는 얘길 했다.

"종씨는 손해가 없었소?"

"그 배엔 내 쌀도 오십 섬쯤 있었소."

"큰 손해를 봤구려."

"그 정도의 손해로 끝난 것을 다행이라고 치고 있소."

하고, 최팔룡은 담대한 면목을 보였다. 그런데 경향 각지에서 도적
의 무리가 횡행하니 세상도 끝장이 나는 것 같다고 탄식하길 잊지
않았다.

최천중은 지게꾼을 시켜 돈 백 냥을 집에다 갖다놓고 이웃 사람
들을 불렀다.

최천중의 이웃들은 소금장수, 물장수, 젓갈장수, 채소장수, 시목柴木장수, 엿장수, 품팔이꾼 등으로서, 모두 영세한 백성들이었다. 세월이 좋지 않은 요즘은 하루 한 끼 입에 풀칠하기가 어려운 사정들인 것이다. 그래서 최천중은 약간의 돈이 생기기만 하면 그들에게 한 냥 또는 두 냥씩을 나눠주는 선심을 써왔던 것이다. 한 가구당 다섯 냥씩 나눠주었다.

"우리 도사님은 이렇게 인정스러우시니, 하늘에서 복이 저절로 내리실 겁니다."

하고, 모두들 입을 모아 칭송했다.

전력이 기생이었던 최천중의 아내는 그 돈이 아까워 죽을 지경이었다. 그만한 돈이면 방물전에 가서 마을에 도는 패물을 얼마든지 살 수 있을 것이니 말이다.

그날도 이웃 사람들이 돌아가자마자 불평을 터뜨렸다.

"한강에 돌 집어넣기지 그게 뭐요? 좀 알뜰하게 살아봅시다."

"궁한 사람들을 그냥 둘 수가 있나?"

"가난은 나라님도 못 막는다오. 밑 빠진 항아리에 물을 부은들 언제 차겠수?"

"잠자코 있어."

하고 최천중이 혀를 찼다.

"백 냥 돈을 쓰고 천 냥 돈을 버는 거요. 그 사람들은 모두 장안을 누비고 다니는 사람들 아닌가. 그 입들이 모두 내 관상술을 칭송하게 되면, 돈이 저절로 굴러 들어오는 거여. 보리밥알 갖고 잉어 낚는다는 소릴 들어보지도 못했어?"

아닌 게 아니라, 최천중이 장안에 다소나마 알려진 관상사로 행세할 수 있었던 것은, 그 행상꾼들이 놀리는 입 덕택이었다. 백 냥 쓰면 천 냥이 들어온다는 말은 과장이 아니었던 것이다.

점심을 먹고 나서, 최천중은 의관을 정제하고 남대문으로 해서 성안으로 들어갔다. 햇살이 벌써 여름 햇살이어서, 처마 밑 그늘을 찾아 걷지 않을 수 없었다. 교자를 탄 선비들이 부채로 그늘을 만들고 있는 광경도 보였다.

최천중은 광통교를 건너 종로로 접어들어 방물전으로 들어섰다.

금은 빛깔로 휘황찬란한 패물들을 두리번거리고 있다가, 큰 옥비녀 하나와 두툼한 금가락지 하나를 샀다. 그의 뇌리엔 왕씨 부인이 있었다. 모정慕情이 갈증渴症을 닮았기에 정표情表를 찾는 마음으로 된 것이다.

그는 잠시 생각하다가 자그마한 금비녀 한 개를 사서 별도로 싸 넣었다.

방물전에서 나와 약방 근처를 서성거리며 신농유업神農遺業 만병회춘萬病回春 따위의 문자를 바라보기도 하다가, 약을 장만하는 건 시기가 이르다는 생각이 들어 육조六曹 앞으로 가서 그 근처의 책사冊肆를 뒤졌다. 왕덕수에게 선물할 만한 책이 없을까 해서였다. 청나라에 갔던 사신 일행이 며칠 전에 돌아왔다니, 중국의 신서新書가 왔을지도 모를 일이었다.

최천중의 추측은 정확했다. 그의 눈을 끄는 신서가 있었다. 정암시집定庵詩集이었다. 정암이란 공자진龔自珍의 아호이다.

건륭乾隆의 선대를 축복하듯, 건륭의 말기에 생을 받은 이 대시인의 높은 문명文名은 일찍이 풍문으로 듣고 있었지만, 그 시문에 직접 접하긴 최천중으로서는 처음이었다.

청표青表*의 함을 풀기가 바쁘게 한 권의 책을 펴 들었다. 돌연, 눈을 쏘는 한 구절이 있었다.

정다처처유비환情多處處有悲歡

하필창상시호탄何必滄桑始浩歎

(다정한 사람은 무엇에건, 어느 곳에서건 슬픔과 기쁨을 느낀다. 천지가 진동하는 대사건이 있어야만 큰 슬픔을 느끼는 것은 아니다.)

다음에 눈에 띈 시구는,

동말서도박반생東抹西塗迫半生

중년하고피성명中年何故避聲名

재류백배무찬반才流百輩無餐飯

홀동자비불여쟁忽動慈悲不與爭

(글자를 지우고 다시 쓰고 하면서 어언 인생도 반을 넘겼다. 그런데 중년에 들어서 왜 나는 기왕에 그처럼 마음이 끌렸던 명성을 피하려고 하는 것일까. 세상엔 재능이 있는 사람들이 나날의 끼니도 잇지 못하는 경우가 많다. 그래서 홀연 자비심이 동해 그들과 더불어 경쟁할 마음을 잃어버린 것이다.)

---

* 푸른색 포장.

최천중은 이 시가 왕덕수의 마음에 통하는 함축을 가졌다는 생각에 이르렀다. 왕덕수의 기뻐하는 얼굴이 눈에 선했다. 얼만가 죄의 보상이 되지 않을까 하는 마음도 섞였다. 최천중은 세 권으로 된 그 시집 두 질을 샀다. 한 질은 자기의 몫으로 하고, 한 질은 왕덕수에게 보낼 참이었다.

한 질을 포장하고 있는 동안 넘긴 책장에서 다음의 글귀를 발견했을 때, 최천중은 아연실색할 뻔했다.

"화춘천상기용복花春天上祈庸福 월타회중청환연月墮懷中聽幻緣."

이 시구 본래의 의미와는 달리, 최천중은 '꽃을 천상에 바라보며 그저 평범한 행복만 바라소서. 달, 즉 당신의 부인이 품에 안긴 사실은 한갓 환중幻中의 인연으로 치소서' 하는 뜻으로 읽은 것이다.

책 가게에서 나온 최천중은 예정한 대로 다방골로 향했다. 다방골은 기촌妓村이다. 기촌은 최천중 같은 점술사에겐 하나의 정보원情報源이며, 맺힌 한을 푸는 환락향이기도 했다.

그는 골목길을 누벼 여란如蘭의 집 앞에 섰다. 여란은 세도대감勢道大監 김병국의 총애를 받는 기생이었다.

김병국의 당시 벼슬은 공조판서였지만, 이른바 장김세도壯金勢道의 핵심 인물이었다. 현 왕비의 아버지인 김문근의 조카인 데다가 그 인품도 만만치가 않았다. 그런 대감의 총애를 받는 처지이고 보니 보통의 한량들은 거들떠보지도 않는 기생이었다. 그러나 최천중과의 사이는 좀 달랐다. 김병국이 손을 대기 전부터 최천중은 여란과 운우정사가 있었던 터였다.

김병국과의 결연이 있은 후로도 최천중과 여란의 관계는 얼마 동안 계속되었다.

"대감의 벼슬엔 내가 미치지 못해도, 내 물건엔 대감이 미치지 못할걸!"

"대감이구 소감이구 다 싫어요. 내겐 당신만 있으면 그뿐예요."

하는 정담의 왕래가 있기도 했다.

그런 정도였는데, 최천중이 신륵사에서 왕씨 부인을 본 이래 발걸음을 끊었다. 그러니 오래간만의 방문인 것이다.

최천중은 집밖에서 집 안의 동정을 살핀 뒤 문을 밀었다. 문은 삐걱 소리와 함께 열렸다. 좁은 뜰에 들어서 가림판자를 돌았다. 여란이 마루 끝에 발을 쳐놓고 하염없이 앉아 있었다.

들어오는 사람이 최천중임을 알자, 여란은 기겁을 하고 일어섰다.

"어유, 웬일이세요? 오늘은 해가 동천東天으로 질 것 같군요."

"여란은 역시 난초와 같구먼."

하고, 최천중은 너털웃음을 웃었다.

여란은 마루에 보료를 깔고 앉기를 권하며 수선을 피웠다.

"어떻게 되신 거예요? 오늘은 무슨 바람이 불었죠?"

"다리뼈를 다치지 않으려고 눈치만 봐왔지."

"언젠 눈치 없이 지냈나요?"

여란이 째리는 눈으로 최천중을 보았다.

"나는 여란이 대감의 측실이 되길 바랐지. 그 때문에 피한 거여."

"오르지 못할 나무는 쳐다보지도 말라는 말이 있잖아요? 아무래도 그 집 귀신 되긴 틀렸는가 봐요."

"나주羅州의 합蛤*은 장김壯金을 단단히 물었는데, 이천利川의 합은 무는 힘이 약했던가 보지?"

"못 하는 말이 없군요. 정이 두 갈래로 가나요? 당신 때문인지 몰라."

나주의 합이란 장동 김씨의 중심 인물인 김좌근金左根의 측실을 말한다. 그 세도가 너무나 당당하였기에 나합羅閤으로 불리던 것이 나합羅蛤이란 통칭으로 전와轉訛된 것이다.

"그건 그렇구, 요즘 김씨 가문에 별다른 변고는 없나?"

"무슨 변고가 있겠어요? 요전번 대감의 생일엔 소가 천 마리나 들어왔답니다. 그러니 돈은 몇 짐이 들어왔을지 알 까닭이 없죠."

최천중은 빙그레 웃고 말았다.

"요다음 대감을 만나거든 꼭 이 말을 전해요. 천하제일 점술사 최천중이 말하는데, 김문에 이변이 있을 것이니 속히 나를 불러 미리 방술을 써야 할 것이라고. 이건 진담이야…."

"무슨 일인데요?"

여란이 최천중의 무릎이 닿는 데까지 다가앉았다.

"함부로 말할 순 없어. 하여간, 우연한 기회에 관상사이자 점술사인 도사를 만났더니 그런 말을 하더라고 일러줘."

"그러다가 봉변이나 당하면 어쩌시게요?"

"그런 걱정은 말아. 사람이 어디 한 번 죽지, 두 번 죽나? 나도 그 가문에 관심이 있어서 한 말야. 미리 방술만 쓰면 걱정할 게 없다

---

* 조개.

76

고도 말해요."

그러자 여란이 생각하는 빛이 되었다.

"아무래도 무슨 이변이 있을 것만 같애요. 백성들이 살고 있는 세상은 물이 바짝 마른 개천과 같은데, 그래서 물고기들이 말라 죽듯 백성들이 죽을 판인데, 글쎄, 우습지도 않다구요. 오죽했으면 혜당** 집 당나귀는 약식藥食도 잘 먹는데 호판댁戶判宅 조랑말은 약과藥果도 안 먹는다는 노래까지 나돌겠어요?"

"여란이 큰일날 소리 하는군."

"당신에게니까 하는 말 아뇨?"

"기생은 춤추고 노래 부르고, 그러다 수청이나 들면 되는 거야."

"그렇다고 치더라도 눈이 없나요, 귀가 없나요?"

"그게 안 된단 말여. 눈이 있어도 보면 안 돼. 귀가 있어도 들어선 안 돼. 입이 있어도 말해선 안 돼. 이 세상은 얇은 얼음판과 같아. 그 밑은 깊은 늪인데 말여. 기생은 뭣 땜에 기생이지? 종달이처럼 노래 부르고 나비처럼 춤추면 그만이여."

"나도 알아요. 아니까 더욱 서글퍼요. 손바닥만 한 밭이라도 일구어 산촌에나 가서 살았으면 해요."

"시골에서 올라온 우직스런 양반이나 하나 붙들지, 꼭 그렇다면 말야."

"대감이 두려워, 그런 작자들은 미리 움츠러드는걸요."

"대감으로부터 후한 대접이 있었을 테니까 기적妓籍에서 떠나버

** 선혜청 당상관. 선혜청은 대동미·대동포·대동전을 관할한 기관.

리면 될 게 아닌가."

"당신이 데리고 가겠다는 말은 왜 못 하죠?"

"내가 뭐… 입만 가지고 사는 빈털터리 아닌가."

"내가 먹여 살릴게요."

여란이 막상 농담이 아닌 투로 말했다. 최천중은 쓴웃음을 웃었다.

"그렇다면 좋아. 알뜰히 돈이나 모아놓으라구. 언젠간 내가 모시러 오지. 여란도 필요하고 돈도 필요할 때가 올 거야. 거드럭거리고 살 수 있을 때가 말이다."

이런 말 저런 말 하고 있는 동안에 뜰에 그늘이 들었다. 최천중은 일어섰다.

"술 한 잔도 안 하고 가시려우?"

여란의 눈빛이 애절하게 물들었다.

"안 돼. 대감의 비위를 거스르지 않도록 지금은 조심해야 할 때야."

"오늘은 대감이 오지 않을 거예요. 요즘 일이 분주한 데다가, 마님의 극성이 대단한가 봐요."

여란이 애원하는 투가 되었다.

"안 돼."

최천중은 결연하게 말하고, 여란의 어깨를 선 채로 가볍게 두드렸다.

"이다음 우리들이 잘 살기 위해서라도 조심을 해야 해. 김씨 문중의 일을 소상하게 알아두도록 하라구. 그리고 아까의 말 잊지 말아. 김병국 대감에게 꼭 그 말 전해요. 미리 방책을 쓰지 않으면 큰일이 날 거라는 그 말…"

여란의 집에서 나온 최천중은 시각을 감안해가며 천천히 다방골을 빠져나왔다. 거리는 그늘에 덮여 있었다. 교자를 멘 교군들의 발놀림이 황망했고, 조랑말의 발굽 소리가 요란했다.

최천중은 길가에 서서 거리의 풍경을 보다가, 고개를 들어 북악과 남산을 번갈아 바라봤다. 저녁놀 속에서도 북악은 준열한 기상으로 그 윤곽이 완연했고, 남산은 온유한 성품으로 그 윤곽이 완연했다.

한성의 지리는 준수한데 그 인화는 엉망이라는 평소의 감회를 새롭게 하고, 그는 서소문을 향해 발을 떼어놓았다. 목적한 곳은 서소문 바깥에 있는 분전粉廛이었다. 분전이란 분, 연지 등 화장품과 패물 아닌 장신구를 파는 가게였다.

그 가게의 주인은, 금위禁衛 군졸軍卒이었다가 몇 해 전에 죽은 사람의 과부 정씨鄭氏였다. 정씨의 이종사촌언니가 조 대비를 모시고 있는 나인이어서, 궁중 소식을 알기 위해 최천중은 정씨를 필요로 했다. 임금이 현재 신심모약증身心耗弱症에 걸려 있다는 것을 최천중이 안 것도 그 정씨를 통해서였다.

정씨는 이미 서른을 넘긴 나이였음에도 고운 피부와 유연한 몸매를 가지고 있어, 아직도 사내의 색정을 돋울 만한 매력을 지닌 여자라, 최천중은 묘한 수단으로 그 여자를 사로잡아 주로 책에서 익힌 방중술을 실험하는 상대로 하고 있었던 것이다. 그러나 여란의 경우와 마찬가지로, 신륵사에서 왕씨 부인을 본 이래 쭉 발을 끊고 있었던 터였다.

이날 최천중은 왕씨 부인에 대한 숙원을 풀었다는 해방감에서, 그리고 궁중 소식을 알고 싶어, 한두 가지 이유로 정씨를 찾게 된 것이다.

정씨는 극도로 남의 눈을 조심하는 처지에 있었기 때문에, 그 여자를 만날 땐 각별한 배려가 필요했다. 최천중이 시각에 신경을 쓴 것도 그 때문이었다. 이를테면 문을 닫은 뒤 문을 두드려 이웃이 알게 되어서도 안 되고, 백주에 남자와 만나 얘기하는 것을 남이 보아서도 안 되는 것이다.

최천중이 분전 앞에 도착했을 땐, 정씨가 가게 문을 막 닫으려는 찰나였다. 저녁놀이 짙어 몇 자 앞에선 형체를 판별할 수 없는 미묘한 시각이었다. 최천중은 가볍게 기침을 하고, 정씨의 등 뒤를 지나 주위를 살펴보곤 되돌아와서 분전 안을 기웃거렸다. 이때, 정씨의 말이 없으면 집 안에 사람이 있다는 것이며, 최천중은 빨리 그 자리를 떠나야 했다. 그런데 나직한 말이 있었다.

"뒷문이 열려 있어요."

뒷문이란 바로 가게 뒤에 달린 문이다. 최천중은 몸을 날려 뒷문으로 들어섰다. 문안에 들어서면 마음을 놓아도 좋았다. 뜰도 없는 집이라 최천중은 얼른 방안으로 들어갔다.

"오래간만이네요."

따라 들어온 정씨의 말엔 정감이 넘쳐 있었다.

"시골에 다녀왔소."

"시골은 어때요?"

"모두들 죽지 못해 살고 있는 형편입디다."

머뭇거리다 말고 정씨가 물었다.

"오늘 밤엔 주무시고 가도 돼요?"

"그럴 작정으로 왔소만…."

하고 최천중은 호주머니에서 금비녀를 꺼내 놓았다.

호젓한 등불을 받고 금비녀는 그윽하게 찬란했다.

"임자에게 드리려고 산 겁니다."

최천중이 이렇게 말하자, 정씨는 고마움에 겨워 말도 나오지 않는 양 두 손으로 그 금비녀를 받들어 쥐고 생긋 웃었다. 그리고 장롱의 서랍 속에 그것을 넣고, '책 꾸러미를 어떻게 할까요?' 하는 시늉으로 물었다.

"이건 뭐죠?"

"책이오. 연경燕京에서 새로 들어온 책이 있기에 산 거요."

"선비는 책을 읽으셔야죠."

정씨의 눈꼬리가 아련한 웃음을 띠었다. 말할 수 없이 다정한 분위기가 춘풍처럼 일었다.

"저녁을 지어 오겠어요. 장만해둔 건 없지만요."

하고, 정씨는 방에서 나갔다.

최천중은 책 꾸러미를 풀어 집히는 대로 한 권을 꺼내 읽기 시작했다. 전연 미지未知인 시인을 대한다는 것은 세상을 여행하는 것이나 마찬가지다.

첫째 읽은 것이 다음의 구절이었다.

"술을 마시면 모두들 취한다지만, 나는 술을 마실수록 정신이 말짱해진다. 아무렴, 유연하기로 만재滿載*의 세월인데, 어찌 명정酩

---

* 가득 참.

酊*할 수가 있을쏜가."

가슴을 치는 느낌이 있었다. 최천중은 이 시구를 다음과 같이 읽은 것이다.

"만재의 세월 속에서도 이루지 못할 포부를 가진 사람이 어떻게 술에 취할 수가 있느냐."

이러한 공감이었고 보니, 공자진의 시는 그 우수憂愁가 영롱한 구슬처럼 빛나고, 그 재기가 청렬한 샘과 같았다. 정녕 대국의 산하만이 잉태할 수 있고 낳을 수 있고 가꿀 수 있는 대시인이란 감동이 최천중의 가슴을 설레게 했다.

한월음寒月吟에 이르러서는, 최천중은 완전히 넋을 잃었다.

"한월음이란 공조鞏祚(공자진의 다른 이름)가 그 부인 하씨何氏와 더불어 세모歲暮에 시름[幽憂]을 같이하면서의 소작所作이니라, 서로 깨우치길 회포懷抱로써 하고, 서로 편달하길 소원하는 바대로 했으니, 울울한 가운데서도 뜻은 그대로 펴졌다고 할 수 있을지니라."

이 서문에서 이미 혼을 빼앗긴 느낌이었는데, 시는 다음과 같이 이어졌다.

야기수산천夜起數山川
호호공월색浩浩共月色
부지하산청不知何山靑

---

* 몸을 가눌 수 없을 정도로 술에 몹시 취함.

부지하천백不知何川百

(밤에 일어나 내가 겪은 산천을 회상하노라니, 호호한 월색에 물들어 있어, 어느 산이 더욱 푸르고, 어느 강이 더욱 하얀지를 알 수가 없구나….)

최천중은 잠깐 자기 생각에 잠겼다. 이같은 상문相聞**의 노래를 절창에 가깝도록 지을 수 있었다면, 공자진은 인생으로서의 행운을 타고난 사람이 아닐까 하고. 자기도 만일 왕씨 부인과 같은 마누라를 만날 수만 있었더라면, 없는 시재詩才를 갈고 닦아서라도 인생의 행복을 나름대로 노래 부를 수 있지 않았을까 하는 생각이 잇달았다.

왕씨 부인이 아니라도 좋다. 정씨 같은 여자라도….

이런 시름이 괴기 시작했을 때, 정씨가 밥상을 차려 들고 방으로 들어왔다.

미리 장만해둔 게 없었다고 하면서 정씨는 초라한 밥상을 미안해했지만, 대궐과 접촉이 있는 한 중인中人의 가정에서 자란 정씨의 음식 다루는 솜씨는 깔끔했다.

말린 새우로 맛을 돋운 두부찌개가 있었고, 노릇노릇하게 구운 갈비가 있었고, 참기름으로 무친 산나물이 있었고, 기름에 튀긴 육포와 깨소금으로 절인 조개젓갈도 있었다. 게다가 남촌南村에서 빚은 술을 반주로 곁들였으니, 오붓한 잔치로선 그저 그만이었다.

시장함은 또한 미각을 돋우는 수단인지라, 최천중은 맛있게 먹

***

** 서로 부르고 들음.

고 거나하게 취했다. 그 취흥으로 이제 막 읽은 공자진의 시 한월음
의 일절을 읊었다.

"이아而我 병견문屛見聞할지니, 이여而汝 양유소養幽素하라."

뜻을 묻는 정씨의 표정이 있었다.

최천중이 다시 한 잔의 술을 들이켜고 해석했다.

"이건 공자진이란 청국의 시인이 부인과 더불어 시름을 나눈 시
의 일절이오. 뜻을 말하면, 나는 모든 견문을 막아버리고, 그러니
모든 세상사와 담을 쌓고 오로지 당신만을 지킬 터이니, 당신도 오
로지 순결만을 숭상하라는 것이오. 어쩌면 임자에 대한 내 마음을
그대로 토로한 것 같구려."

정씨는 황홀한 표정으로 듣고 있다가,

"말씀만으로도 흥감하와요."

하곤 한숨을 쉬었다.

"한숨은 왜 쉬시지요?"

최천중이 정씨를 눈으로 어루만졌다.

"부부가 될 수 없는 게 한스러워서 그랬는가 보아요."

정씨는 옷고름으로 눈시울을 닦았다.

"부부는 마음에 있는 것이오. 우리, 이처럼 정다운 사이가 아
뇨?"

최천중이 팔을 뻗어 정씨의 어깨를 안았다. 정씨는 쓰러지듯 최
천중의 가슴에 머리를 기댔다.

"이처럼 정다우면서 여덟 달 동안이나 절 왜 돌보지 않았어요?"

"장부, 난세에 살려니 뜻과 마음같이 행동할 수 없구려."

하고, 최천중이 잔에 술을 따라 정씨의 입에 대었다.

"난세일수록 정을 잊지 말아야죠."

정씨는 몸을 일으켜 그 술잔을 받아 조금 입술을 축이곤 최천중에게 돌렸다.

"정이 무얼까? 우리들의 정은 견우와 직녀를 닮아야 하는 정일까!"

정씨가 남긴 술잔의 술을 단숨에 비우고 최천중이 탄식했다.

"서울을 떠났으면 해요. 산을 등진 해변의 조그마한 마을로 가서 밭을 갈고 조개나 줍고 살았으면 해요. 그렇게 살면 남의 눈, 남의 입을 두려워하지 않아도 될 것 아녜요?"

정씨의 푸념을 들으며, 최천중은 아까 낮에 들은 여란의 푸념을 상기했다.

'어쩌자고 모두들 서울을 싫어하는 것일까? 해변에도 농촌에도, 굶어 부황증이 든 사람들이 우글우글하고 있다는 걸 몰라서 하는 소릴까!'

그러나 그런 말을 할 필요는 없었다. 최천중은 염불을 외듯 하는 말투로 중얼거렸다.

"언제이건 좋은 날이 있을 거요. 꼭 그런 날이 오고야 말 거요. 그때를 위해 기다립시다. 사람은 기다릴 줄을 알아야 해요."

정씨는 방긋이 웃으며 일어섰다. 밥상을 물려야 하겠기 때문이다.

밥상을 물린 뒤, 정씨는 부엌에서 냉수로 깨끗이 몸을 씻었다.

그리고 방에까지 물을 떠 와선 최천중의 손과 발을 정성들여 씻어주었다. 정씨가 잠자리에 들기에 앞서 버릇처럼 하는 행사였다.

최천중은 왕씨 부인에 대한 소망을 성취하고, 그러고도 아직 타오르고 있는 스스로의 정염을 견제하기 위해서도 정씨에게 마음을 쏟아야 하겠다는 마음으로 기울어 있었다. 사실, 정씨는 그럴 만한 여자이기도 했다.

관솔불을 호롱불로 바꾸고, 두 사람은 잠자리에 들었다.

오랫동안 남자에 굶주린 서른 살을 넘긴 여체는 사세四勢의 전기前技가 없어도 최천중의 몸과 손이 닿자마자 후끈 달아올랐다. 그러나 최천중은 운우의 정사에 관해선 언제나 신중했다. 이화위귀以和爲貴를 존중했고, 그럴 만큼 선사先師 이래以來의 방중술에 충실했다.

왕씨 부인의 육체는 희귀했지만, 아직 개발이 되지 않은 탓으로 남자의 작동에 대한 반응이 무디었다. 그런데 정씨의 육체는 그 신경의 가닥가닥이 팽팽하게 죄어놓은 거문고의 현을 닮아 있었다. 이를테면 신경과 근육 모두가 정감과 색정으로 조직된 악기와도 같았다.

그러나 사세의 전기는 변함이 없지만, 본기本技에 있어선 다양한 변화가 있어야만 한다.

전기가 끝나자, 최천중은 어비목魚比目의 작동으로부터 시작했다. 물고기의 눈이 어떻게 붙었는가를 아는 사람이면 능히 짐작이 가는 작동이다.

어비목 다음엔 연동심燕同心이었다. 연동심은 제비가 상애相愛하는 작동을 닮은 방식이다.

이어 비취교翡翠交. 비치교는 여자의 다리를 비취와 같은 옥에 비유하고, 그 옥으로 된 기둥이 서로 교차한 상태일 때의 작동을 말한다.

교과서, 즉 동현자에 의하면 비취교 다음엔 원앙합鴛鴦合으로 되지만, 최천중은 그것을 생략하고 용원전龍苑轉으로 옮겼다. 용원전은 용번龍翻이라고도 하는데, 용의 교접을 보지 못한 사람으로선 상상할 도리밖에 없다.

용원전의 묘기로써 한때를 즐기다가, 최천중은 잠전면蠶纏綿으로 옮겨 그로써 일단 막을 내렸다. 그러나 최천중 자신은 접이불루接而不漏로서 끝냈다.

삼십법三十法 가운데 불과 오법五法을 구사했는데도 초여름의 밤은 꽤 깊어 있었고, 정씨는 비몽사몽한 황홀경에서 갱신을 못 했다.

접이불루했던 만큼, 아직도 굳건한 최천중의 양대를 붙들고 정씨는 흐느꼈다.

"저를 이렇게 만들어놓구 임잔 나를 어쩔 참이죠?"

"정심심情深深 야첩첩夜疊疊이니, 꽃이 피어도 내가 임자를 찾을 것이요[화개아방花開我訪], 새가 울어도 내가 임자를 찾을 것이요[조제아방鳥啼我訪], 달이 뜨면 찾을 것이요[월야아방月夜我訪], 달이 져도 찾을 것이요[월몰아방月沒我訪], 바람이 불어도 찾을 것이요[풍취아방風吹我訪], 비가 내려도 찾을 것이니[우강아방雨降我訪], 원컨대 흐느낌을 거두소서."

최천중은 정씨의 가장 육중한 부분을 살래살래 두들기면서 시를 읊듯 속삭임을 엮었다. 흥이 무진한 시간이며 화려한 피로가 호롱불 자락에서 춤을 추었다.

정씨가 의식을 돌이키길 기다려 최천중이 물었다.

"요즘 대궐 내 소식을 들은 게 없소?"

"궐내의 소식은 알아 무엇 하게요?"

정씨의 말엔 시름이 섞였다.

"천하의 일을 알려면 대궐 내의 일을 알아야 할 게 아뇨."

"천하의 일이 어디 궐내에 있나요? 교동에 있지."

교동이란 장동 김씨 일문이 사는 곳을 말한다.

"그래도 대궐은 대궐이구 교동은 교동이오."

"상감은 올해를 넘기지 못할 거라고 하던데요."

"그렇게 병이 위독한가?"

"통여 수라를 들지 못하신다니 알아볼 만하잖아요?"

"수라를 들지 못한다구요?"

"뭘 먹기만 하면 전부 토해버린답니다. 원래 궐내의 음식이 입에 맞지 않았던 거죠."

"그렇더라도 대궐에 든 지 이미 십사 년인데…"

"상감은 불쌍해요. 짠 된장, 매운 고추장하고 보리밥과 나물에만 구미를 익히신 분이 짜지도 맵지도 차지도 않은 음식만 대하게 됐으니 견디어낼 수 있겠어요? 매일 술로만 소일할밖에요. 예쁜 여자들이 우글거리니 마음이 동할밖에요. 그러한 날을 지내면 무쇠 덩어린들 남아나겠수?"

"이해를 넘기지 못하겠다면, 대를 이을 사람을 은근히 찾고 있는 것 아닐까?"

"전의와 가까운 상궁이나 나인들이나 알까, 상감이 그렇게 위급하다는 건 다른 사람들은 모른다고 하던데요."

"그러나 김씨들은 알고 있을 것 아뇨?"

"상감이 병약하다는 것만은 알아도, 김씨들은 그렇게 쉽게 상감이 죽을 것이란 생각까진 못 하고 있다고 해요."

"전의가 말하지 않았을까?"

"전의가 어떻게 그런 말을 해요? 그런 말을 했다간 목이 끊어지든지, 달달 볶여 지레 말라 죽든지 할 텐데요."

"조 대비쯤은 알고 있을 게 아니겠소."

"조 대비전은 대강 짐작하고 있는 모양이에요."

김씨들은 짐작하고 있을 것이란 사실에 최천중은 와락 관심이 쏠렸다.

"그럼 조 대비는 대를 이을 사람이 의중에 있는 게 아닐까요?"

"조 대비전이 찾고 있으면 뭣 하겠소? 김씨들의 생각에 달린 거죠."

"그렇다고만 할 수는 없지…."

하다가, 최천중은

"조 대비와 요즘 거래가 있는 종실 사람은 누굴까?"

하고 중얼거렸다.

"도정都正 나으리의 변이 있은 것이 바로 작년 아녜요? 그런 판국인데 종실 사람이 대비전에 얼씬이라도 하겠수?"

도정 나으리란 이하전李夏銓을 말한다. 헌종憲宗이 죽자 왕위 계승자의 물망에 올랐으나, 장동 김씨의 반대로 좌절되었는데, 김순성金順性, 이경선李競善 등과 모반했다는 죄목으로 21세 나이에 죽임을 당했다.

최천중이 생각에 잠겨 있는데, 돌연 정씨가 생각이 났다는 듯이 이런 말을 했다.

"흥선군이라던가요? 그 사람이 조 대비전과 내밀적인 거래가 있는가 봐요."

'그렇다면 흥선이다. 바로 그 친구가 문제다.'

흥선군 이하응에겐 아들이 둘 있다고 들었다. 임금이 후사 없이 죽을지도 모르는 이 판국에, 요행을 바라는 마음이 그의 가슴속에 움트지 않을 까닭이 없다. 흥선뿐 아니라, 종실에 속하는 사람들은 모두 그러할 것이다.

그런데 흥선은 천千, 하河, 장張, 안安이라 불리는 잡배들과 어울려 다니며 색잡기를 일삼는 파락호破落戶라고 했다. 세도문중 안동 김씨들의 집을 두루 찾아 돌아다니며 적잖은 수모를 받고 있다고 했다.

얼이 빠진 사람이 아니고서는 못 할 노릇을 예사로 하는데, 진정 얼이 빠져 있거나, 그렇지 않으면 뭔가 속셈이 있을 것이 뻔했다. 이하응은 나름대로의 도회술韜晦術*을 부리고 있는 셈일 것이다. 그런데 그 얄팍한 도회술에 다사제제多士濟濟**한 김씨들이 속아 넘어갈 것인가.

하기야 등잔 밑이 어둡다는 속담도 있다. 태평과 영화에 익숙해

---

* 속이는 기술.
** 인재가 많음.

져버리면 목전의 위기도 볼 수 없을 만큼 눈과 마음이 흐려지게 마련이다. 김씨들은 상감의 건강이 좋지 않아 장수할 수 없을 것이란 짐작은 가지면서도, 이해 안에 죽으리란 생각까진 하지 못하고 있는 것이 아닐까 했다.

지금의 임금이 죽은 뒤를 노리고 있는 이하응과, '설마 급한 일이야 있을라고?' 하여 태평한 김씨들 사이에 미묘하게 얽힌 사연을 추측하고 있으니 최천중은 잠을 이룰 수가 없었다. 고른 숨소리를 내며 정씨는 이미 잠길에 빠져 있었다.

최천중은 이 틈바구니에서 한몫 잡아야겠다고 마음을 다졌다.

위험을 동반하는 모험이겠지만, 범 새끼를 잡으려면 호랑이 굴을 찾아야만 하는 것이다.

그러다 보니 거의 뜬눈으로 밤을 새우다시피 했다.

새벽에 일어나는 정씨와 같이 기침起枕을 해선, 요기를 하고 가라는 정씨의 청이 있었지만, 최천중은

"앞으로 좋은 일이 있을 터이니, 궐내의 소식을 소상하게 알아두오."

란 부탁을 남기고 분전에서 나와 만리동의 집으로 돌아왔다.

집으로 돌아온 최천중은 늘어지게 잠을 자곤, 점심을 겸한 아침 식사를 하고, 의관을 정제하고 바깥으로 나왔다. 흥선군 이하응을 찾아볼 참이었다.

만리동에서 구름재까지의 거리는 오 마장馬場을 넘지 않는 길이 었지만, 꼬불꼬불한 골목을 여름의 뙤약볕을 쬐며 걷고 보니 등에 흠뻑 땀이 괴었다.

최천중은 이하응의 집을 정면에 두고 열 발짝쯤 앞에 서서 그 가상家相을 살폈다. 돌담 군데군데가 무너져 있었고, 지붕 기왓장 사이로 앙상하게 잡초가 돋아나 있었다. 거의 흉가에 가깝도록 퇴락한 느낌이었다. 그런데 뭔가 모르게 위압하는 풍도가 감돌고 있었다. 앙상하게 돋아나 있는 지붕의 잡초마저 그 집 주인의 가슴속에 서려 있는 야심을 말하고 있는 것 같아 섬뜩한 생각이 들기도 했다.

그늘에 서서 땀을 식히고 아랫배에 힘을 주어 담력을 불어넣고, 최천중은 성큼성큼 걸어 그 대문 앞에 섰다. 반쯤 열린 대문 저편에 보이는 뜰에 타오르듯 빨간 닭벼슬꽃이 피어 있었다.

최천중은 목청을 가다듬었다.

"이보시오."

'이리 오너라'라고 하려던 것이 '이보시오'라고 된 것은, 약간 주눅이 들었다는 증거였다.

대답이 없었다.

이번엔 고함을 질렀다.

"이리 오너라!"

꾀죄죄한 몰골의 사나이가 동저고리 바람으로 얼굴을 내민다.

아무렇게나 상투를 틀어 올린 주제인데도 눈망울만은 또록또록했다.

"이 집이 흥선군 나으리의 댁이렷다?"

"그렇소만…."

"나으리 계시나?"

"뉘기슈?"

"나는 경상도 봉화에서 온 사람인데, 최천중이라 하오."

"뭣 하러 왔수?"

"나으리를 뵈려고 왔소."

"나으리를 뵙고 무얼 할 거유?"

"나으리 관상을 봐드리려 하오."

"나으리께선 그런 것 싫어하십니다."

"가서 한번 여쭈어보시오."

"나으리께선 사람을 만나지 않으십니다."

"사람도 나름이겠지. 어서 가서 여쭈어보라니까요."

"귀찮게 하지 말구 썩 물러가시오."

"나를 만나지 않으면 나으리께 큰 손해가 있을 거요."

"쓸데없는 소리 말구 돌아가슈."

이때, 집 안쪽에서 카랑한 고함소리가 들려왔다.

"이리로 들라 해라!"

문지기로 보이는 사나이가 최천중을 안내한 곳은 안사랑이었다.

흥선 이하응은 대청마루에서 한창 묵화를 치고 있는 중이었다.

대청에 올라서서 최천중이 정중하게 절을 하자, 이하응은 흘끔 그를 쳐다보곤 답례를 하는 법도 없이 다시 붓을 놀리기 시작했다.

한 번 놀리면 잎이 되고, 또 한 번 놀리니 꽃이 되는데, 붓끝에서 나타나는 형상은 난초로 보였다.

최천중은 무릎을 꿇은 자세 그대로, 붓을 놀리고 있는 이하응의 작으나마 다부진 체구를 응시했다. 나이는 쉰 살에 가까울까? 그런데도 온몸에 정력이 넘쳐 있는 듯했다.

'이 사나이가 까닭도 없이 김씨 일문의 모멸을 자청해서 받고 돌아다닐 까닭이 없다.'

는 자신이 솟았다. 그러고 보니, 그려놓은 난초 한 포기 한 포기가 풍류의 운치와는 멀었다. 울분의 향방을 난초에 택하고 있는 듯 보였다. 그런데 기백이 울분을 넘어 있는 것도 같았으니, 이하응은 난초를 그리고 있는 것이 아니라, 스스로의 야심을 그리고 있는 것이란 느낌이 강하게 풍겨 왔다.

"나으리께서 난초를 즐겨 그리시는데, 혹시 까닭이라도 있으신지요?"

최천중이 공손하게 아뢰어보았다.

"까닭?"

하곤, 연방 붓을 놀리며 이하응이 퉁명스럽게 중얼거렸다.

"화중군자花中君子라서가 아니고, 유방천리遺芳千里*라서도 아니고, 그리기가 간단하니까 그리는 거여."

"좋은 소일을 하고 계시옵니다."

"소일? 이 사람아, 그게 무슨 소린고? 이건 나의 소일이 아니고 농사일세, 농사."

하고 붓을 놓곤 고개를 들어 천천히 최천중을 관찰하기 시작했다.

"관상사라고 했지?"

"예."

---

* 화중군자: 꽃 중의 군자. 유방천리: 향기가 천리를 감.

"이름이 뭐랬지?"

"최천중이라고 하옵니다."

"경주 최씬가?"

"예."

"천중이라…. 하늘천, 가운데중잔가?"

"예."

"욕심이 더럭더럭한 이름이로군."

"제 스승 산수도인이 지어준 이름이옵니다."

"산수도인?"

"유불선儒佛仙 삼도에 뛰어난 도사였는데, 본명을 밝히지 않으신 채 재작년 작고하셨사옵니다."

"듣지도 보지도 못했던 사람이로군."

하고 이하응은 탐탁지 않은 표정으로 뱉듯이 말했다.

"마의상서麻衣相書쯤은 읽었겠군. 그 정도로 관상사 노릇이 되는 줄 알아?"

"마의상서는 동몽선습童蒙先習 격이지, 관상술로선 미급하옵니다."

최천중이 자신 있게 말했다.

"뭐라구?"

이하응의 눈이 번쩍했다.

"마의상서가 동몽선습이라구? 그런 소릴 하는 것 보니 애숭이로군. 도를 통한 사람은 천자문千字文에서도 천리天理를 읽는 법이야."

금속성이라고 할 수 있는, 야무지고 깔끔한 이하응의 음성이었다.

최천중은 찔끔했으나 압도당하고만 있을 순 없었다.

"격으로 봐서 그렇다는 말씀입니다. 동몽선습을 서전書傳과 동격으로 칠 순 없지 않겠습니까."

이하응은 '흠' 하고 수염을 쓰다듬더니,

"그런데 청하지도 않은 관상을 보겠다는 건 무슨 이유인고?"

하고 최천중을 쏘아보았다.

"이 근처에 수상한 기운이 돌고 있다는 항설이 있기에, 그것이 서기瑞氣인지 흉기凶氣인지 알고 싶어 왔사옵니다."

"해괴한지고!"

이하응이 버럭 고함을 질렀다. 그리고 노여움을 억제할 수 없다는 듯 말을 쏟았다.

"요즘 장안에 혹세무민하는 무리가 횡행하고 있다고 들었는데, 바로 네놈이 그런 무리로군. 수상한 기운이라구? 서긴지 흉긴지 알아보려구? 어떤 놈의 무슨 사주를 받고 감히 여기까지 와서 망발이야? 썩 물러가라, 이놈! 요즘 가물어서 서기는커녕 수기水氣 하나 없다."

최천중이 머리를 조아렸다.

"노여움을 푸시기 바라옵니다. 이미 난세가 아니옵니까. 각처에서 민란이 일고 있지 않사옵니까. 백주에 화적떼가 설치고 있는 형편이 아니옵니까. 차제에 새삼스럽게 무슨 혹세가 있겠으며 무민할 일이 있겠사옵니까. 오로지 한 가닥 서광瑞光을 바라옵는 것이 민초의 갈증渴症이매, 그 갈증에 이끌려 나으리의 덕을 찾으러 온 것이옵니다."

"나는 덕도 없고 그 밖의 아무것도 없는 놈이야. 쓸데없는 주둥아리 놀리지 말구 썩 물러가라구."

"최천중이 약관이오나, 천기를 알아보는 신통력이 있는 놈이외다."

"무엇, 신통력이 있다구?"

이하응은 어이가 없다는 듯 실소를 터뜨렸다.

"그래 이놈, 네게 신통력이 있으면 미리 알렷다!"

최천중이 이하응의 표정을 살폈다.

"네 이놈, 오늘 이 집에 올 때 다리뼈가 부러질 줄을 알았느냐?"

이하응의 서슬이 시퍼랬다.

"다리뼈가 부러지진 않을 것이라고 알았습니다. 민초의 갈증에 이끌려 온 놈의 다리를 부러뜨릴 나으리가 아니라고 저는 믿고 있습니다."

"무엄한지고…. 내 앞에서 그 민초란 말은 걷어치우게."

그리고 이하응은 행랑을 향해 고함을 질렀다.

"거기 누구 없느냐?"

아까의 꾀죄죄한 사나이가 뛰어나왔다. 그 뒤에 장정이 따랐다.

"이놈을 끌어내어, 당장!"

최천중은 황급히 일어섰다. 그리고 몸을 날릴 방향을 잡고 서서 한마디 쏘았다.

"나으리의 도회술은 눈 감고 아웅하는 어린애의 장난이오. 언젠간 내 말을 들었더라면 하고 후회할 날이 있을 겁니다."

장정이 성큼 대청마루에 올라섰을 땐, 최천중의 몸은 축담으로
비켜 신을 신고 있었다.

어디서 덤벼도 괜찮다는 듯, 그 몸가짐에 빈틈이 없었다. 이하응
은 최천중에게서 만만찮은 술객術客*을 보았다.

최천중을 향해 덤비려는 장정에게 이하응이 손짓을 했다.

"그만둬!"

하고, 최천중에게

"이리로 오게나."

하며 방으로 들어갔다.

보료 위에 좌정하자, 이하응이 빙긋 웃으며

"뭐, 내 도회술이 어린애 장난 같다구? 도회술이란 도대체 뭐야?
한번 얘기해보게나."

"도회는 천의무봉天衣無縫해야 비로소 그 보람이 있습니다."

최천중이 나직이 말했다.

"천의무봉이구 뭐구, 내겐 도회술이란 게 없어."

이하응의 말투는 묵직했다.

"천하가 지금 나으리 앞으로 다가오고 있습니다. 백 인의 공이 일
시에 무너질 염려도 없지 않습니다. 만인을 속일 순 있어도, 이 최
천중은 속이지 못합니다."

"이놈, 주둥아릴 함부로 놀리면 못써! 목숨이 아깝지 않으냐?"

"지자智者에겐 일사一死가 있을 뿐이며, 우자愚者에겐 만사萬死

---

* 음양(陰陽), 복서(卜筮), 점술(占術)에 정통한 사람.

가 있습니다. 일사를 두려워할 최천중이 아니올습니다."

"담은 제대로 생긴 놈이로군."

아까 장정으로부터 위협을 받고도 눈썹 하나 까딱 않는 최천중에게 이하응은 내심 혀를 내두르고 있었다. 이하응이 말을 부드럽게 하고 물었다.

"한데, 자네의 내게 대한 소청은 뭔고?"

"나으리의 관상을 보아 후일에 도움이 될 방책을 강구할까 했습니다."

"길흉 간에 타에 누설은 없으렷다!"

"그것이 관상사의 생명인가 하옵니다."

"그럼 한번 봐주게."

하고 이하응은 정좌를 했다.

최천중은 무릎을 앞으로 내밀었다.

긴박한 한동안이 지났다.

시끄럽던 매미 소리가 뚝 끊어졌다.

시선을 이하응의 얼굴에서 비껴, 최천중은 눈을 감았다.

그리고 또 한동안이 지났다. 매미가 다시 울기 시작했다.

눈을 뜬 최천중은 붓에 먹물을 먹이더니, 앞에 놓인 종이에 달필인 행서行書로 다음과 같이 썼다.

형극이중일타홍荊棘籬中一朶紅

지우상락결실전只憂霜落結實前

(가시덤불 가운데 한 떨기 꽃이 피었는데, 다만 걱정되는 것은 열매를 맺기

전에 서리가 내릴까 해서다.)

이하응은 글귀를 뚫어지게 응시하고 있다가, 최천중에게 설명을
구하는 눈초리를 보냈다.

최천중은 이엔 대응이 없이 다시 두 줄의 글귀를 썼다.

고규수심사득광孤閨愁心使得光

상전양생가기상霜前佯生可欺霜

(홀로 규방을 지키는 여자의 수심이 빛을 얻도록 하고, 서리가 내리기 전에
죽은 시늉을 하면 서리를 속일 수 있을 것이니라.)

이렇게 풀이할 수 있는 것은, 최천중이 별지에다 '양생佯生은 곧
양사佯死'라고 써 보였기 때문이다.

이하응은 묵묵히 글귀와 최천중의 얼굴을 번갈아 보고 있었지
만, 그 흉중에선 불안이 뭉게구름을 이루고 있었다.

최천중이 '가기상可欺霜'이라고, 상자를 쇠금金 밑에 상으로 씀으
로써, 서리란 바로 장동 김씨를 말한다는 뜻을 노골적으로 밝혔고,
고규수심孤閨愁心을 들먹임으로써 조 대비를 뜻했으니, 이하응의
처지와 마음의 움직임을 꿰뚫어보고 있다는 판단을 할 수밖에 없
었다.

'저놈을 살려 보내선 안 되겠다. 저런 놈을 살려뒀다간 무슨 화
가 미칠지 모르겠다.'

"나으리."

하는 최천중의 말에 번쩍 정신을 차렸다. 최천중의 표정은 어디까지나 진지했다.

"풀이가 필요 없을 줄 아뢉니다."

"무슨 소린지 통여 모르겠어."

이하응이 딴전을 피웠다.

"두고두고 아시게 될 것이올시다. 특히 양생養生에 유의하소서. 율무라는 산에서 나는 곡식이 있사옵니다. 율무죽을 자시면 근기는 안전하게 지탱이 되옵고 외모는 여윕니다. 그 죽을 상용하시며 빈사의 병상에 계시다는 소문을 퍼뜨리게 하소서."

"무슨 해괴한 말을!"

하면서, 이하응은 최천중을 없앨 궁리에 바빴다. 조 대비에게 희망을 주고, 자기는 내일이라도 죽을 것 같은 시늉을 하라는 이 외람되고도 앞질러 사태를 보는 놈을 도저히 그냥 둘 수 없었다.

"그럼 저는 물러가겠습니다만, 관상에 영력이 있자면 관상료를 후하게 주셔야 하겠습니다."

최천중이 공손히 아뢰었다.

"관상료? 그런 해괴한 관상에 복채를 줄 생각도 없거니와, 그런 돈도 없네."

"제가 한 말을 해괴하다고 하시면 정말 운기는 날아가고 맙니다. 불미한 말씀은 거두소서. 모사謀事는 재인在人이고, 성사成事는 재천在天이라고 하였거니와, 인력을 다해 천명을 기다려야 할 판이니 사소한 불성不誠도 대사를 그르칩니다."

최천중의 그 말을 듣고 이하응은 가슴이 뜨끔했다. 십여 년을 두고 공을 쌓아온 일이다. 그 일이 성사 직전에 있을지도 모르는 판국이니, 도회韜晦의 필요가 있기로서니 운기運氣를 상하는 말은 삼가야 했던 것이다.

이하응은 표정을 바꾸어,

"자네의 관상술에 대해서 왈가왈부할 생각은 없네만, 터무니없는 풍설은 금기로세. 하여간 그만한 수고를 했으니 복채, 아니, 관상료는 주네만, 요즘 형편이 말이 아니어서…"

하고 머뭇거렸다.

이제 막 그려놓은 난초화나 한 폭 줄까 하는 마음이었는데, 차마 입에서 내질 못했던 것이다.

"삼만 냥은 받아야 하겠습니다."

최천중은 태연히 말했다.

"삼만 냥? 삼십 냥도 없네."

이하응이 어이가 없다는 투로 말했다.

"어음을 써주십시오."

"내 어음이 무슨 소용이 있을라구."

"넉넉잡고 이 년 후의 오늘 날짜로 써주십시오."

"이 사람, 농담은 그만하게."

"농담이 아닙니다. 나으리의 관상료는 삼만 냥이 적당합니다. 이 년 후에 받고자 하는데, 그만한 자신이 제게 있어서 하는 말입니다. 또 그만한 어음을 받음으로써, 돈으로 만들기 위해서라도 제가 치성을 드릴 것이 아니옵니까. 저는 명산대찰에 원을 세워놓은 사람입니다."

이하응은 빙그레 웃었다.

밑져야 본전인 것이다. 이 년 후의 어음을 써주었대서 그것이 삼십 낭이건 삼십만 낭이건 문제될 것이 없었다. 이하응은 붓을 들더니 호기 있게 삼만 낭의 어음을 썼다. 그리고 화압花押까지 찍었다.

최천중은 그것을 양손으로 받들어 들더니, 정중한 예를 하고 공손히 주머니에 넣었다.

"이 년 후 어음을 돈으로 바꾸고 다시 찾아뵙겠습니다. 그땐 상금을 주셔야 하겠습니다."

"대단한 욕심이로군."

이하응이 너털웃음을 웃었다.

"하오나, 나으리의 욕심에 비하면 구우九牛에 일모—毛*의 격입니다."

이 말을 남기고 최천중은 자리에서 일어섰다.

"지나는 걸음이 있으면 또 들르게."

이하응이 마루에까지 전송을 했다.

최천중이 대문 바깥으로 사라지자, 이하응은 청지기를 불렀다.

"장가란 놈 없나?"

"있습니다."

"빨리 그놈을 시켜, 이제 막 나간 관상사 놈의 뒤를 밟아보게 해라."

---

* 구우일모: 아홉 마리 소에 털 한 가닥이 빠진 정도. 대단히 많은 것 중의 아주 적은 것.

아무래도 관상사를 없애버려야 할 사정이 생길지도 몰랐기 때문에 이하응이 시킨 일이었다.

장가는 날쌔게 뒷문으로 나갔다. 육조 쪽과 삼청동 갈림길에서 장가는 최천중을 뒤따를 수 있었다.

최천중은 자기를 뒤따르는 놈이 있다는 것을 즉각 알아차렸다.

그래서 그는 만리동 방향과는 엉뚱한 남촌 쪽으로 향했다.

광통교를 건너 골목길로 접어들면서 힐끗 돌아보았을 때, 최천중은 자기의 짐작이 옳았다는 것을 확인했다. 장가의 모습이 먼빛으로 보였기 때문이다. 최천중은 회심의 웃음을 웃으며 유유하게 걸어갔다.

남촌에 가면 단골 술집이 있었지만, 최천중은 단골집을 피하여 전연 안면이 없는 집을 골라 들었다. 단골집에 갔다간 자기의 정체를 포착당할 위험이 있기 때문이었다.

술집 마루에 걸터앉아 술을 청했다. 그때, 가게 바깥을 장가가 지나갔다. 최천중은 주모를 시켜 그 사람을 불러오라고 했다.

장가가 주모의 안내를 받아 들어왔다.

최천중은 그 사나이에게 가까이로 오라고 손짓을 하곤,

"노형도 공연한 고생을 하시는군. 이리 와서 한잔합시다."

하며 술잔을 권했다.

사나이는 어안이 벙벙한 모양으로,

"나를 어떻게 아시기에…?"

하고, 그러나 술잔은 받았다.

"홍선 나으리의 심부름으로 오신 거죠? 서로 통성명이나 합시다.

난 최천중이오.”

“전 장가올시다. 그런데 어떻게…?”

“좌이천리견坐而千里見이요 입이만리견立而萬里見*인데, 그쯤 일을 모르겠소? 나는 혜정교惠政橋 근처에서 사는 사람이니, 헛고생 그만하구 돌아가 나으리께 그렇게 이르시오.”

최천중은 호주머니에서 돈 한 냥을 꺼내 장가에게 주었다.

“이렇게 고마우실 수가….”

하며 장가는 안절부절못했다.

장가를 돌려보내고 최천중은 혼자 독작獨酌을 하다가 주모를 불렀다.

“이 집은 항상 손님이 이렇게 없나?”

“지금은 대낮이 아니오이까. 주객이 있을 때가 아닙죠.”

마흔 살은 넘겼을 성싶은 주모가 눈꼬리에 바람기를 살래살래 피우며 말했다.

“이 근처에 혹시 점을 치는 여자가 없을지?”

“있습죠. 강씨란 이름의 점쟁인데, 꽤나 용하다우.”

“나이가 얼만데?”

“쉰 살은 되었을 겁니다요.”

“젊은 점쟁이 없나?”

“젊은 점쟁이도 있습죠. 그러나 그 사람 집은 여기서 조금 멉네다요.”

---

*   앉아서는 천리를 보고 일어서면 만리를 봄.

"나이는?"

"아마, 서른 안팎일까 하는데요."

"얼굴은?"

"점쟁이 얼굴은 뭣 하게요? 허나, 박색은 아닙니다요."

"남편은 있는 사람인가?"

"비슷한 건 있겠죠만, 같이 사는 것 같진 않던데요."

"그 사람을 거간해줄 순 없나?"

"거간이 무슨 필요 있겠어요? 점치러 가면 알게 되겠죠."

"그럼 그 집을 가르쳐주게나. 수고비는 후하게 줄 테니까."

하고, 최천중은 술값을 끼워 돈 두 냥을 꺼내 주었다. 두 냥이라면 그 당시로 봐선 결코 만만한 돈이 아니다. 주모는 난데없는 횡재에 신바람이 났다.

"지금이라도 좋으면 당장 갑시다요."

하고 주모가 서둘렀다.

주모를 앞장세우고 최천중이 간 곳은 회현동會賢洞이었다.

교자전轎子廛*이 즐비한 동구로 들어서 비좁은 골목을 몇 번인가 굴곡한 끝에 점쟁이 황씨 집이 있었다.

문간 이쪽 저쪽으로 객실까지 갖춘 아담한 집이었다.

그 집의 규모나 청결한 것으로 보아, 제법 성명聲名이 높은 점쟁이라는 것을 알 수 있었다.

최천중은 신상神像을 모신 방으로 안내되었다.

---

* 가마를 파는 가게.

익숙지 못한 호젓한 방에 혼자 신상을 대하고 앉아 있는 기분이
란 그다지 유쾌한 일은 못 된다. 최천중은 무료하기도 해서 그림을
자세히 들여다보았다. 치켜 째진 눈, 덥수룩한 구레나룻, 청룡도를
들고 있는 걸 보니 관운장을 닮은 듯도 한데, 아닐지도 몰랐다.

"내 그럼 먼저 가유."

하는 소리가 바깥에서 들렸다. 주모가 돌아가는 모양이었다.

뒤쪽 문이 열리더니, 열두세 살로 보이는 계집아이가 들어와 작
살물(양치물)을 놓고 나갔다. 영리하게 생긴 아이였다.

'저 아이를 가르쳐서…'

하는 마음이 일순 뇌리를 스쳤다.

작살물로 입가심을 하고 있는데, 왼쪽에 있는 미닫이가 스르르
열렸다. 미닫이는 열렸지만, 바로 그곳에 주렴이 드리워져 있었다.
주렴 저편에도 방이 있었다.

인기척이 주렴 저편에 앉았다. 이쪽 방이 밝고 저편 방이 약간 어
두운 탓으로, 주렴 저편에 앉은 사람의 정체는 잘 보이지가 않았다.

"사주를 보아 드릴까요?"

낭랑한 젊은 여자의 목소리가 울려왔다.

"그럴 건 없소. 오늘 나는 큰일을 한 가지 치렀소. 그 일이 내 신
수를 어떻게 바꿔놓을지, 그걸 알고 싶어서 왔소."

"그럼 그 앞에 있는 쟁반 위에 복채를 놓으시우."

"얼마면 되겠소?"

"알아서 하세요."

최천중은 주머니 속을 뒤져, 먼저 이하응으로부터 받은 삼만 냥

짜리 어음을 꺼내 펴보곤—펴보았다기보다— 주렴 저편에 있는 자가 그것을 보도록 펴 보이곤, 그 밖의 다른 어음은 뵐듯 말듯이 이것저것 펴보다가, 그 가운데 한 장을 쟁반 위에 놓고 다른 어음을 도로 거둬 넣고서,

"이것으로 되겠소?"

하고 물었다.

"좋습니다."

하는 답이 되돌아왔다. 이편에선 보이지 않아도 저편에선 환히 보고 있는 것이 틀림없었다. 그렇다면 삼만 냥의 어음도 보았을 것이 확실했다.

"생년월일과 시를 대세요."

최천중이 자기의 사주를 일렀다.

"임진생이라…. 오늘은 갑진일이구…."

하며, 점쟁이는 한참 동안 속으로 중얼중얼하더니,

"오늘 당신은 자기가 청해 벼락을 맞으려고 갔군요. 죽지 않고 살아 돌아온 게 천행이었소."

아까까지의 낭랑한 여자 목소리와는 달리 억센 억양으로 말했다. 그리고 또 한참을 주문 외듯 하곤 말을 이었다.

"그러나 그 살기가 아직 사라진 건 아니오. 우선 그 살기를 풀어야겠소."

최천중은 속으로 웃음을 참았다. 오늘 큰일을 당했다는 인도*를

---

* 引導: 힌트.

주긴 했지만, 그걸 미끼로 대담하게 엄포를 놓을 수 있다면 장안에서 행세할 수 있는 점쟁이로서의 관록이 있는 것이다.

사람을 뒤딸려 보낼 정도였으니, 이하응의 흉중에 살의가 있다는 것은 분명한 일이다. 소 뒷걸음질하다가 쥐 잡았다는 말이 있는데, 뒷걸음질하다가 잡는 쥐로 점쟁이는 먹고산다. 최천중은 황 여인의 점술을 쓸 만하다고 생각하고, 회유할 궁리를 시작했다.

"살기를 풀려면 어떻게 해야 되겠소?"

최천중이 짐짓 감복했다는 표정을 꾸미고 물었다.

"망월의 밤에 이 집을 찾아주세요. 살풀이의 방책을 마련해두겠어요."

점쟁이 황 여인의 의젓한 답이었다.

망월의 밤이면 닷새 후의 밤이다. 최천중은 황 여인을 회유하기 위해선 그 말에 순순히 따라야겠다고 마음먹었다. 상대방을 속이기 위해선 이편이 먼저 속아줄 줄도 알아야 하는 것이다.

"그럼 망월의 밤 일찍 오도록 하겠소."

하고, 최천중은 자리에서 일어섰다. 따라 일어서는 기척이 주렴 저편에 있었다.

마루로 나가 축대로 내려서려고 하는데 등 뒤에서,

"안녕히 가세요."

하는 소리가 있었다. 힐끔 돌아본 최천중의 시선이 문을 반쯤 열고서 있는 황 여인의 시선과 부딪혔다. 남갑사 치마에 하얀 모시 저고리를 입은 자태는 초췌했지만 그 눈빛은 날카로웠다. 신들린 사람에게 특유한 광기의 빛이라고나 할까, 세상을 얕잡아 보는 간지奸

智의 탓이라고나 할까, 아무튼 범상한 여인은 아닌 것 같았다.

그만한 여자니까 삼만 냥의 어음을 주머니에 넣고 다니는 사나이에게 무관심할 수 있었다. 필요하다면 점술과 색술色術을 마구 휘두를 배짱도 있을 것으로 보였다.

'망월의 밤에 살기를 풀겠다구?'

골목길을 휘청휘청 내려오면서 최천중은 웃었다. 비록 관상술을 익히고 자식 치성을 드린다는 말을 쓰고는 있지만, 살기를 푸는 따위의 노릇이 터무니없는 짓이라는 것쯤을 모르는 최천중이 아닌 것이다.

'아무렴! 그 여자는 이용 가치가 있을 것 같다.'

최천중은 지금 장안의 인심을 장악하고 있는 것이 점쟁이들이란 사정을 파악하고 있었다. 더욱이 맹인 점술가들의 위세는 당당했다. 그러나 장안의 민심을 돌리기 위해 점쟁이를 이용할 생각은 했어도 맹인을 이용할 엄두는 내지 않았다. 맹인들은 특유한 외고집이 있어 쉽사리 좌우할 수 없다고 생각했기 때문이다.

그길로 집으로 돌아가는 건 뒤를 밟힐 염려도 있고 해서, 최천중은 다시 아까의 주막엘 들렀다. 그 집 가까이에 있는 강씨란 점쟁이를 찾아보고 싶었던 것이다.

"점은 잘 치셨수?"

하며 반기는 주모에게,

"여간 영한 점쟁이가 아니었소."

란 칭찬을 하곤,

"허나, 내친걸음이니 이웃에 있다는 강씨도 찾아보고 싶소."

라며 최천중은 안내를 청했다.

강씨의 집은 주막에서 서너 채 건너에 있었다. 쉰 살 안팎으로 보였는데, 얼굴에 굵은 주름이 새겨진 걸 황음荒淫의 흔적으로 보았다. 아니나 다를까, 남편을 둘까지 여의고 지금의 남편은 셋째인데, 점을 쳐서 번 돈으로 보약이란 보약은 다 먹이고 있지만 벌써 곤드레가 되어 있다는 얘길 주모로부터 그 후에 들었다.

최천중은 강씨에겐 술책을 부릴 필요를 느끼지 않았다. 점을 쳐달라는 쑥스러운 부탁을 빼버리고 점쟁이들 세계의 내막을 듣기로 했다. 그러기 위해 후하게 돈을 집어 주었다.

대궐에 드나드는 점쟁이는 이동泥洞에 있고, 장동 김씨 일문에 드나드는 점쟁이는 자하문 밖에 사는 맹인들이며, 그 밖에 대감들 집에 드나드는 점쟁이들은 대개 죽동竹洞, 그리고 회현동에 산다고 했다.

"헌데 당신은 어떤 댁에 나가시오?"

"대감들 댁엔 얼씬도 못 해유. 중인들 집이 고작이지."

강씨는 이렇게 말하고,

"그러나 변변찮은 대감 댁보다는 중인들 집이 알뜰할 수도 있습네다."

하며 만족한 표정을 지었다.

"복채론 얼마나 받소?"

최천중이 물었다.

"대중이 없죠. 대감 집만 단골로 잡으면 부르는 게 값이라대요. 척척 들어맞기만 하면 팔자를 고치구요. 이번 나라에 갔다 돌아온

111

대감은 일일이 점쟁이 시키는 대로 한댔어요. 그러니 그런 단골은 대단하잖겠어유."

"점쟁이 시키는 대로 하는 사람이 어디 그 대감뿐이겠소."

"허긴 그래요. 정사政事는 대감들이 하는 게 아니라 점쟁이들이 하는 셈이라유."

강 여인은 굵은 주름살을 구겨가며 웃었다.

"또 무슨 재미나는 일은 없소?"

"재미나는 일이라기보다 어이가 없는 일이 많죠."

하고 강 여인은 다음과 같은 이야기를 했다.

"정동, 계동, 저쪽으로 나가면 지방관으로 나간 양반들의 댁들이 많지 않수? 마나님들이 늙은 어른들이나 모시고 독수공방하자니까 별의별 일이 다 있는가 보죠? 밤중이 되면 하얀 옷을 입은 사람 크기만 한 박쥐들이 이쪽 담, 저쪽 담으로 뛰어넘는답니다요. 어느 밤, 어떤 댁의 일을 치러주고 돌아오는데, 담을 뛰어넘어온 장정과 부딪히지 않았겠수. 어찌나 놀라 기겁을 했던지. …그런데 또 다음 골목에서 담 넘어오는 사람을 만났어요. 이번엔 부딪히진 않았지만 유…."

"그게 누구 집인지 알아봤소?"

"눈치 갖구 사는 사람이 그런 걸 안 알아볼 턱이 있겠어유?"

"누구 댁입디까?"

"어떻게 그런 걸 발설할 수 있겠습네까요."

그럭저럭 강 여인의 말을 듣고 있으니, 장안이 온통 간통의 거리처럼 생각되었다. 원래 음정淫情이 강한 여자이고 보니, 보는 거나 듣는 것이 모두 그 방면에만 쏠려 있기 때문인지도 몰랐다.

최천중의 뇌리에 하나의 계략이 떠올랐다. 그 계략에 따라, 최천중은 주머니에서 한 움큼의 어음을 꺼내 방바닥에 펴 보였다. 그 가운데서 삼만 냥짜리 어음을 집어 보이며,

"내가 시키는 대로만 하면 돈은 얼마든지 드리리다. 내 시키는 대로 하겠소?"

하고 강씨의 표정을 살폈다. 강씨는 침을 꿀걱 삼키곤,

"법에 어긋나는 일만 아니라면 무어든 해보겠어유."

하고 아양을 떨었다.

"그럼 좋소."

최천중은 열 냥짜리 어음을 강씨 앞에 밀어 놓고 나직이 속삭였다.

"장안에 있는 대관 댁과 부잣집의 과부, 생과부를 샅샅이 챙겨봐주오. 이름과 사는 곳을 말이오. 내 후하게 보답하리다. 내 말을 알아듣겠소?"

"그것은 알아서 뭣 하시게요?"

강씨의 얼굴에 꺼림칙한 표정이 돌았다.

"뭣을 하건 그것은 내가 알아서 할 일이고, 당신은 챙겨봐주기만 하면 되는 거요. 있는 사실 그대로를 살피는 게 죄 될 것은 아니지 않소. 한 집 알아내는 데 다섯 냥씩 주리다. 스무 집이면 백 냥이오. 백 냥이면 명실한 집을 한 채 사고도 남을 돈 아니오?"

강씨는 구미가 당기지 않는 바는 아니었으나, 망설임이 앞서는 그런 태도였다.

"당신이 챙긴 일과 맞바꿀 건데 무슨 뒤탈이 있겠소."

최천중은 이편에서 너무 애달아하면 되레 역효과가 난다는 것도 짐작했던 터라,

"꼭 싫다면야 도리가 없지. 그만한 돈이면 사람은 얼마든지 구할 수 있을 테니까."

하고 냉담하게 말해놓고 입을 다물었다.

"누가 싫다고 했습니까요? 그런 걸 알아갖구 뭘 할 건지 궁금하다뿐입니다."

"나는 이 세상을 바로잡으려는 뜻을 품은 사람이오. 예교禮敎의 나라가 이처럼 문란해서야 되겠소? 그래, 그 실정을 알고 대책을 세우려는 것뿐이오. 그렇다고 해서 그들에게 손해 갈 일은 안 할 것이오. 세상의 물정을 고치겠다는 거지, 한 사람 한 사람을 벌할 의사는 없소."

최천중은 무슨 거룩한 명을 받들고 하정下情을 살피는 관원과 같은 태도를 꾸며 보였다. 강씨는 그의 풍채와 말로 미루어 암행어사가 아닌가 하는 추측까지 하곤,

"그렇게 높은 뜻을 가지신 줄은 모르고 외람된 말을 했는가 봅니다. 정성껏 챙겨보도록 하겠습니다요."

하고 손을 비벼댔다.

"복채를 받고 사는 것보다는 나을 걸세. 경우에 따라선 후한 상을 주기도 할 거니까. 그리고 챙기는 김에 점쟁이들의 동태도 살펴둬요. 대궐에 드나드는 사람이 누군지, 장동 김씨 집안에 드나드는 사람이 누군지. 그 밖에 대감들 댁에 드나드는 사람들도 살필 수 있는 데까지 살펴보란 말요."

최천중의 말은 상전이 종에게 이르는 말투가 되고, 강 여인의 말은 종이 상전에게 아뢰는 말투로 바뀌었다.

"그리고 이런 일은 당신과 나만이 알고 있어야지, 다른 사람에게 발설하면 못써요."

"제 입은 원래 주머니 입이라고 소문이 나 있습니다요."

"그렇다면 됐어."

최천중은 해가 지길 기다리는 터라, 강 여인과 얘기를 계속했다. 그러자 강 여인은 돌연 무슨 생각이 났다는 듯이 정색을 하고,

"나으리, 이런 일이 있는데유."

하고 말을 이었다.

"전라도 어딘가 고을살이를 하던 유자영이란 양반인데요, 죄를 짓고 지금 옥중에 있습죠. 돈을 섬으로 지고 교동으로 날랐는데두 아직 소식이 없다고, 해서 그 집 부인은 죽을 지경이 돼 있습니다요. 어떻게 그 양반을 구할 수 없겠습니까요?"

유자영의 이름은 들은 적이 있었다. 최천중은 동소문 근처에 있다는 유자영의 집 주소를 소상하게 물었다.

"오늘 밤에라도 그 부인을 찾아가서, 불원 은인이 나타날 거라는 점을 쳐줘요."

이하응의 어음 삼만 냥짜리가 호주머니에 들어 있다는 것이 무엇보다도 흐뭇했다. 장안의 대관 댁과 부잣집의 과부, 생과부의 명단이 불원 들어오게 되었으니 화수분을 손에 넣는 거나 다를 바가 없는 것이다. 게다가 유자영이란 밥이 나타났으니 당분간의 소일감은 장만된 셈이기도 했다.

115

바야흐로 손바닥 위에서 천하를 요리할 계략이 그려지고 있는 기분이라서, 최천중은 오래간만에 마누라를 품 안에 안아주었다. 그러나 최천중은 마누라와의 정교는 상대방의 갈증을 풀어주는 정도로 담백하게 해치웠다. 아내에게 성애의 극치를 가르치는 것은 고양이를 호랑이로 만드는 결과가 된다는 것을 그는 알고 있는 것이다.

음정에 불이 붙은 여자는 못 할 짓이 없게 된다. 그러니 그런 위험을 피하기 위해서라도 목마를 때 물 한 모금 주는 이상의 색술을 써선 안 된다.

담백한 성애에도 여자는 만족할 줄을 안다. 여체는 길들이기에 따라 노루처럼 담담할 수도 있고, 물개처럼 탐욕스럽게도 된다. 아내는 이미 잠이 든 모양이어서, 최천중은 이불을 차버린 채 활개를 활짝 펴고 누워 자기의 생각을 좇았다.

'한패공도 일개의 건달로서 천하를 잡았으니… 내겐 제갈량의 신중이 있고, 조조의 지략이 있다. 게다가 나 자신을 넘어 후대에 뻗친 긴 안목이 있다…. 장부 뜻을 세워 안 될 일이 없을 것이다….'

동시에 미원촌의 왕씨 부인에게 마음을 보냈다. 그 배 속에 지금 생명이 움트고 있을까? 생명이 움트고 있다면 자기의 염원이 천의天意의 승낙을 받은 것이며, 기필 그 생명의 움은 왕재의 움일 것이다.

일전해서 그의 생각은 장동 김씨를 농락할 것과 장안의 생과부, 과부, 또는 대관 부인들의 화냥기를 요리할 방책 등으로 미끄러져 들었다. 그러는 동안 스르르 잠에 빠져들었다.

그런데 그날 밤엔, 언젠가 신륵사의 주지에게 꾸며 말했던 용을 타고 하늘을 나는 꿈을 꾸었다. 용의 비늘은 황금색으로 눈부셨고, 꼬리는 구름에 휘감겼다가 풀어졌다가 했다. 그렇게 망망한 하늘을 하염없이 날고 있는데, 돌연 용이 고개를 돌려 흘끔 자기를 보았다. 그 눈이 날카로웠다. 틀림없이 본 적이 있는 눈이었다.

그러나 갑자기 생각이 나진 않았다.

'언제 보았던 누구 눈일까?'

하는 마음이 뇌수를 점령하게 되었을 무렵, 최천중은 꿈에서 깨어났다.

'누구의 눈일까?'

하는 물음이 마음에 거듭되었다.

'그렇다!'

돌연 최천중은 그 눈을 알아차렸다. 그날 오후 회현동 교자전 뒷골목에서 만난 점쟁이 황 여인의 눈이었던 것이다. '내가 탄 용의 눈이 그 여자의 눈을 닮다니…' 하며 황 여인의 광기 어린 눈빛을 새삼스럽게 상기해보고, 그 여자와 자기의 인연이 범상한 것이 아닐 거라는 짐작을 가슴속에 새겨넣었다.

'망월의 밤은 닷새 후니라!'

이렇게 중얼거려보고 최천중은 다시 잠을 청했다. 그러나 오래 잠자고 있을 순 없었다. 요란하게 문을 두드리는 사람이 있었기 때문이다.

'새벽에 누가 이 야단인가.'

하고 최천중은 일어나서 문의 빗장을 뽑았다.

"사직동 권 진사 댁에서 왔는데, 진사 나으리께서 처사님을 오시라는 분부인덮쇼."

중늙은이 하인이 연방 굽신거리며 한 말이었다.

권 진사의 호는 위산渭山이라고 했다. 작년 유두일 한강변에 소풍하러 나갔을 때 어떤 사람의 소개로 알게 된 사이였는데, 두어 번 그 댁 사랑에 청함을 받은 적이 있었다.

"내 아침 먹고 갈 테니 돌아가게."

하고 최천중은 세수를 했다.

여느 때 같으면 마포 강가에까지 한 바퀴 돌아와서 세수를 했지만, 권 진사 댁에 일찍 가자면 그럴 수가 없었던 것이다.

식사를 하고 집에서 나와 염천다리를 건너 서대문 쪽으로 걸으면서 도대체 무슨 일일까 궁리를 해봤다. 용을 타고 하늘을 나는 어젯밤의 꿈땜을 할 일이 생겼단 말인가 생각하다가,

'옳지, 그 일이겠구나.'

하고 속으로 웃었다.

권 진사에겐 희돈이란 18세 되는 아들이 있었다. 총명한 아들이라서 권 진사는 은근히 그 아들에게 큰 기대를 걸고 있는 터였다.

'춘당대시春塘臺試가 있다는데, 그 과거에 합격할 수 있을까 없을까를 물을 작정이겠군.'

대강 이런 짐작을 하고, 그럴 때 어떤 답을 해야 할까 궁리해보았다.

본심을 말할 수만 있다면,

"요즘의 과거가 어디 과거라고 할 수 있습니까? 그런 과장科場에 들어선다는 것은 이전泥田에 신복新服 입고* 들어서는 격입니

* '진흙밭에 새 옷 입고.'

다. 안능이호호지백安能以皓皓之白으로 이몽세속지진애호而蒙世俗
之塵埃乎乎**란 굴원의 어부사漁父辭도 있지 않습니까. 만 냥의 돈
으로 욕辱을 사게 되는 것입니다. 그러니 그만두시는 게 좋을 겁니
다."
하고 아뢸 수 있을 것이다.

아닌 게 아니라, 전조에서부터 문란하기 시작한 과거는 그때 부
패의 극에 이르렀다고 할 수 있었다. 만 냥이면 합격이고, 9천 냥이
면 낙방이었다. 무식한 상감이어서 어전시御前試를 할 수도 없었으
니 김씨 세도의 바람은 과장마저 휩쓸어, 만 냥 이상의 돈짐을 김
씨에게 갖다주지 않는 사람으로 과거에 합격할 수 있는 사람은 김
씨 성뿐이었다. 그런 가운데 이성異姓이 끼였을 경우는 김씨 일문
의 사위거나 그 밖에 무슨 척위를 가진 사람으로 판단하면 대충
틀림이 없었다.

그런데도 과거를 빈번히 보이는 것은, 그것이 돈을 긁어모으는
가장 쉬운 방법이었기 때문이다.

만 냥을 들여 합격을 하므로 합격자가 과잉해 있어서, 벼슬을 따
자면 또 만 냥 돈이 있어야만 했다. 그러고도 그 벼슬은 길어야 반
년, 보통이면 한두 달로 끝난다. 그러니 계속 벼슬길에 있자면 가렴
주구苛斂誅求하여 자꾸만 뇌물을 써야 하는 것이다.

최천중은 권 진사를 기골이 있는 사람으로 보았었는데, 아들을
기어이 과장에 내보낼 생각을 했다면 별수없는 인물이란 생각도

** '어찌 희고 깨끗한 몸으로 세속의 먼지를 뒤집어쓸 수 있을까.'

했다.

　그러나 부정父情이란 것은 또 별도의 것인지 몰랐다. 무슨 답을 해야 할지 궁리도 끝나기 전에 최천중은 권 진사 댁의 문전에 있었다.

　최천중이 안내를 받아 들어선 곳은 사랑이 아니고 내당 오른편에 있는 별당이었다. 그것부터가 이상했다.

　잠깐 기다리고 있노라니까,

　"사부인을 이리로 모셔라."

하는 소리에 이어 권 진사의 헛기침 소리와 더불어 문이 열렸다.

　최천중의 절을 받은 권 진사는,

　"오늘은 우리 집안과 사돈 되는 세위勢威 있는 집안의 부인이 각별한 부탁을 하시기에 자넬 모셨으니 정성껏 봐주게."

하고 옆방으로 들어가서 미닫이를 반쯤 열어놓고 저편을 돌아보고 좌정했다. 사부인과는 내외를 해야 하기 때문이다.

　이윽고 칠팔 세 돼 보이는 소년을 앞세우고 중년 부인이 방안으로 들어왔다. 일어선 최천중은 그 부인이 좌정하길 기다려 무릎을 꿇고 앉았다.

　외면한 채로 권 진사의 말이 있었다.

　"부인의 바깥어른께서 지금 대단한 곤경에 빠져 있네. 그 곤경이 언제쯤 풀리게 될지, 그게 궁금해서 자넬 모신 걸세."

　최천중은 '권 진사의 사돈이면 누굴까?' 생각했지만, 짐작이 가질 않았다. 그 짐작만 서면 영특한 관상사 노릇을 할 수 있을 텐데, 자기의 준비 부족이 한스러웠다.

　"먼저 그 아드님의 상부터 보게. 아들의 상에서 아버지의 운수를 읽을 수도 있지 않겠는가."

권 진사의 말이었다.

최천중은 아이의 상을 자세히 살피면서 사주를 물었다.

"여덟 살이구요, 정월 칠일 묘시생예요."

부인의 부드러운 목소리였다.

"병진생이라…."

하고, 최천중은 육갑을 마음속으로 짚으며 계속 그 아이의 상을
살폈다.

사주에 있어서나 관상에 있어서나, 어느 모로 보아도 조실부모할
팔자는 아니었다.

이어, 최천중은 부인의 사주를 묻고 답을 얻은 뒤 부인의 상을
살폈다. 약간 팔자가 센 느낌이 미간에 있었지만 그렇다고 해서 초
년이나 중년에 과부가 될 여자는 아니었다.

그런 생각을 다지고 있던 차, 최천중의 뇌수의 한구석에 불이 켜
진 듯 하나의 기억이 되살아났다. 권 진사의 사돈 가운데 백씨白氏
성을 가진 사람이 있다는 기억이 돋아난 것이다. 백씨이면서 지금
곤경에 있는 고관이라면 진주민란의 원인이 되었던 그 백씨를 두곤
달리 있을 사람이 없었다.

그래, 최천중이 물었다.

"대주께선 지금 영어의 몸이시죠?"

"그렇습니다."

하는 답이 부인으로부터 돌아왔다.

"백씨 성을 가진 어른이시죠?"

"예."

"경상우병사를 지내셨죠?"

"예."

권 진사는 눈이 동그래졌다.

권 진사는 작년 유두일, 자기를 백낙신白樂莘의 사돈이라고 소개한 사람이 있었다는 사실을 알 까닭도 없고, 우연히 놀이터에서 만나 잠깐씩 두어 번 상종했을 뿐인 관상사라고만 알고 있었기 때문에 더욱 놀랐던 것이다.

"신통하군."

내외할 줄도 잊고 얼굴을 이 방 쪽으로 돌리며 권 진사는 황급히 물었다.

"그래, 어떻겠는고?"

"그래, 어떻겠는고?"

권 진사는 거듭 물었다.

그 말엔 대답하지 않고, 최천중은 나직하나마 가다듬은 목소리로,

"백 병사께서 백성으로부터 노략질한 재물이 벼로선 수만 석, 돈으론 수십만 냥이 된다고 하던데, 그게 사실입니까?"

하고 따졌다.

"자네, 무슨 소릴 하는고?"

권 진사가 어물어물 최천중의 말을 막으려 들었다.

"아닙니다, 진사 나으리. 방책을 세우려면 알 것은 알아둬야 합니다."

최천중은 다시 부인을 향해,

"뿐만 아니라, 청천菁川 들을 개간해서 농사를 짓는 백성들을 국법을 어겼다는 죄로 곤장으로 치고 매질해서 내쫓고 그 땅을 송두리째 삼켰다고 하던데, 그게 사실입니까?"

"모두 변상을 했다고 들었어요."

부인의 대답은 모기 소리처럼 가냘펐다.

"변상만으로써 죄가 씻어지는 것은 아닙니다. 꾀를 써서 곤경에서 빠져나올 생각만 해서도 안 됩니다. 회개를 해야죠. 뼈에 사무치도록 뉘우쳐야죠."

"자네, 말이 심하지 않은가?"

권 진사가 노기를 살큼 섞었다.

"저는 지금 일개 관상사의 처지로서가 아니라 신령의 뜻을 받드는 사람으로서 말하고 있는 겁니다. 신령의 가호가 없으면 백 병사는 죽습니다. 그 신령의 가호를 빌기 위해서 챙겨보고 있는 겁니다."

최천중은 사람이 달라진 것처럼 엄숙한 태도를 취했다. 백낙신의 생살여탈의 권을 자기의 손아귀에 쥔 사람처럼 태도가 늠름하기도 했다.

권 진사와 백씨 부인은 완전히 압도되었다.

"백 병사가 살아날 길은 오직 한 가지 있습니다."

최천중의 말이 떨어지자, 백씨 부인의 얼굴에 기대의 빛이 돌았다.

"그 한 가지 길이란…"

하고, 최천중은 넉넉히 사이를 잡은 후 엄숙하게 말했다.

"나락 한 톨, 엽전 한 닢까지 남김없이 변상한 후, 그로 인해 죽은 사람의 원혼을 풀고, 그로 인해 곤욕을 겪은 사람들을 일일이 찾아 사죄하는 일입니다."

백씨 부인의 얼굴이 잿빛으로 변했다.

권 진사는 멍청히 최천중을 바라봤다. 그러곤 힘없이 중얼거렸다.

"어디 그게 쉽게 할 수 있는 일인가?"

"그러지 못하면 오직…."

하고 최천중은 말을 뚝 끊었다.

오직 죽음이 있을 뿐이란 함축으로 상대방에게 전달될 수 있는 동작이었다.

무거운 침묵이 흘렀다.

그 침묵을 깨뜨린 사람은 권 진사였다.

"달리 방도가 없겠는가?"

"있긴 있습니다만, 그 방도 역시 어렵습니다."

"그래도 얘기나 해보게."

"살아 있는 사람은 앞으로 사죄할 기회가 있을 것이니, 기다려볼 순 있습니다. 그런데 죽은 혼들이 문젭니다. 그 원령들이 백 병사의 앞길을 막고 있습니다. 그러니 원혼들을 달래야만 길이 트입니다. 그 방법으로 신령에게 기도를 드릴밖에 없습니다. 그 기도는 제가 대행할 수 있습니다. 그러자면 5만 냥의 돈이 필요합니다. 5만 냥이 준비되든 삼개[마포]의 객주 최팔룡에게 제 이름으로 갖다 맡기십시오. 살아날 구멍은 그 길밖에 없습니다."

그리고 유예를 두지 않고 최천중은 자리에서 일어섰다.

비록 스스로 혹세무민해 책략을 꾸미고 있기는 하나, 최천중은 백낙신 따위의 탐관오리에 대해선 공분을 느끼고 있는 터였다.

진주민란을 조사한 박규수의 조사 결과에 의하면, 백낙신의 비행은 다음과 같다.

백낙신은 신유년辛酉年, 철종 12년 환곡작전還穀作錢을 할 때 일부러 값을 올려 4천1백여 냥을 거둬 먹었고, 병고전兵庫錢 3천8백 냥, 병고미 1천여 석, 그 밖에 구폐미 추가분이라 하여 매석每石에 5냥 5전씩 도합 7천 냥, 게다가 모취락가전耗取落價錢 1천5백 냥, 과분취잉過分取剩 3천1백 냥을 착복했다.

뿐만 아니라, 또 그는 청천 들의 촌민들이 개간하여 이미 수년 동안 농사를 지어오던 수천 두락의 농토를 모경冒耕*이라고 하여 빼앗고, 그 벌금이라고 해서 2천 냥을 징수, 사복을 채웠다.

또 칠원, 진해, 함안, 창원 등의 읍민들 가운데 풍요한 자를 골라 옥에 가두기도 하고 공갈하기도 해서 갈취한 돈이 알려진 것으로도 수천 냥에 이르렀다. 그리고 저채邸債의 금리를 적년積年 허록虛錄**하여 첩리疊利로 쳐서 받아먹은 것이 수만 냥을 넘었고, 투옥과 장벌杖罰로 협박해서 6만 냥 이상의 돈을 배호백징排戶白徵***했다.

말하자면, 이러한 횡포를 견디지 못해 진주민란이 발생한 것인데, 민란의 주모자 이계열李啓烈을 비롯한 13인이 효수형을 받고,

---

* 주인의 승낙 없이 함부로 남의 땅에 경작함.
** 여러 해 거짓 기록.
*** 호별로 강제 징수하는 세금.

19인이 유배되고, 42인이 징방懲放되는 등 많은 희생자를 냈다.

'백낙신 같은 놈은 능지처참을 해도 모자랄 놈이다. 놈의 뼈다귀까지 핥아놔야지. 그놈에겐 반드시 숨겨놓은 재물이 있으렷다! 제명이 아까우면 고스란히 돈을 갖다 바치겠지.'

최천중은 5만 냥이 자기의 손아귀에 들어온 것이나 다를 바 없다고 생각했다. 그만한 으름장에 응하지 않고 견딜 순 없을 것이다.

'밑져야 본전이다.'

하고, 서대문으로 넘어가며 고개 위에서 최천중은 빙그레 웃었다.

'오만 냥을 가지고만 온다면 만 냥쯤 써서 그놈을 구해보기로 하지.'

하는 궁리도 했다.

최천중은 그렇게 할 자신이 있었다. 관상사에게 구명을 청할 정도가 되었으니 다급하게 서두르는 것은 사실인데, 다급하게 서두르는 당자나 부인이 교동 김씨 일문에 돈짐을 지고 가지 않았을 까닭이 없는 것이다.

그랬는데도 차일피일하니, 부인은 푸석돌을 비벼서라도 불을 내볼 마음으로 관상사까지 찾게 된 것이라고 짐작할 수 있다. 돈을 받은 교동 김씨 일문이 백낙신을 죽게 버려두진 않을 것이다. 뭔가 그를 방면할 명분과 기회를 찾고 있을 것이 분명했다. 그러니 만 냥쯤 돈을 써서 그들에게 명분을 만들어주면 그만인 것이다.

'그러나…'

하고 최천중은

'백낙신 같은 놈을 죽이지 않으면 세상에 죽일 놈이 없다.'

라는 생각을 했다. 동시에 그런 놈을 구명하는 것은 천리에 어긋나는 것이 아닌가 하는 마음을 갖기도 했다.

'하지만 5만 냥이면 내가 천하를 잡을 자금으로 쓸 수도 있지 않은가.'

하고, 앞으론 탐관오리들의 등을 쳐 먹어야겠다는 생각을 다졌다.

이튿날 아침, 최천중은 또 권 진사 댁에 불려갔다. 어제와 마찬가지로 내당에 이어진 별당으로 안내되었다.

백낙신의 부인은 어제 권 진사가 앉아 있던 방에 벌써 좌정하고 있었다. 권 진사는 최천중과 같은 방에 앉았다.

"궁금해서 또 자네를 불렀네. 밑도 끝도 없는 말을 해놓고 훌쩍 떠나버렸으니 그럴 것 아닌가."

권 진사는 딴엔 백낙신 부인을 대변하고 있는 셈이었다.

"전 분명히 말씀드렸습니다. 신령의 가호 없인 살아나기 힘들다는 것과, 기도로 오만 냥만 있으면 신령의 힘을 빌려 살릴 수 있다는 뜻을 밝혔소이다."

그리고 최천중은 덧붙였다.

"방위가 틀린 곳에 아무리 재물을 쏟아봤자 그건 깨진 독에 물 붓기란 것을 아셔야 합니다. 그들이 동죄同罪로 몰릴지 모를 짓을 함부로 할 줄 아십니까?"

최천중은 은근히 교동 김씨에게 돈을 갖다주어봤자 소용이 없다는 뜻을 풍겨본 것이다. 아니나 다를까, 그 말이 백낙신 부인의 간담을 서늘하게 했다.

"헌데 이 사람아."

하고 권 진사가 입을 다셨다.

"변상도 해야 했고, 요로에 바치기도 해야 했고…. 그러니 돈 5만 냥을 구하기가 쉬운 일인가? 오천 냥쯤이면 몰라도…."

"백 병사의 목숨 값이 오천 냥이라면, 저를 부를 것까진 없지 않습니까. 그렇다면 사양하겠습니다."

최천중은 싸늘하게 말하고 털고 일어설 자세를 취했다.

"성급하게 굴지 말고 내 말을 끝까지 듣게."

하더니, 권 진사는 이웃 방을 향해

"그걸 이리로 내놓으시오."

했다.

비단 보따리에 싼 뭉치가 이쪽 방으로 넘어왔다. 권 진사는 그것을 쥐고 나직이 입을 열었다.

"이건 충청도에 있는 천 석가량의 토지 문서일세. 이거하고 돈 5천 냥으로 어떻게 해볼 수 없겠는가? 여기, 양도증이고 뭐고 토지를 넘기는 데 필요한 문서가 모두 들어 있네."

최천중은 일단 그 문서를 보여달라고 했다. 비단 보따리가 끌러졌다.

토지의 소재지는 음성陰城 고을 이곳저곳이었고, 필지는 스물하나였고, 두락 수로 치면 천 두락이 넘었다.

이것 역시 가렴주구로써 수탈한 땅일 것이다.

"좋습니다."

하고 최천중은 승낙했다.

이어 5천 냥의 어음도 받았다.

“무슨 흔적이, 그걸 받았다는 증서가 있어야 하지 않겠는가.”

권 진사가 어름어름 말했다.

“증서가 무슨 필요 있겠나이까? 만에 하나, 백 병사가 살아오지 못할 경우, 내가 이 재물을 그냥 삼켜버릴 수 있겠나이까? 권 진사 나으리의 세도가 그렇게 부실하다고 보진 않는데요.”

최천중이 통박하듯이 말했다.

“한번 그렇게 말해본 걸세. 잘 부탁하네.”

권 진사는 너털하게 웃었다.

“생명만 보존할 수 있다면 평생의 은인으로 모시겠어요.”

이웃 방으로부터 가냘픈 소리가 넘어왔다.

최천중은 가슴을 펴고 말했다.

“염려 마십시오.”

권 진사 댁에서 나온 최천중은 다방골 여란의 집에 들러 점심을 먹고 교동 김씨 일문의 소식을 살폈다. 뾰족한 정보가 없었다.

그길로 최천중은 마포 최팔룡을 찾아갔다. 늘어지게 낮잠을 자고 있던 최팔룡은 최천중이 깨우는 바람에 눈을 비비고 일어나 앉아, 최천중이 내민 토지 문서와 오천 냥의 어음을 번갈아 보며,

“종씨, 어디서 이런 횡재를 하셨수?”

하고 놀란 얼굴을 했다.

“횡재가 뭐요? 내 신통력이 번 재물이지. 두고 보오. 장안의 재물을 몽땅 내 손아귀에 쥘 테니까요.”

최천중이 호기 있게 말했다.

“그처럼 돈 벌기가 수월하면, 나두 미곡상 집어치우고 관상술이

나 배울걸."

최팔룡이 농담잖게 한마디 했다.

그리고

"종씨."

하고 불러놓고, 다음과 같은 제안을 했다.

수안, 재령, 금천, 곡성, 부안 등지에 홍수가 나서 백성들이 굶어 죽는 소동이 벌어지고 있는데, 그런 곳에선 쌀 한 되로 논 한 두락을 살 수가 있다. 그러니 쌀을 있는 대로 긁어모아 그 지방으로 가서 논을 사자는 얘기였다. 만 냥어치의 쌀로 2만 석지기 땅을 살 수 있다는 것이다.

"백성들의 곤경을 빙자해서 치부한다는 건 죄받을 짓 아니겠소."

최천중은 내키지 않은 마음을 이렇게 표현했다.

"아따, 우리가 안 사면 엉뚱한 놈이 사고 말 텐데. 종씨, 어렵게 생각할 것 없이 우리도 나섭시다. 만 석쯤 땅을 장만해놓으면 그 이상 바랄 게 뭐 있겠소. 더욱이 종씨처럼 후한 사람이 토지를 가지면 백성들에게도 덕이 될 것 아니겠소."

미상불 최팔룡의 말엔 일리가 있었다. 뭐니 뭐니 해도 토지를 사두는 게 장차 큰일을 하는 덴 도움이 될 것이다.

"종씨는 이미 천석꾼이 되지 않았소. 조금만 더 사 보태면 만석 꾼 아니오?"

최팔룡은 거듭 최천중의 구미를 돋우는 말을 했다.

"이왕이면 같은 고을의 논을 사야지."

최천중이 관리할 일을 얼핏 생각하고 이렇게 말했더니, 최팔룡은

"종씨는 천상천하의 일을 다 안다면서 토지에 대해선 무식하구만. 토지는 이곳저곳에 사둬야 하오. 한곳에만 사두면 흉년이란 게 있지 않소. 이곳저곳에 사두면, 이곳에서 흉년이 들어도 저곳은 풍년일 수가 있는 것 아니겠소."

하고 장광설을 늘어놓았다.

"참말로, 쌀 한 되로 논 한 두락을 살 수 있을까요?"

최천중이 물었다.

"그런 곳도, 그런 경우도 있다는 얘기지, 다 그럴 수야 있겠소? 쌀 한 섬에 논 한 두락쯤으로 생각하면 될 거요. 그렇더라도 공짜 아뇨? 일 년만 지나면 본전을 뽑을 수 있을 테니 말요."

최팔룡이 침이 마를 정도로 권했다.

"그렇다면 종씨가 사면 될 것 아뇨."

"나도 얼마만큼은 샀소. 그러나 명색이 미곡상이니, 밑천까지 뽑아 논을 살 순 없는 형편이라서 종씨에게 권하는 거요."

최팔룡이 자기를 속일 리가 없다고 생각한 최천중은, 칠월 들어 시골로 가보자고 약속했다.

극악무도한 백낙신 같은 놈이기로서니, 일단 재물을 받고 약속한 이상 내버려둘 순 없었다. 최천중은 백낙신의 구명을 본격적으로 연구해보았다.

모든 열쇠는 교동의 김씨 일문에 있다는 것과, 그들에게도 백낙신의 재물이 만만찮게 들어갔을 것이란 사실은 앞서 말한 바와 같이 충분히 짐작되지만, 최천중으로선 결정적인 단서를 잡아야만 했다.

최천중은 교동의 장동 김씨 열두 집 가운데 누구의 집을 먼저 찾아가볼까 하는 궁리부터 시작했다. 김좌근, 김문근, 김병국 등 이름을 챙겨나가는 도중, 최천중은 김흥근金興根을 찾아보는 것이 가장 무난하다는 생각에 이르렀다. 이미 칠순을 넘긴 나이인데도, 그런대로 배짱과 아량이 있는 사람이라고 들었기 때문이다.

최천중은 특히 옷매무새에 신경을 썼다. 벼슬을 하고 있는 몸이면 검소한 옷이 좋겠지만, 관상사의 신분일 바에야 호사로울수록 상대방의 주목을 끄는 의미에서도 좋을 것이란 판단 아래, 엷게 쪽빛으로 물들인 한산모시 도포를 입고 누런 우피牛皮에 백선을 두른 신을 신었다. 갓은 양태가 넓은 풍경 갓을 쓰고, 갓끈은 구슬끈으로 했다. 구슬끈은 벼슬아치가 아니면 사용할 수 없는 것이지만, 구슬이 아니고 돌이라고 우기면 그만일 것이다.

게다가 정교하게 만든 전주 쥘부채를 들었다.

제법 잘생긴 얼굴, 훤칠한 키, 당당한 풍채의 사나이가 날아갈 듯한 옷차림으로 남대문으로 들어섰을 때, 누구나 한 번씩 그를 돌아보았다. 그만한 치장을 한 사나이라면 응당 교자를 타야 할 신분일텐데, 걸어가는 것이 이상하다는 느낌을 모두 가진 모양이었다.

최천중은 유유히 종로를 질러 교동 쪽으로 발을 옮겨놓았다. 교동 골목에 들어서자, 그는 더욱더 점잔을 빼는 자세가 되었는데, 양측으로 즐비한 대하고루大廈高樓에 압도당하지 않을 마음먹이가 시킨 동작이었다.

이윽고 김흥근의 집 앞에 섰다. 바깥 대문이 열려 있었다. 최천중은 쑥 들어섰다. 오른편에 높은 담이 있고, 왼편에는 그보다 약간 낮은 담이 있어 골목이 이루어져 있는데, 조금을 걸으니 또 하나의 대문이 닫힌 채 있고 그 옆 담 쪽에 샛문이 닫혀 있었다. 최천중은 대문과 샛문의 중간에 서서 목청을 돋우었다.

"이리 오너라."

이어 큰기침을 했다.

그때, 샛문이 탕 열리더니 동저고리 바람에 망건만을 쓴 중년의 사나이가 얼굴을 내밀었다. 그러고는 멈칫하는 것 같았다. 너무나 호사스럽게 치장한 귀공자의 모습을 보았기 때문일 것이다.

허리를 굽신하며 말했다.

"어디서 오셨사옵니까요?"

그 물음엔 대답을 않고 최천중이 물었다.

"대감 계시오?"

"큰대감님 말씀인갑쇼?"

"그렇소."

"지금 계시옵니다만…."

"난 경상도 봉화에서 온 최천중이라고 하오. 대감을 뵈러 왔으니 그렇게 전해주오."

"예, 잠깐만…."

하고 사나이는 안으로 사라졌다.

최천중이 안내된 곳은 바깥사랑이었다. 동저고리, 망건 바람의 선비들이 장기를 두기도 하고 누워 있기도 했는데, 최천중이 들어 오는 것을 보자 일제히 고개를 들었다. 최천중은,

'돈짐을 져다 놓고 벼슬을 기다리는 놈들이로구나.'

하고 비웃음을 섞은 표정으로 그들을 쓱 둘러보고, 대청마루 끝에

앉아 쥘부채를 펴서 바람을 일으켰다.

매미 소리가 세차게 들려왔다. 뜰 상수리나무에서 우는 매미 소린가 보았다. 하늘엔 하얀 조각구름이 흐르고 있었다.

하염없이 구름을 바라보고 있는데, 누군가가 최천중 앞에 와 섰다. 구겨진 두루마기를 입고, 먼지빛으로 낡은 갓을 쓴 노인이었다. 검은 얼굴에 유자코가 덩실 달린 품이 우스꽝스러웠다.

"우리, 통성명이나 합시다."

노인이 축담에 선 채 말했다.

"그렇게 합시다."

최천중은 쌀쌀하게 답했다.

그러자 노인이,

"허허, 이 젊은 선비가 나이 많은 사람으로부터 청하배廳下拜를 받을 셈인가?"

하고 짓궂게 웃었다.

"청하배가 싫거든 마루로 올라오시지 그래요."

최천중은 자세를 고치지 않았다.

"그 영감 비위 거슬려서 좋은 일 없을 텐데…."

하고 누군가가 말했다. 그러자 '왓하하' 하는 웃음소리가 일었다.

하나, 그것은 웃음소리라고 하기보단 하품을 참기 위한 수작으로 듣는 게 옳았다.

"허는 수 없지."

하고 노인은 마루로 올라왔다.

"대감이 나더러 대신 당신을 만나보라고 하기에 나왔수다."

"나는 대감을 만날 용무가 있을 뿐, 노인을 만날 일은 없소이다."

최천중이 무뚝뚝하게 말했다.

"옳거니, 정수동을 만나려고 김 대감을 찾진 않았겠지?"

최천중은 '아차' 했다. 천하의 명물 정수동의 이름은 익히 듣고 있었다. 그럼 바로 장안에 자자한 이름을 떨치고 있는 정수동이 김 흥근의 식객으로 있단 말인가.

"몰라뵈어 죄송합니다."

하고, 그때야 최천중은 상체를 구부려 보였다.

"정수동일 몰라봤다고 죄 될 것이야 없겠지. 그리고 기생오라비가 왔다고 안 했으면 내가 바깥사랑까지 나올 턱도 없구."

"기생오라비라니, 그게 무슨 소리죠?"

최천중이 발끈했다.

"글쎄, 청지기 어른이 한 말을 되씹어보았을 뿐이니 과히 성내지 마슈. 그런데 어떻게 오셨수?"

"대감을 만나러 왔다니까요."

"대감을 만나 벼슬을 살 텐가? 사랑채 세 개가 보다시피 꽉 차 있는데도 벼슬은 바닥이 났다오. 그러구 요즘은 벼슬 값도 올랐소. 이만 냥짜리 현령顯令이 삼만오천 냥으로 올랐다누만."

"나는 십만 냥에 사겠소."

최천중이 엉뚱하게 대포를 놓았다.

"십만 냥?"

하고, 정수동이 껄껄 웃었다.

웃음이 멎자, 최천중이 덧붙였다.

135

"그러나 외상으로 사겠다는 말요, 외상으로."

"선금을 질러놓아도 안 되는 벼슬을 외상으로 사겠다니, 배짱 한 번 좋소."

정수동은 유자코를 벌름거리며 웃었다.

"외상으로 벼슬을 팔 만하면 김 대감 앞길이 툭 트일 것이오."

최천중이 점잖게 뇌까렸다.

'훗흐' 하고 정수동이 한다는 말이,

"앞길이 툭 트일 것이라구? 길이 시방도 너무 넓게 트여서 어느 게 길인지 모를 참으로 돼 있다오."

"그러니까 새길이 트여야 한다는 말 아니오. 대감께 가서 이르시오. 이 최천중의 말을 듣지 않으면 천추에 후회가 남을 거라구요. 이해 안에 큰 변이 납니다. 그 변을 모면하려면 내 말을 들어야 한다고, 그렇게 일러주시오. 이건 농담이 아니오."

장기를 두고 있던 선비들, 낮잠을 자고 있던 선비들이 모두 자기의 말에 귀를 기울이고 있다고 느낀 최천중은, 안사랑까지도 울려 퍼져라 하고 목청을 돋우어 뇌까렸다.

"이 최천중의 말을 예사로 듣지 마시오. 먹구름이 일면 소낙비가 내리는 법이요, 번개가 치면 천둥소리가 나는 법이요, 칠성이 태미太微에 들면 천하에 이상이 있는 법이오. 나 최천중이, 특히 김 대감을 위해 모처럼의 걸음을 했는데, 나를 만날 의사가 없다고 하면 이 댁을 제하고도 아직 십일가十一家가 있으니, 달리 방향을 정할 뿐이고, 그 십일가도 내 말을 듣지 않겠다고 하면 그도 그뿐이니 굳이 내가 서둘 필요는 없소. 단, 내 이 뜻만은 대감께 알리시오."

백주에 대관大官 집 사랑에 나타나서 이런 말을 함부로 할 수 있는 사람이면, 그 사람은 정신이 돌았거나, 아니면 만만찮은 자신을 가졌거나 한 사람일 것이다.

　　정수동이 안사랑으로 들어가 김흥근에게 아뢰었다.

　　"멀쩡한 미친놈이 바깥사랑에 와 있습니다. 미친놈이라고 알고 만나면 손해는 없을 것이고, 한때의 심심파적은 될 것이온즉 만나보기나 하시오. 그러다가 혹시 자갈밭에서 구슬을 줍는 일도 있지 않겠습니까?"

　　김흥근은 다소 흥미를 느꼈다. 최천중을 안사랑으로 불러오라고 했다.

　　최천중은, 골받침 위에 모시 저고리를 입고 방안에 좌정해 있는 김흥근의 상相을 얼른 읽었다. 우선, 횡액橫厄으로 죽을 상은 아니었다. 난세에 권세를 잡고 있는 사람이 고종명考終命*할 상을 가졌다면 죽도록 그 권세를 유지할 것으로 보아야 했다.

　　"자넨 어디서 살고, 무슨 일을 하는 자인고?"

　　김흥근의 첫말은 부드러웠다.

　　"금강도인 최천중올시다."

　　"금강도인?"

　　"전 금강산에서 도를 통한 관상사이옵니다."

　　"관상사라?"

하더니, 김흥근에 얼굴에 노기가 서렸다.

---

*　　제 명대로 살다가 편안히 죽음.

"관상사 따위가 감히 내 집에 나타나 횡설수설해?"

하고, 바깥을 향해 고함을 질렀다.

"여봐라, 이놈을 빨리 꺼내 곤장을 먹여 쫓아라!"

우르르 상노들이 몰려오는 소리가 났다.

"대감, 곤장을 치기 전에 저의 말 한마디만 들으소서."

최천중이 침착하게 말했다.

"냉큼 물러나라!"

김흥근은 보기도 싫다는 듯 외면을 한 채, 다시 한 번 고함을 질렀다.

최천중이 마루에 앉은 채 일어서지 않는 것을 보자, 두 장정이 성큼 마루로 올라섰다.

"한마디, 내 말을 들으소서."

최천중은, 장정들이 달려들기만 하면 한 손으론 한 놈의 불알을 치고, 한 손으론 한 놈의 정강이를 때릴 태세를 갖추고 한 번 더 청을 넣었다.

"이놈을 빨리 끌어내!"

김흥근이 최천중의 청엔 아랑곳없이 다시 호령했다. 장정들이 최천중의 팔을 잡으려고 했다. 그 순간, 두 장정은 각각 '악' 외마디 소리를 지르고 그 자리에 나동그라졌다. 느닷없이 불알을 호되게 얻어맞았으니 그럴밖에 없었고, 역시 정강이의 칼뼈를 사정없이 다쳤으니 견디어낼 재간이 없었다.

뜻밖의 광경에 김흥근은 와락 겁을 먹었다.

"거기 또 누구 없느냐?"

고 고함을 질렀다. 곧 도망을 치고 싶었으나 허리가 말을 듣지 않았다.

상노들이 사방에서 모여들고, 바깥사랑의 선비들도 우르르 안사랑으로 뛰어들었다.

최천중은 위급을 느꼈다. 일이 크게 벌어지면 김씨 열두 집의 장정들이 다 모여들 판이었다. 그러니 서툴게 굴어선 안 될 일이었다.

최천중은 천천히 일어서서 대청 끝까지 나왔다. 그리고 모여든 장정들과 선비들을 둘러보며, 마룻바닥에서 아직도 뒹굴고 있는 두 장정을 가리켰다.

"모두들 이 꼴이 되고 싶거든 덤벼라. 이자들은 고자가 되었다. 덤비기만 하면 용서 없이 고자를 만들어버릴 테다."

죽인다는 소리보다 고자를 만들겠다는 소리가 더욱 위협적인가 보았다. 아무도 앞에 나서지 못하고, 뙤약볕을 받은 채 뿌리가 박힌 듯 뜰에 서 있기만 했다.

이때, 최천중이 방안에 있는 김흥근을 향해 한마디 했다.

"나는 대감을 위해서 온 사람이오. 자기를 위해 찾아온 사람에게 이건 너무한 짓이 아뇨. 내가 관상사라고 해서 천인으로 보는가 합니다만, 어림도 없는 일이오. 나는 천상과 천하의 일에 통효하고 있소. 대인은 도인을 대접할 줄 알아야 하오. 그러나 대감과 나는 인연이 없는 것으로 알고 가겠으니 졸개들에게 일러 길을 트도록 하시오. 대감이 고집을 피우시면 이 불쌍한 중생들이 모두 고자가 될 판이오."

정수동이 방안으로 들어가 김흥근에게 뭐라고 속삭이더니 마루

로 나와 뜰에 모여 있는 사람들을 해산시켰다. 그 무렵, 뒹굴고 있
던 장정들도 슬그머니 일어나, 한 놈은 불알 근처를 어루만지고, 한
놈은 절름거리며 걸어 나갔다.

"대감이 임자의 말을 듣겠다고 하니 방으로 들어가보오."

하며, 정수동이 최천중을 향해 빙그레 웃어 보였다.

"내가 한번 시험을 해본 걸세."

최천중이 자리에 앉기를 기다려 김흥근이 한 말이었다.

"칠십의 춘추를 겪으셨는데도 외양과 거조를 보시고 사람을 알
아볼 수 없사옵니까?"

최천중은 신색이 자약自若*한 태도로 은근히 빈정댔다.

김흥근 대감의 이마에선 땀방울이 구슬처럼 솟아나고 있었다.

한여름, 한낮의 고요를 찢는 듯 매미가 울어대고 있었다.

김흥근이 부드럽게 말을 꺼냈다.

"무슨 말인지 해보게."

"입 바깥으로 낼 수 없는 얘깁니다."

하고, 최천중은 지필을 청했다.

김흥근의 시선이 그 붓으로 집중했다. 최천중이 쓴 첫 글귀는

　　세개인부동歲改人不同

　　금색무불변金色無不變

　　(해가 바뀌면 사람이 같지 않다. 금빛도 변하지 않는 게 아니다.)

---

*　침착.

140

'무얼까?'

김흥근은 알쏭달쏭한 얼굴로 최천중을 바라봤다.

그러한 태도엔 아랑곳없이, 최천중은 다시 붓에 먹물을 먹이더니 연자然字를 크게 써놓고 다음과 같이 이어 썼다.

중양절택성重陽節擇成

태산유일로泰山有一路

김흥근은 갈피를 잡을 수가 없었다.

"대강만이라도 뜻을 새겨볼 수 없는가?"

김흥근이 나직이 말하며 최천중의 눈치를 살폈다. 최천중은 입을 다문 채, 이제 막 쓴 글귀 가운데 '인人'과 '성成'에 방점을 찍었다. 그리고 한참 동안 김흥근이 그 글귀를 바라보게 한 후, 글이 쓰인 종이를 갈기갈기 찢더니 가루를 내어 환약처럼 뭉쳐 입안에 털어 넣고 꿀꺽 삼켜버렸다. 그 동작이 또 김흥근의 간담을 서늘하게 했다.

최천중은 조용히 무릎 위에 손을 모으고, 김흥근을 정시하며 입을 열었다.

"천기는 입 바깥으로 낼 수가 없습니다. 다만 아뢰올 것은, 인人은 인지상人之上을 말하는 것이옵고, 성成은 성상聖上의 성과 통하는 글자입니다. 중양절이면 구월 구일, 앞으로 두 달 남짓 남았습니다. 그 중양절 열흘 전에 제가 다시 방문하겠습니다. 그때 신책神策을 전수하겠사옵니다."

김흥근은 반눈을 한 채 최천중의 말을 듣고만 있었는데, 어렴풋이 그 글귀의 뜻이 잡히기 시작했다.

'해가 바뀌면 임금이 바뀌어야 하니, 김씨의 세도가 변하리란 것인데, 그러나 중양절을 기해 후사를 택하면 길이 트일 것이란 의미렷다!'

그러나, 그 뜻을 입 바깥으로 내어서 따져볼 성질의 것은 못 되었다. 함부로 지껄였다간 일개 관상사에게 농락당할 위험마저 있고 보니, 입을 다물 수밖에 없었다.

"그럼, 저는 이만 물러가겠습니다."

최천중이 나부시 절을 했다.

"그 얘길 하려고 나를 일부러 찾은 것인가?"

김흥근이 무거운 입을 열었다.

"예."

"그럼 자네의 소원은 뭔가?"

"별루 없습니다."

"그만한 수고를 했으니 수고비라도 받아야 할 게 아닌가?"

"천천히 받겠사옵니다."

"알 수 없는 일이로군."

"사직과 귀문의 안태를 비는 마음일 따름입니다."

"흐음."

김흥근은 신음하듯 했다.

하여간 김흥근은 최천중을 그냥 돌려보낼 순 없는 마음이 돼 있었다. 한꺼번에 장정 두 놈을 앉은 채로 때려눕힌 그 무술만을 보아서도 범상한 사람이 아니며, 사직과 일문의 장래를 예언하는 배짱을 보아서도 만만한 인물은 아니었다.

'이놈이 원수인가, 우리 편인가?'

김흥근은 알아볼 만큼은 알아보아야겠다고 마음먹었다.

주안상을 차려 오라고 이르고, 정수동을 그 자리에 끼워 대작하도록 했다.

백자에 담긴 황갈색의 술을 입에 머금었을 때, 최천중은 놀랐다. 술맛의 향기로움도 그랬거니와 이빨이 저려 오도록 차가운 양미凉味가 그저 그만이었던 것이다.

"도사도 이런 술은 처음이겠지?"

정수동의 유자코가 웃었다.

"처음입니다."

최천중이 솔직하게 답했다.

"하중동夏中冬, 동중하冬中夏는 곧 선술仙術이 아닌가. 이건 교동校洞 선계仙界의 신선주라네. 최 도사 덕분에 오늘 나도 입 호사 한 번 하게 됐어."

정수동이 능글능글 웃으면서 대배大杯를 들이켰다.

"정 생원의 험구가 또 시작되는구려."

김흥근이 점잖게 제동을 걸었다.

"우리 김 대감은 맹상군孟嘗君까진 되지 못해도 신릉군信陵君쯤의 호기는 있으니까."

정수동의 여전한 수작이었다.

"그만해두오."

하고 김홍근이 묻기 시작했다.

관상술은 어디서 익혔는가?

무술은 어떻게 익혔는가?

지금 살고 있는 데가 어딘가?

각별히 친하게 지내는 고관은 누구누군가?

최천중의 대답은 간명했다.

학문 얘기가 나오자, 최천중의 학식에 김홍근은 혀를 내둘렀다.

"문과이건 무과이건 과거를 할 생각을 해보지, 그래."

김홍근은 은근히 뒤를 보아줄 뜻을 비치기도 했다.

"저는 이미 신령의 벼슬을 하고 있다고 생각하는데요."

하고, 최천중은 엷게 웃음을 띠었다.

"도술이 벼슬보다야 낫지."

정수동이 이렇게 끼어들더니,

"최 도사는 혹시 곽운이란 사람의 장인을 아시오?"

하고 엉뚱한 질문을 했다.

김홍근이 무슨 소린가 하고 정수동과 최천중의 얼굴을 번갈아 보았다.

최천중이 빙그레 웃으며 대답했다.

"곽운의 장인이니 뭐니 하지 말고, 곧바로 허부 선생을 아느냐고 물으시오."

그제야 김홍근도 납득이 갔다. 허부許負란 전한시대前漢時代에 명망이 높았던 명관상사다. 곽운郭運은 부랑배였는데, 허부가 고을 태수의 청을 받고 집을 비웠을 때 허부의 딸을 겁탈하다시피 하여

144

아내로 만든 것이다.

허부는 자기 딸의 상이, 배우자가 액사厄死할 흉상이라고 해서 항상 걱정하고 있었는데, 딸의 남편이 곽운이란 것을 알자 '그놈 같으면 액사해도 당연하다'고 말한 적이 있었다. 그 예언대로 곽운은 살해되었다.

말하자면, 정수동이 은근히 최천중을 시험해본 것이다.

"천의天意는 불가역不可逆이라고 했는데, 관상은 봐서 뭣 하노?"

정수동이 최천중의 속을 떠보려는 듯 중얼거렸다.

"순리에도 대도大道가 있고 소로小路가 있는 법이며, 순역順逆의 이치도 단순한 것이 아니죠. 순리에서 대도를 찾고 순역의 판단에 어긋남이 없도록 하기 위해서 관상이 필요한 것으로 아뢰오."

최천중이 위엄 있게 말했다.

"바람이 불면 나무는 흔들리는 법이니, 구구한 예방은 하나마나지."

정수동은 어디까지나 야유하는 투다.

"밤길에 등불을 들고 가는 것과, 캄캄한 밤을 더듬어 가는 것은 다르지 않소."

최천중이 반발했다. 정수동은 힛히 하고 웃었다.

"야백夜白은 부답不踏*이면 되고, 안불견眼不見이면 수촉手觸** 으로 가할 것이고, 켰던 등불도 꺼야 할 사정이 있는 법인디, 힛히…."

---

* '야불답백(夜不踏白): 밤길을 갈 때에 하얗게 보이는 것은 대개 물이므로 밟지 말라'를 차용한 말.
** 눈으로 보이지 않으면 손으로 만짐.

"생원의 말대로라면, 덕행에 힘쓰라는 성인의 가르침이 무슨 까닭이 있겠소?"

최천중이 분연히 말하자, 김흥근이 눈을 지그시 감고 말했다.

"관상의 극의極意는 뭔가?"

"논상論相은 불여논심不如論心이고, 논심은 불여논술不如論術입니다."

최천중이 공손하게 말했다.

"상을 논하는 게 마음을 논하는 것과 같지 못하다면, 상은 보나마나가 아닌가."

김흥근의 추궁은 그런 대로 날카로웠다.

"얼굴은 마음의 거울이니, 마음을 논하기 위해서도 상을 보아야 한다는 뜻입니다."

"마음이면 그만이지, 술術이라는 건 또 뭐꼬?"

"술은 곧, 도道의 극極입니다. 관상은 술에 이르러 보람을 다합니다."

"그럼 술로써 천상賤相을 귀상貴相으로 바꿀 수 있단 말인가?"

김흥근이 약간 놀란 투로 말했다.

"귀상이 천상으로 되는 것처럼 쉽지는 않지만, 천상을 귀상으로 만들 수가 있습니다. 그러니까 술이라는 것이 아니오이까."

"내가 진작 최공을 만날 걸 그랬어. 내 천상을 귀상으로 만들어 참봉 벼슬이라도 한자리할 뻔했을 것 아닌가."

정수동이 유자코를 벌름거렸다.

"생원의 얼굴은 천상이 아닙니다. 천상이 아니기에 하찮은 벼슬엔 어울리지가 않죠."

"이거 오늘 반가운 소릴 들었군."

"그러나 반가워하진 마십시오. 높은 관직에도 어울리지 않은 관상이니까요."

"그렇다면 아무것도 아니지 않은가."

"포의무관布衣無冠*이 제격이죠. 그러니까 지금 그대로의 모양으로 있는 것 아니겠소."

"흐음."

하며 김홍근이 웃음을 머금었다. 술이 몇 순배쯤 돌았을 때, 최천중은 방금 생각이 났다는 듯이 물었다.

"경상도 우병사였던 백낙신은 어떻게 되는 겁니까?"

"어떻게 되다니, 그게 무슨 소린가?"

김홍근의 얼굴에 긴장의 빛이 돌았다.

"죽이는 겁니까, 살리는 겁니까?"

하고, 최천중은 김홍근의 표정을 읽으려 했다. 김홍근은 애매한 표정으로 도로 반눈을 했다.

대답은 정수동으로부터 나왔다.

"죽이지도 살리지도 못할 판인 기라."

"어째서요?"

"뇌물 먹었다고 죽인다고 해서야 벼슬아치들 남아날 수 없을 테고, 그렇다고 해서 풀어준다면 백성들의 원성이 겁나구."

---

* 벼슬 없음.

"정 생원, 그 입 좀 조심하지 않겠나?"

김흥근이 나무랐다.

"입은 비뚤어져 있어도 말은 바르게 해야 할 것 아뇨."

정수동이 능글능글했다.

"죽이건 살리건 빨리 결단을 내려야 할 줄 압니다."

최천중이 넌지시 말했다.

김흥근이 그 까닭을 알고 싶다는 표정이 되었다.

"죽여서 탐관오리들의 기강이 잡힐 거란 자신이 있으면 빨리 죽여야죠. 죽여도 잡히지 못할 기강이면, 무익한 살생은 피하는 게 옳습죠. 이러지도 저러지도 않고 있으면, 벼슬하는 사람들이 김문에 의지하는 마음만 해이해진다는 겁니다. 그렇게 되면 김문에 남는 게 뭡니까? 탐관오리들의 힘도 울*은 울이니까요."

"최공, 말조심해야 하오. 모처럼 주안상까지 받아놓고…."

정수동이 슬금슬금 김흥근의 눈치를 살피며 한 말이었다.

최천중이 용기를 냈다.

"백낙신 등 탐관오리 등에 대한 생살여탈권이 김문에 있다는 건 만천하가 다 아는 사실이오."

"그게 무슨 말인가? 나라엔 의금부가 있고 사헌부가 있는데, 뭣이 김문에 있다는 건가? 해괴한지고."

김흥근이 노기를 띠었다.

"의금부, 사헌부의 우두머리가 김문의 입김에 좌지우지된다는 말

---

* 우리 편의 힘이 됨.

이죠."

최천중이 서슴없이 말했다.

"외람된 소린 삼가는 게 좋을 거여."

정수동이 말을 끼웠다.

"대감 앞이니까 바른소릴 하는 겁니다. 지금 항간에서 뭐라고 하는지 아십니까? 김문이 결단을 내리지 않는 건, 백낙신이 빨아먹은 백성의 고혈을 장동 김씨가 핥아먹으려고 하는 짓이란 말이 자자합니다. 이왕 죽이지 못할 바엔 전리田里에 방축放逐**하는 게 상책일 겁니다. 공연한 구설수를 뭣 때문에 사들인단 말입니까? 결단이 늦을수록 화근을 장만하게 되는 거죠."

김흥근은 여전히 반눈을 하고 상체를 이리저리 흔들었다. 골똘한 생각에 잠긴 모양으로 보였다.

최천중은 잔을 놓고 나부시 절을 하며,

"소인, 물러가겠습니다. 분외의 대접을 받아 황송하옵니다."

이렇게 말하고 일어섰다.

김흥근이 눈을 떴다. 그리고 말했다.

"자네의 거처를 정 생원에게나 알려두게."

최천중은 샛문을 통해 중문으로 나왔다. 정수동이 대문까지 따라 나왔다.

"기생방에서 내가 한잔 사겠소. 안 가시려우? 내 처소는 그때 알

** 전리에 방축: 고향으로 내쫓음.

려드리죠."

최천중이 정수동을 돌아보고 말했다.

"말이 콩을 싫다고 하겠나."

정수동이 그를 따라 나왔다.

"이상한 일이지…."

교동의 긴 골목을 빠져나와 그 어귀에서 정수동이 중얼거렸다.

"뭐가 이상하단 말요?"

"어떤 놈이 우리의 뒤를 밟고 있는 것 같애."

최천중도 그런 눈치를 채고 있었다.

김흥근의 집 대문을 나섰을 때, 민첩하게 주변을 둘러본 최천중의 날카로운 눈이 골목 모퉁이로 얼른 몸을 숨기는 사람의 그림자를 보았던 것이다. 그리고 뒤를 돌아보지 않고 골목을 걸어 내려왔지만, 뒤통수에 눈이 붙어 있는 것처럼 최천중은 보일 듯 말 듯 뒤를 밟는 사나이를 의식했었다.

"김흥근 대감이 보낸 사람은 아닐 테구…."

"내가 따라오는데, 힛히."

하고 정수동이 웃었다.

"그까짓 따라오건 말건 개의할 것 있소? 어디 정 생원 가고 싶은 데 없소?"

"수표교 근처에 단심이란 노기가 하는 술집이 있지."

정수동의 말이었다.

"그럼, 우리 그리로 갑시다."

수표교에 이르렀을 때엔 긴 여름 해도 기울어 있었다.

150

정수동은 어느 나직한 집의 대문을 밀고 들어섰다. 최천중이 뒤따랐다.

"아이구, 이거 정 생원 아뇨?"

유두분면油頭粉面(여자가 짙게 화장하는 것이나 그런 꾸밈새)한 노기가 호들갑을 떨며 일어서서 맞았다.

"요, 요망한 계집이 벌써 낌새를 알았구면."

정수동이 킬킬대며 말했다.

"낌새가 또 뭐유?"

"봉을 데리고 왔다는 낌새를 알았단 말여. 아닌 게 아니라, 오늘은 내가 봉을 데리고 왔어. 한 상 잘 차려보라고. 헌데 이 젊은 선비에게 진상할 고기는 있나?"

"능글스러워. 징그러워서 어디…."

하면서도 노기는 두 사람을 방으로 안내했다.

정수동이 구겨진 두루마기를 벗어 벽에 걸곤,

"자, 인사를 드리지. 문무겸전한 최 도사다."

하고, 최천중에겐,

"이 여우의 이름은 단심이오. 단심은 단심이로되 만편이야."

하고 킬킬댔다.

"만편은 또 뭐요?"

단심이 눈을 흘겼다.

"일편단심이가 아니라, 만편단심이란 말야."

"아이구 흉물스러워. 익살을 빼면 뭣이 남을꼬?"

"내가 거짓말했나, 뭐. 최 도사도 술깨나 부린다지만, 이 단심이헌

텐 족탈불급足脫不及*일 거야. 한자리 한시에 사내 다섯을 한꺼번에 거머들이는 술수란 대단하지, 대단해."

단심이 정수동을 꼬집으려는 시늉을 했다.

"최 도사, 들어보라우. 사내 한 놈에겐 술잔을 권하고, 한 놈에겐 눈짓을 하고, 한 놈은 발끝으로 무릎을 건드리고, 한 놈에겐 입으로 아양 떨고, 한 놈은 왼손으로 꼬집고…. 그렇게 해서 다섯 놈에게 모두 정이 있는 양 꾸미는데, 속이 빠진 사내들이 어디 그걸 아나. 제각기 저만 좋아하는 줄 알구 덤비거든. 허나, 만편단심도 이제 늙었구나. 그래도 정수동은 양심이 있지."

최천중은 정수동에게서 노추老醜를 느꼈다. 저렇게 늙어선 안 되지 생각했는데, 그러나 얼굴에서 웃음을 지우진 않았다.

젊은 기생이 들어왔다.

"기방도처妓房到處에 유계월有桂月이로구나."

하고는,

"너의 팔을 보니 가히 천인침千人枕이고, 너의 붉은 입술을 보니 가히 만객상萬客嘗이겠다."

며 계월의 팔을 이끌어 자기 곁에 앉혔다. 그 광경을 보고 단심이 쏘았다.

"고목古木에 베개가 무슨 소용이 있으며, 태설苔舌이 단순丹脣을 핥아 무엇 할 거요?"

"노마불염두老馬不厭豆라, 늙은 말이라고 해서 콩을 싫어하진

---

* 맨발로 뛰어도 따라가지 못함. 능력 따위가 상대가 되지 않음.

않는 법이거든."

술이 서너 순배 돌자 슬슬 주흥이 일기 시작했다. 단심의 단가는 일품이었고, 계월의 북 솜씨는 능란했다. 보다도 정수동의 재담이 더욱 흥미로웠다.

"김 대감은 성품이 어떠시오?"

하는 최천중의 질문이 있자, 정수동이 다음과 같은 얘길 했다.

"어느 날이었어. 돈 이만 냥을 져다 놓고 군수나 한자리 하겠다고 기다리고 있는 윤씨 성 가진 사람과 바둑을 두고 있는데, 내당에서 노비가 뛰어나오지 않겠소. 일곱 살 난 도련님이 엽전을 삼켰다는 거여. 그래, 내당이 발칵 뒤집혔다는 거라. 몇 냥이나 삼켰느냐고 물었지. 두 냥을 삼켰다고 하기에, 과히 걱정 말라고 했지. 대감께선 수만 냥을 삼켜도 설사 한 번 하지 않는데, 그 할아버지의 손주 도련님이 엽전 두 냥쯤 삼켰다고 해서 별일 있겠느냐고. 해질 무렵에 대감이 돌아왔지. 그래, 빨리 내당에 들어가보라고 하고 사연을 말했더니, 당황하는 빛이라서, 수만 냥을 눈도 깜짝하지 않고 삼킨 대감의 손주인데 그런 정도로 탈이 있겠느냐고 했지. 힛히."

"그랬더니 뭐라고 합디까?"

"똥 찍어 먹은 곰상이 되더니만 피식 웃어버리드먼. 김흥근 대감은 그만한 아량은 있는 사람이여."

그러고는 술에 취하기 전에 알아두어야겠다면서 정수동은 최천중의 거처를 물었다. 최천중은 지금 객사를 옮길까 하는 중이라며, 무슨 연락할 일이 있거든 이 단심의 집으로 하라고 했다.

"사흘에 한 번씩은 이 집에 들를 테니까요."

정수동은 최천중의 거처를 숨기려는 속셈을 당장 알아차리곤,

"여리박빙如履薄氷*이라, 도사는 어지간히 죄를 짓고 다니는 모양이군."

하고 또 '힛히' 웃었다.

말이 난 김에 최천중은 백낙신의 생사 문제를 어떻게 보느냐고 물었다.

"신통력을 가진 관상사가 내게 그런 걸 물어?"

"신통력을 부리기 위해선 많이 듣고 많이 보아야 하죠."

"다문多聞, 다견多見이 곧 신통력이라! 옳거니! 내 가르쳐줄 테니, 사금을 내겠나?"

"천 냥쯤 내겠소."

"천 냥? 사람을 그렇게 놀라게 하지 마슈."

"백낙신의 방면을 사전에 알려만 주면 천 냥을 내죠."

"뇌물 먹었다고 사람을 죽인다면 자기들 목에도 칼이 꽂힐 참이니 죽일 까닭은 없구…. 그렇게 합시다. 내가 요량껏 알아보지. 나도 돈 좀 벌어봐야겠다."

정수동이 유자코를 벌름거렸다.

술에 곤드레가 된 정수동은 이윽고 상머리에 고개를 처박고 코를 골기 시작했다. 최천중은 술값에 얼만가를 더 얹어 주며, 정수동을 그 집에 재워달라고 부탁했다.

---

* 살얼음을 밟는 것과 같음.

"여부 있겠사옵니까."

하고 단심은 쾌히 승낙했다.

최천중은 흡족한 기분으로 단심의 집에서 나왔다. 돈 5천 냥과 전답 1천여 두락을 별 탈 없이 차지할 수 있게 될 것 같아 흡족했던 것이다.

만월에 이틀쯤 앞선 달이 구름 사이로 흘러가고 있었다. 인정寅正** 시각엔 아직도 짬이 있었다. 최천중은 남대문으로 발을 옮겨놓으려다가 문득, 교동 골목에서부터 뒤를 밟는 사람이 있다는 사실을 상기하고 청계천 둑을 동대문 쪽으로 걸었다.

'분명히 누군가가 내 뒤를 밟았는데 어느 놈이 시킨 수작일까?'

흥선 이하응의 음흉한 얼굴이 일순 뇌리를 스쳤다.

'그런지도 모르지. 그러나 설마 나를 해칠 요량이야 없겠지. 김흥근일 까닭은 없구. 정수동이 나를 따라 나왔는데 거기에 또 사람을 시켜 내 뒤를 밟아?'

이런 생각을 하며 최천중은 조심조심 걸음을 떼어놓았다.

청계천 둑엔 더위를 피해 나와 있는 사람들이 이곳저곳 모여 앉아 있기도 했다.

가끔 이 골목에서 빠져나와 저 골목으로 들어가는 여자들도 있었다.

'저 여자들은 어떤 여자들일까? 갈보가 아니면 바람난 여자일 테지만…'

** 새벽 네시.

그 뒤를 쫓아봤으면 하는 유혹도 없지 않았다. 남촌의 점쟁이 강씨가 한 말이 되살아났다. 밤이 되면 음정에 미친 사람박쥐들이 장안의 거리를 누빈다는….

오간수 다리목에 왔을 때였다. 그곳은 후미진 곳이었다. 최천중은 이상한 예감으로 오관五官을 긴장시켰다. 달이 짙은 구름 사이로 모습을 숨겨, 갑자기 주위가 어두워졌다.

다리 위를 걸었다. 금방이라도 위험이 닥칠 것 같은 기분이어서 전 신경을 눈으로 하고 두리번거렸다.

다리 한가운데쯤에 이르렀을 때였다. 다리 건너편에 두어 사람이 불쑥 나타났다. 뒤돌아보니 등 뒤에서 또 두 사람이 들이닥치고 있었다. 만일 그들이 전후에서 협공을 한다면 진퇴유곡이 된다는 생각이 들었다.

최천중은, 뒤에서 오는 사람들도 조심하며 앞 사람들에게도 대비하는 자세를 취했다.

장정들이 성큼성큼 걸어왔다. 상대편의 태도로 보아 길을 피해줄 의사는 전연 없는 것 같았다. 그들과 맞부딪치게 되었을 무렵, 최천중은 왼쪽으로 길을 피할 것처럼 하다가 재빨리 오른쪽으로 몸을 돌렸다.

찰나, '핑' 소리와 함께 왼쪽 어깨를 내리치는 곤봉의 타격을 느꼈다.

최천중은 민첩하게 몸을 다리 아래로 날렸다. 물은 그다지 깊지 않았다. 다릿발에 몸을 의지하고 위치를 언덕 쪽으로 옮기며 위의 동태를 살폈다.

"여지없이 그놈의 골통은 죽사발이 되었을 거여."

"아냐, 그놈을 찾아야 해. 놈의 숨을 끊어놔야 해. 그러란 분부였어."

최천중은 주저할 때가 아니라고 생각했다. 있는 힘을 다해 물속을 헤쳐 언덕으로 기어올랐다. 그리고 골목 안으로 냅다 뛰었다.

의심암귀

疑心暗鬼

흥선 이하응은 수하인 손두수孫斗洙로부터 최천중을 놓쳐버렸다는 보고를 받자 단번에 안색이 변했다.

"워낙 날쌘 놈이 돼서요."

손두수는 머리를 긁었다.

"그러니까 빈틈없는 계략을 짜야 할 거라고 말하지 않았나!"

이하응은 치밀어 오르는 분격을 금할 수가 없었다.

"그래서 장소를 오간수다리로 정하고 장정 넷이 그놈을 협공할 수 있도록 계획을 짰습죠."

"계획을 짜기만 하면 뭣 해? 실행을 해야지."

"아마 골통이 부서졌을 겁니다. 그러니 도망을 쳤다고는 하나, 살아남지 못했을 것 아닌가도 싶은데요."

"그래 골통 깨진 놈 도망치는 걸 붙들지 못했단 말여?"

"워낙 날쌘 놈이라서요."

"그렇다면 골통이 깨진 게 아녀. 골통이 깨진 놈이 어떻게 그렇게 날쌔게 행동할 수 있겠어."

"위급하면 두 길 담도 뛰어넘는다고 하잖습니까."

"설혹 골통이 깨지지 않았어도, 상처라도 입었을 것은 사실이고, 그렇다면 멀리 도망치진 못했을 것이니 그 근방을 샅샅이 뒤져라. 포도청에 고발도 하구. 내 집에 도둑이 들었는데 상처를 입은 채 도망쳤다고 말야. 포도청 포교들에게 술을 사 먹이고라도 같이 찾아보란 말여."

하고, 이하응은 난초 그림을 팔아 근근이 모아둔 얼마간의 돈을 탈탈 털어 손두수에게 넘겨주었다.

"수단껏 해보겠습니다."

하고 손두수는 물러갔다.

이하응은 곰곰이 생각에 잠겼다. 생각할수록 불안했다. 최천중을 그냥 뒀다간 아무래도 큰 변을 당할 것 같았던 것이다.

그날 오후 이하응은, 교동 근처에 배치해놓았던 수하로부터 최천중이 김흥근의 집에서 나와 어떤 노인과 수표교 기생집으로 들어갔다는 소식을 들었을 때 최천중을 죽여 없애겠다고 결심했다.

자기의 마음속 비밀을 알고 있는 놈이 안동 김씨와 거래가 있다면 이는 만만찮은 위협이었다. 십 년 공부 나무아미타불은 고사하고, 자칫하면 생명의 위험마저 있는 것이다.

이하응은 즉시 손두수를 불러, 기방에서 나오는 최천중의 뒤를 밟아 적당한 곳에서 해치우란 명령을 내렸다. 그리고 실수가 있어선 절대로 안 되니 치밀한 계획을 짜서 행동하라고 신신당부하길 잊지 않았다.

이하응의 명령을 받은 손두수는 일련탁생一蓮托生*의 심복인지라, 나름대로 최선을 다했다. 단심의 집에서 나온 최천중이 방향을 잡자, 일당 네 명은 두 사람씩 갈라져 청계천 둑 이편과 저편을 최천중을 주시하며 걸었다. 다리를 건너게 되면 다리 위에서, 골목으로 들어서면 골목에서 해치우기로 사전 계획을 세웠는데, 요행히도 최천중은 오간수다리를 건넜다. 물실호기勿失好機**라고 생각한 이들은 앞뒤에서 두 놈씩 최천중에게 덤볐다. 곤봉을 휘두르는 자는 윤맹오라고 하는 호왈號曰 천호장군千戶將軍이었다. 천호동에 난 장사라고 해서 붙은 별명이다. 그 천호장군의 곤봉을 맞고도 최천중은 어디론지 감쪽같이 도망쳐버린 것이다.

"내 일이 되고 안 되곤 그놈을 잡느냐 못 잡느냐에 달려 있어."

이하응은 이런 말까지 하며 독려했으나, 최천중의 행방은 묘연했다. 오간수다리 근처는 물론이요, 묵정동, 동대문 일대를 포교들의 힘을 빌려 이 잡듯 했는데도 찾아낼 수가 없는 것이다. 혜정교惠政橋 근처에서 살고 있다고 들은 장가는 그 일대를 들추었다.

그러나 최천중이란 관상사를 아는 사람이 그 근방엔 없었다.

"몸에 상처를 입은 놈이니, 당장 알 것 아닌가? 각 문을 지키는 놈들에게도 단단히 일러둬라."

단심의 술집은 물론, 장가가 최천중을 만난 남촌의 술집에까지 가서 수소문했으나, 최천중의 거처를 아는 사람이 없었다.

---

* 끝까지 행동과 운명을 함께함.
** 좋은 기회를 놓치지 아니함.

하루가 지나고 이틀이 지났다. 그리고 어언 열흘이 지났다. 시일이 지날수록 이하응의 불안은 더해갔고, 최천중의 행방은 오리무중에 묻혀버린 결과가 되었다.

이하응은 최천중을 혹세무민하는 놈으로 몰아 의금부에 고발할 생각까지 해보았다. 그러나 궁리한 끝에 그만두기로 했다. 삼만 냥어음을 써준 사실을 상기한 것이다. 그만한 재력도 없으면서 무엇 때문에 외상 어음을 써주었느냐는 반문이 있으면, 그것을 감당할 수 없을 것 같았다.

'내가 경망한 짓을 했어.'

이하응은 두고두고 그 어음이 화근이 될 것 같아 입맛이 썼다.

이러한 불안 속에 눌러앉아 있기란 실로 힘든 일이었다.

어느 날, 이하응은 김흥근의 집을 찾아가기로 했다. 적지에 들어가야만 적정을 살필 수 있기 때문이다. 최천중이 무슨 말을 했다면 김흥근의 태도에 반영될 것이다.

'이 골목엘 다시 오는가 봐라!'

하고 벼르면서도 몇 번인가 드나들지 않을 수 없었던 교동의 그 골목을, 유월의 뙤약볕 속을 또다시 걸어 올라가는 이하응은 심정이 부글부글 끓는 것 같았다. 흥선군이라는 이름에 붙은 '군君'자를 위해서도 교자를 타야 할 것이지만, 그럴 사정이 못 되었다.

김흥근의 집 앞에 이르니, 대문 앞에 교자 몇 개가 늘어서 있고, 교군들이 담 옆 그늘에서 땀을 식히고 있었다. 고관의 행차가 있는 것 같았다.

"누구의 행차인가?"

교군 하나를 붙들고 물었다.

"한성판윤께서 납시셨습니다."

"한성판윤이라니, 누구를 말하는가?"

"김병운 대감입니다."

"김병운이가 한성판윤이라?"

하고 이하응은 피식 웃었다. 홍종서洪鍾序가 한성판윤이 되었다는 소식을 들은 지가 바로 엊그제였던 것이다.

'인사人事가 이 꼴이니, 무슨 정사政事가 제대로 되겠나?'

하다가,

'벼슬은 자주 팔아야 돈이 모이지. 장사치곤 벼슬 장사가 제일이 거든….'

하고 입을 비쭉해 보이곤, 열어놓은 대문을 통해 바깥사랑으로 쑥 들어섰다.

언제 와보아도 사랑이 꽉 차 있었다. 벼슬에 기갈증이 든 놈들일 것이다. 이하응은 열이 넘는 대가리 수를 헤아려보곤 '1인당 2만 냥을 먹었다고 치면, 20만 냥은 얌전히 삼켰구나' 하고, 또 한 번 피식 웃었다.

마침 중문이 열려 있기에, 이하응은 비집고 들어섰다. 안사랑 대청에 김흥근과 김병운, 그리고 김병운을 수행한 관리들이 둘러앉아 시국담으로 꽃을 피우고 있었다.

"이하응, 불청객이 왔소이다."

하고 마루 아래에 섰다.

"모처럼이시군. 이리로 올라오시오."

김흥근은 내심이야 어떻든 정중한 말을 썼다. 그러나 기동은 하지 않았다.

김병운이 일어서서 이하응의 자리를 마련했다.

"한성판윤으로 부임하셨다니 반갑소이다."

하고 이하응이 자리를 잡았다.

"워낙 비재박덕한지라, 직책을 감당하올지 두렵습니다."

김병운이 이하응의 곁에 앉으며 한 말이었다.

"그건 그렇고, 한성판윤은 왜 자꾸 바뀌는 거요? 금년 들어 몇 번째죠?"

하고, 이하응은 빈정대는 투로 덧붙였다.

"명정銘旌*감 만드는 노릇으론 너무 길긴 하지만…"

아닌 게 아니라, 한성판윤은 너무나 쉽게 바뀌었다. 계해년에 들어서 아직 반년도 넘기지 않은 사이에 네 번째 바뀐 것이다. 더욱이, 김병운의 전임인 홍종서는 취임한 지 열닷새 만에 퇴임한 꼴이다. 그리고 현왕現王이 즉위한 지 14년 만에 한성판윤으로 등장한 사람이 무려 1백 명하고도 하나가 되었으니, 그 인사의 문란은 가히 짐작할 수가 있다.

"그 까닭을, 판윤을 지내시고 영상 자리에 계셨던 대감께선 아실 것 아닙니까."

이하응은 말머리를 김흥근에게 돌렸다.

"난들 알 수가 있소?"

---

* 죽은 사람의 관직과 성명을 적어 영전 앞에 세워놓는 깃발.

김흥근은 상을 찌푸렸다.

"서재순徐載淳이란 친구는 하루 판윤을 했더만."

하고, 이하응은 껄껄 점잖지 못한 웃음을 웃었다. 서재순 하루 판윤이란 철종 6년 11월 28일부터 11월 29일까지 한성판윤을 했다는 사실을 두고 말한다.

"흥선 나으리는 내가 인사차 여기 왔다는 사실을 알고 빈정댈 참으로 오신 거요?"

드디어 김병운의 입에서 가시 돋친 말이 나왔다.

"천만의 말씀이로소이다. 원래 주책이 없어 되는 대로 떠벌리다 젊은 대감님의 심기를 상하게 한 것 같소. 용서하시오."

이하응이 양손을 모으고 고개를 숙였다.

김병운은 한마디 더 하려다가 김흥근의 눈짓에 눌려 입을 다물어버렸다. 그 눈짓은,

'사람 같잖은 놈을 상대로 시비를 벌일 것 있나.'

하는 뜻으로 풀이할 수 있었다.

"파주에도 수재가 났다던데, 상황이 대강 어떻다고 하던고?"

김흥근이 슬쩍 화제를 바꿨다.

"글쎄올습니다. 자세히는 알 수 없사오나, 이재민을 위한 조처가 있어야 할 줄 압니다."

김병운의 대답은 이랬는데, 이하응은

'놈들 봐라. 제법 나랏일을 걱정하는 것처럼 말들을 꾸미네.'

하고 속으로 혓바닥을 내밀었다.

이곳저곳의 수재 얘기가 계속 화제로 올랐다. 이하응은 지그시

눈을 감고 듣고만 있었다.

김병운이 떠나가고 난 뒤에도 이하응은 눌러앉아 있었다.

김흥근은 그 존재가 귀찮아 담뱃대로 재떨이를 딱딱 때려보기도 하고, 연방 헛기침을 해보기도 했다.

이런 속마음을 모를 까닭이 없는 이하응은,

"대감의 신수가 확삭矍鑠*하와 반갑소이다."

하고 넉살을 떨었다.

"내 신수 좋은 게 흥선군에게 반가울 게 뭐 있소?"

김흥근은 노골적으로 아니꼽다는 표정을 지었다.

"그것 무슨 말씀이오? 대감은 나라의 기둥이시니, 대감의 신수가 확삭함은 나라를 위해서도 좋은 일 아니오이까?"

"허튼소린 그만하시구, 무슨 소청이라도 있으면 말해보오."

"소청이야 많습죠. 우선 내 큰아들놈이 빈둥빈둥 놀고 있으니 출사出仕**할 길이라도 장만해주었으면 하구요. 또…."

"또 뭡니까?"

"요즘 항간에 혹세무민하고 돌아다니는 관상사, 점술가 따위가 범람하고 있다는데, 그런 치들을 엄히 다스려야 할 줄로 아뢰오."

"관상사나 점술가 따위가 무슨 혹세무민을 한단 말요?"

김흥근은 언뜻, 보름 전에 나타났던 최천중이란 관상사를 상기했다.

"천재天災가 계속됨은 국운의 쇠락을 뜻한다 어쩐다 하며 민심

---

* 늙어서도 기력이 정정함.
** 벼슬자리에 나아감.

을 불안하게 하고 있다는 얘깁니다."

"그런 얘기가 어디, 어제 오늘 시작된 얘기요?"

"그런 치들이 대감 댁의 사랑에도 드나든다고 들었기 때문에 해본 얘깁니다."

"산 사람이 어딜 못 가겠소. 헌데, 그건 그렇고, 홍선군께서 그런 일로 심려하는 걸 보니, 요즘 생각이 달라진 것 아니우?"

"나라고 술만 퍼마시고 돌아다닐 수만은 없지 않겠습니까. 더구나 요즘 신병을 앓고 있으니 마음도 따라 약해지는가 봅니다."

하고, 이하응은 일부러 마른기침을 쿨룩거렸다.

"무슨 신병을 앓고 있소?"

김홍근이 노려보는 눈빛이 되었다.

"의원은 감기가 고질이 된 것이라고 하옵니다만, 내 짐작으로는 뇌짐(폐렴)이 아닌가 합니다."

이하응은 연방 마른기침을 쿨룩거렸다.

"뇌짐? 괜한 소리!"

"괜한 소리가 아닙니다. 그러니 내 명수도 수삼 년을 넘기지 못할 것으로 짐작하고 있습니다."

"지금 홍선군의 나이가 몇이오?"

"마흔다섯입니다."

"그런 나이에 그 따위 심약한 소릴 해? 난 내당에 좀 할 일이 있소."

하고, 김홍근은 훌쩍 일어서서 나가버렸다. 그 태도로 보아, 김홍근이 자기에게 대해 별다른 생각을 하고 있지 않는 것으로 짐작할 수 있었다.

직정直情*을 그대로 노출시키는 김홍근의 성품으로 보아, 최천중인가 뭔가 하는 놈으로부터 자기 이하응에 관한 무슨 얘기를 듣기라도 했다면 반드시 감정의 표시가 있었을 것이다.

이하응은 그만한 짐작으로 일단 마음을 진정하고 구겨진 도포를 털고 일어서서 김홍근의 집 대문을 걸어 나왔다.

이하응은 진장방鎭長坊 쪽으로 걸음을 돌렸다. 진장방은 삼청동으로 가는 길 편에 있다. 유문하柳文夏가 병석에 있다는 소식을 들었기 때문에 문병을 할 참이었다.

유문하는 팔순에 가까운 나이의 학자였다. 기개가 너무 곧기 때문에 버슬길에 들지 못하고, 평생을 야野에 묻혀 사는 사람인데, 이하응은 한 시절 그의 훈도를 받은 적이 있었다.

퇴락한 돌담 사이에 있는, 무너질 듯 위태로운 대문을 들어섰을 때, 이하응은 온 뜰에 서려 있는 듯한 약 냄새를 맡았다.

마루 끝에 앉아 있던 사동이 얼른 방안으로 들어갔다.

유문하는 이하응이 찾아왔다는 말을 듣곤 병상에서 몸을 일으켜 앉았다.

"문병이 늦어 죄송하옵니다."

이하응이 절을 하고 정중히 말했다.

"죄송할 게 뭐 있을까. 노환인걸."

하고, 유문하는 이하응을 멍청히 바라보며 힘없이 물었다.

---

* 자신이 생각한 것을 꾸밈없이 그대로 드러냄.

170

"들으니, 자네의 처지가 딱하다더구나. 요즘은 좀 어떤고?"

"저야 뭐, 딱하다고는 하나 미록微祿이나마 나라의 녹이 있지 않습니까."

"살림살이를 얘기하는 게 아냐. 자네의 행동을 묻는 거다."

"죄송하옵니다. 워낙 천품이 경망하와서…."

"아닐세. 수신이 그 꼴이어서 쓰겠나. 종친의 한 사람으로서, 군의 칭호를 띠고 있는 사람이 말여."

"앞으로 조심하겠습니다. 한데, 빨리 쾌차하셔야 할 것 아닙니까."

"쾌차가 다 뭐꼬. 나는 죽을 날만 기다리고 있네."

"무슨 그런 말씀을 하십니까? 좋은 세상을 보시고 돌아가셔야죠."

"좋은 세상?"

유문하는 쓸쓸하게 웃었다. 그리고 중얼거렸다.

"백년하청을 기다리지."

하더니,

"상감께선 기력이 어떠신가? 혹시 대내 소식이나 듣는지?"

"거조는 일상과 같사오나, 육체는 매우 허약한가 봅니다."

"무후無後한 채 돌아가시면 또 파란이 있겠군."

유문하의 얼굴에 괴로운 빛이 돌았다. 이하응은 눕길 권하고, 부축해서 그를 자리에 뉘었다. 자리에 눕자, 유문하는 잠시 눈을 감았다. 푹 꺼진 눈두덩엔 이미 사상死相이 나타나 있었다. 이하응은 움찔하는 충격을 받았다.

유문하는 다시 눈을 떴다.

"흥선군에게 아드님이 둘 있다지?"

171

"예."

"앞으로 흥선이 사직을 맡아야 할 날이 올지도 모르지."

이하응은 당황했다.

"무슨 그런 말씀을…."

하고, 얼른 주렴 너머로 바깥을 살폈다. 다행히 아무도 없었다.

"아냐, 주위에 아무도 없으니 하는 말이다. 자네에게 꼭 하고 싶은 말이 있었는데, 오늘 참 잘 왔네. 앞으로 이런 기회는 있을 것 같지 않으니 지금 말해둬야겠다."

유문하는 가까이 오라는 듯 눈짓을 했다. 이하응은 무릎을 앞으로 내밀었다.

"내 말을 명심해 듣게."

유문하는 나직이 말을 시작했다.

"자네의 관상엔 파란이 그려져 있어. 범상한 인물의 얼굴엔 그런 파란이 없는 걸세. 기필 사직의 운명을 자네가 걸머지게 돼. 나는 그날을 보고 죽고 싶었는데, 그건 무망한 노릇이구…. 그날이 오면 첫째, 인재를 등용해야 하네. 반상의 차별을 없애버리고, 상민들로부터도 인재를 발굴해야 해. 야무유현野無遺賢*이 선정의 바탕이니라. 세납을 깎되, 세민細民의 세금은 아주 탕감해버려. 전제田制를 개혁해서 태조의 유지를 받들도록 하구…. 우선 백성들의 배를 불려놔야 하네. 백성이 있고서야 나라가 있는 것이 아닌가…."

숨이 찬지, 유문하는 한동안 말을 끊었다가 다시 시작했다.

---

* 현명한 사람을 민간에 그냥 두지 않고 전부 기용함.

"다산의 목민심서牧民心書를 지금부터 읽어보게. 고쳐야 할 악도, 권장해야 할 선도 소상하게 적혀 있네. 정치의 지침은 그만하면 되네. 결단과 성실만 있으면 반드시 보람을 거둘 수 있어. 또 강희황제康熙皇帝의 치적을 살펴보게. 반드시 얻는 것이 있을 걸세. 앞으로 외우外憂가 들이닥칠지 몰라. 그래도 내환內患이 없으면 외우를 걱정할 필요는 없어. 백성이 마음으로부터 조정에 애착하면, 그것이 곧 불락不落의 성새城塞이니라."

이하응은 가슴이 조마조마했다. 유문하의 그런 말을 계속 들어야 할지, 듣지 않겠다고 잘라 말해야 할지 몰랐다. 그만큼 불안하기 짝이 없었다.

"선생님, 제게 그런 말씀을 하셔서 무슨 소용이 있겠습니까? 성상의 보령寶齡**이 아직 젊으시고, 지금이라도 후사가 있으실지 모르는데… 선생님의 말씀은 지나친 것 같습니다. 말씀을 그만 거두소서."

"홍선군의 의중을 나는 잘 알아. 그만하라고 하면 그만두지. 그러나 이 말만은 잊지를 말게. 하늘이 명하는 일엔 사심 없이 근행勤行해야 하네. 그리고 기왕의 원수를 갚을 생각일랑 말게. 종래의 정사가 모두 그 때문에 문란하게 된 것 아닌가. 재물을 탐해서도 안 되네. 백성과 더불어 동고동락하는 데 행재기중幸在其中***이라고 생각하면 재물을 탐할 까닭이 없지 않은가."

** 임금의 나이.
*** '즐거움이 그 안에 있다.' '논어 술이편'의 '樂亦在其中矣'를 차용한 말.

"선생님, 그만하옵소서."

"군왕 치도는 시정의 선비들도 배워둬야 할 이치니라."

"하오나…."

이하응은 등에서 식은땀이 흘렀다. 안절부절못했던 것이다.

"천기는 누구도 막지 못하는 법이니, 과히 걱정하지 말게. 당분간 수신에 전념하고, 문밖출입을 삼가고, 누구로부터도 원성을 사지 않도록 하고…."

뜰에 옆집의 그늘이 비끼고 있었다. 해거름 나절이 된 것이다.

이하응은,

"빨리 쾌차하셔서 많은 가르침을 주셔야 하겠습니다."

하고 일른 일어섰다.

"그럼, 잘 가게."

유문하의 가냘픈 말을 등 뒤로 듣고 이하응은 그 집을 나섰다.

무엇에 쫓기는 사람처럼 개울을 따라 내려오다가, 중학교中學橋 근처에서야 겨우 숨을 돌렸다. 모반을 하고 있는 것 같은 기분이었다. 저녁놀에 싸인 중학교 위에 이하응은 우두커니 서서 문득 최천중을 생각했다.

'유문하 선생이 생각하는 것을 김문에서 어찌 생각하지 못할까.'

이하응은 넋을 잃은 채 생각에 잠겼다. 김문이 만에 하나라도 이하응의 속셈을 알아차린다면, 또 사세가 그렇게 될지도 모른다는 예상을 하기만 하면, 만사는 그 시점에서 끝나는 것이다. 그런 뜻에서 최천중을 기어이 없애야 하는데, 도대체 그놈은 어디에 숨었을까?

이하응이 이런 생각에 잠겨 있을 무렵, 김흥근은 김문근을 찾아가고 있었다. 흥근과 문근은 서로 삼종 간이다. 나이는 흥근이 네 살이 위였다. 그래서 무슨 일이 있으면 형뻘이 되는 흥근이 문근을 부를 만도 했지만, 문근은 상감의 장인인 부원군인지라, 거기에 따른 대접은 또한 달라야 했던 것이다.

흥근이 안사랑에 들어서자, 사동에게 부채질을 시키며 대청마루에 앉아 있던 문근이 그 비대한 몸집을 일으켜,

"형님, 이게 웬일이십니까?"

하고 반겼다.

"소요도 할 겸 들렀지."

흥근은 내놓은 갈대 보료에 앉으며,

"부원군께선 몸이 더 나는 것 같아."

하고 웃음을 머금었다.

"글쎄올습니다. 자꾸 몸이 나니 여름을 견디기가 퍽이나 버겁습니다."

문근이 땀을 닦으며 말했다. 문근은 몸이 너무 비대해서 포물부원군包物府院君이란 별호가 붙어 있었다.

"한데, 요즘 상감께선 어떠하오신지?"

흥근이 물었다.

"기동엔 변함이 없으나 자꾸만 여위어가는데, 아닌 게 아니라 큰 걱정입니다. 진주정사陳奏正使로 갔다는 윤치수尹致秀가 영약이라고 하여 신기한 약을 구해 왔다고 하니, 그 보람을 기다려볼 수밖에 없지요."

김문근의 어조가 근심스러웠다.

"빨리 건강하셔서 후사도 두시고 해야 할 텐데…"

"그러니 걱정이 아닙니까. 그걸 생각하면 잠이 오지 않습니다."

"보령 아직 젊으시니, 과히 걱정할 것까지야 없겠지. 없겠지만…"

"방정맞은 소리 같아서 입 밖에 내는 것이 뭣하지만, 후사를 얻지 못한다면…"

문근이 말꼬리를 흐렸다.

흥근이 잠시 잠자코 있다가 물었다.

"오늘 이 집에 이하응이 나타나지 않았던가?"

"흥선 말인가요? 오질 않았소. 그런데 왜요?"

"아아니, 병운이가 와 있을 적인데, 그 파락호가 홀쩍 나타났어. 자기 아들 입사入仕 문제를 들먹이더니, 혹세무민이 어떻고 하는 팽이벌레 불 끄는 소릴 지껄이고 돌아갔어. 그따위 놈 오나가나 마음 쓸 필요는 없지만, 왠지 마음에 걸리는 게 있어서…"

"형님두… 그까짓 놈을 두고 뭘 그러십니까? 쌀말이나 구걸하러 왔겠죠."

"아냐. 거동이 보통 때와는 달랐어. 동정을 살피려는 그런 눈치였어."

"제깟 놈이 동정을 살펴 뭣 하려구?"

"그렇긴 하지. 그러나 그렇게 쉽게 생각할 일은 아니잖을까 하는 마음이 들기도 하거든."

두 삼종형제 간에 이하응의 험담이 한동안 오갔다. 싹수머리 없는 놈! 밸이 없는 놈! 그러면서도 딴엔 야심이 있는 놈이란 등등의 말로 얘기꽃을 피웠다.

그러다가 김문근이 잠시 생각하는 빛이더니, 모시 동저고리 앞섶을 헤치고 내민 뚱뚱한 뱃가죽을 흔들며 웃고 말했다.

"형님도 걱정이 많으시구랴."

"상감께서 아직 젊으시니 괜찮긴 하겠지만…."

홍근이 어물어물했다.

"병약하시긴 하나, 앞으로 십 년쯤은 까딱없을 겁니다. 그만한 세월이면 후사도 얻을 수 있을 것이고, 그때 가서 만일의 일이 있으면 적의適宜* 대처하면 될 거구요."

하고, 문근은 홍근의 걱정을 일소에 부치려고 했다. 문근이 이렇게 나오니, 아무리 삼종형이기로서니 함부로 이 말 저 말을 지껄일 순 없었다.

"헌데 부원군, 이런 일이 있었지."

하고, 김홍근이 최천중이란 관상사가 왔더란 얘길 했다.

"그래서요?"

"그놈 말이 하두 해괴해서 무시하려고 했지만… 한번 들어보겠어?"

"좋습니다."

"지엄한 곳과 유관한 일이라 함부로 말할 수는 없지만… 만사는 불여튼튼이고, 아녀자의 소리도 귀담아들어둬야 할 사정이란 것도 있으니…."

"어렵게 생각 마시고 말씀하시오."

"부원군이 내 얘길 듣고 터무니없다고 생각하거든 듣지 않은 것

---

* 적절하게.

으로 해두구려."

"형님과 나 사이에 왜 그런…."

홍근은 그러나 눈을 지그시 감고 잠시 주저했다.

"염려 말구 말씀이나 하시오."

문근이 조바심을 했다.

"그 관상사가 쓰길, '세개인부동歲改人不同하니 금색무불변金色無不變'이라고 했거든."

김문근의 얼굴이 단번에 찌푸려졌다. 그 글의 뜻을 알아차렸다.

"그래, 그런 해괴망측한 놈을 그냥 놔 보냈어요?"

홍근은 '아뿔싸' 했다. 역시 경경히* 꺼내선 안 될 말이었다. 문근으로선 직접 사위인 성상의 생명에 관한 일인 것이다.

"그런 놈을 어떻게 그냥 놓아 보냈겠나. 당장 오랏줄을 먹여 경을 치려고 했는데…."

"경을 치려고 했는데 그만뒀소?"

"내 얘길 들어요. 그랬는데 그놈은 신통술이 있는 놈이었어. 상노들과 바깥사랑의 선비들이 우르르 달려들었는데도 감쪽같이 사라져버렸어."

"형님, 그게 정말이오?"

"내가 그럼 부원군께 없는 일을 있다구 꾸며댈 사람인가?"

"그놈의 이름이 뭡니까? 당장 의금부를 시켜 잡아들여야죠."

문근의 서슬을 보자, 홍근은

---

* 가벼이.

"나도 이름은 몰라."

하고 슬쩍 피했다.

"그럼, 형님은 그놈의 말을 곧이듣고 나를 찾아오셨수?"

김흥근은 자기의 입장을 살리기 위해서라도 최천중의 신통술을 과장할밖에 없었다. '내 평생에 그런 놈은 처음 봤다'는 말까지 보탰다.

"그럴수록 그놈을 붙들어다 정체를 챙겨봐야 할 일 아닙니까."

"그렇기도 허이. 그런데 이하응이 나타나서 혹세무민하는 자가 있다는 말을 했으니, 부원군을 찾아볼 생각을 안 하게 됐어?"

"하여간 그놈을 붙들어 족쳐야겠소."

하고, 문근은 금방이라도 의금부를 부를 것 같은 서슬이었다.

"내 말을 찬찬히 들어봐요."

김흥근은 김문근의 흥분을 가라앉히고 난 후에,

"그놈을 잡고 안 잡고는 대단한 일이 아닐세. 만에 하나라도 그놈의 말이 맞을 경우를 생각하여 대비를 해야 하지 않겠나."

"무슨 대비를 어떻게 한단 말이오?"

문근의 말투에 노기가 묻었다.

"이해 안으로 후사를 정하는 게 어떨까? 후사를 정했더라도 친자를 얻었을 경우엔 고치기로 하구."

"형님, 그걸 말이라고 하우?"

"부원군의 심정은 나도 아네. 그러나 사직의 일은 감정만으로 되는 게 아닐세. 유비무환 아닌가."

"형님 말대로 하면 유비무환하는 게 아니라, 우환을 장만하는

179

겁니다. 지금 보령 33세인데, 어떤 명목으로 양자를 두자고 하겠습니까? 보다도, 문중에 그 얘길 꺼내보십시오. 문중이 벌통을 쑤신 것같이 될 겁니다. 뿐입니까? 후궁들에겐 각각 연줄이 있습니다. 대내를 들쑤셔놓는 결과가 될 것이 뻔하지 않습니까."

문근의 말엔 일리一理도 이리二理도 있었다. 그리고 홍근이 그런 사정을 몰라서 꺼낸 얘기도 아니었다.

"그런 어려운 일이니까, 의논을 하자는 게 아닌가."

"그 관상사 놈의 말을 그대로 믿고 하시는 말입니까?"

"만에 하나로 보고 하는 말일세."

"그럼 형님, 그 말씀은 거둬주십시오. 전 그 말을 듣지 않은 것으로 해두겠습니다."

문근의 입에서 이런 말이 떨어진 이상, 홍근은 입을 다물 수밖에 없었다.

사동이 다분茶盆을 가지고 들어왔다.

"형님, 이 차나 한잔 맛을 보세요."

문근이 찻잔을 홍근 앞에 밀어놓았다. 무더운 여름의 저녁나절에 따끈한 선차仙茶 한 잔은 상쾌한 향미일 수 있었다. 그러나 홍근은 차를 즐길 마음의 겨를이 없었다. 막상 문근과의 얘기가 이렇게 되고 보니, 최천중의 신통력을 이제 막 자기가 가장해 보인 대로 믿는 마음으로 기울어들었다.

김홍근은 찻잔을 입에 대다가 말고,

"성상의 만수무강을 빌 뿐이지."

하고 중얼거렸다.

그러자 김문근이 방금 생각났다는 듯이 물었다.

"이하응도 그럼 그 관상사 놈을 만났겠소이다?"

"그랬을지도 모르지."

"세개歲改인지 뭔지 하는 말도 들었을까요?"

"그런 말까지야 했겠나. 놈은 총명하기 짝이 없는 놈인데…."

"하여간 그놈을 붙들어야겠소. 이하응이 아는 놈인 모양이니 이하응을 시켜서라도 그놈을 당장…!"

김흥근은 곰곰이 생각해본 끝에, 관상사에겐 이 이상 마음을 쓰지 않는 게 좋겠다는 이유를 차근차근 설명했다. 첫째, 관상사가 김문을 위해서 말했다고 짐작할 수 있기 때문이었고, 둘째, 관상사를 국문하면 낭설을 더욱 광범하게 유포시키게 될 위험이 있다는 것이었고, 셋째, 신통력이 있는 그런 놈은 우리 편에 붙여두는 것이 유리하다는 것이었다.

김문근은 주의 깊게 듣고 있더니,

"형님 말이 옳을 것도 같습니다."

하고 뚜벅 토했다.

아랫사람들의 호위를 받으며 집으로 돌아온 김흥근은 심정이 복잡했다.

'세개인부동歲改人不同, 금색무불변金色無不變, 중양절택성重陽節擇成, 태산유일로泰山有一路'란 네 글귀가 만만찮은 중압감을 갖고 가슴을 눌렀다. 최천중의 그 부리부리한, 불을 뿜는 듯한 눈빛이 기억 속에 되살아나기도 했다.

'어떤 자리라고 그놈이 감히 터무니없는 소릴 했을까.'

그 말을 듣고도 무관심한 채 며칠을 지내버린 스스로가 지각없는 놈이라 여겨질 정도로, 생각하면 생각할수록 박진력迫眞力을 띠고 뇌리에 메아리쳤다.

김흥근은 아들 병덕炳德을 불렀다.

그리고 최천중에 관한 일을, 부원군과의 대화에 이르기까지 모조리 하고 의견을 물었다.

묵묵히 듣고 있던 병덕이 흥근의 말이 끝나자 얼굴을 들었다.

"아버님 말씀대로 만에 하나가 겁나는 일이 아닙니까. 그런데 우선 부원군의 태도가 그러니 어떤 방도가 있겠습니까. 설혹 '세개인 부동'이라고 해도, 마지막 고비에서가 아니면 도저히 거론할 수 없는 일입니다. 다만, 중양절에 그 최가인가 하는 놈을 한 번 더 만나보도록 해야겠습니다. 그땐 제가 만나겠습니다. 그 최가란 놈이, 아버님이 보신 대로의 인물이라면, 은근히 보호해주실 필요가 있겠사옵니다."

김흥근은 정수동이 최천중과 같이 나갔었다는 사실을 상기하고, 바깥사랑으로부터 정수동을 불러올렸다.

병덕이 물었다.

"정 생원이 보기에, 최가란 관상가가 어떤 놈입니까?"

"선비들과 섞이면 으뜸의 선비요, 한량들과 섞이면 으뜸의 한량이요, 무인들과 섞이면 으뜸의 무인이라고 할 수 있을 것입네."

정수동의 답이었다.

병덕이 다시 물었다.

"신통력을 가진 놈 같던가요?"

"신통력을 가졌기에 도처에서 달인일 수 있지 않겠습니까?"

"신의는 있는 놈이라 보았소?"

"아직 아무런 거래도 없으니 신의 여부는 알 수 없었소만, 친구로 하면 한없이 미더운 친구요, 원수로 돌리면 무시무시하게 비겁한 원수일 것이라고 말할 수는 있겠죠."

이번엔 김흥근이 물었다.

"그놈의 거처를 알아두라고 했는데, 알아뒀는가?"

"거처를 밝혀주진 않았습니다. 다만, 무슨 일이 있으면 수표교 단심이란 기생집으로 통기하라는 말만은 받았습죠."

"그게 이상한 일입니다."

하고, 병덕이 아버지의 얼굴을 봤다.

"도사는 원래 거처를 감추는 법이죠."

정수동이 한마디 끼어들었다.

"이 광명 천지에 도사가 다 뭣이우?"

병덕이 어이없다는 듯 웃었다.

"천만에요. 확실히 그자도 도사입죠."

정수동이 자신만만하게 말했다.

김흥근은 언뜻, 최천중이 백낙신을 들먹인 일을 상기하고 아들에게 물었다.

"전 경상우병사 백낙신의 처리는 어떻게 되었는고?"

"아직 처리 방책이 서 있지 않습니다."

라는 병덕의 답을 받자, 김흥근은 이렇게 말했다.

"내일에라도 의논들을 해서 빨리 처결하도록 해라. 방면이 가할 것이다."

부자간의 대화는 그 정도로 끝났으나, 병덕은 마음이 개운하지가 않았다. 바로 얼마 전에 김병국金炳國으로부터 들은 이상한 얘기와 부합되는 구석이 있었기 때문이다.

형조판서 김병국과 미양微恙* 중인 영의정 정원용鄭元容을 문병하고 돌아오는 길이었는데, 병국이 지나가는 말로 다음과 같은 말을 했다.

"요즘 해괴한 소릴 하고 돌아다니는 놈이 있는 모양인데, 우리 일문一門에 불원 이변이 닥칠 것이니 미리 방술을 써야 한다고 말하는 놈이 있었답니다."

"어떤 놈인데?"

"천하제일 관상사에다 천하제일 점술가라고 하더라나요."

"이름은?"

"그까짓 허튼소릴 하는 놈, 이름은 들어둬 뭘 하겠소? 듣긴 했지만 귀 바깥으로 흘려버렸습니다."

"그런 얘길 누가 하던가?"

"어떤 술자리에서 난 얘긴데요, 대수롭게 여길 건 못 됩니다."
하고 김병국은 웃고 말았던 것이다.

병덕은, 병국이 말하는 관상사와 아비가 들먹인 최천중이란 놈이 동일인일까 아닐까 하는 것이 우선 궁금했다. 아까 말한 대로,

* 가벼운 병.

만에 하나라도 세개인부동이고 금색무불변한 사태가 생긴다면 안될 일이었다. 병덕은 병국을 찾아볼까 하다가 말고, 내당으로 들어가 미복微服으로 바꾸고 정수동을 데리고 바깥으로 나왔다.

정수동의 표일한 성격을 좋아하는 병덕이, 가끔 그를 동반해서 밤나들이를 하는 버릇이 있었기 때문에, 별반 이상한 일은 아니었다.

행길에 나서자 정수동이 물었다.

"하풍하처취何風何處吹요?"

무슨 바람이 어디로 부느냐는 말이다.

"단부단丹不丹, 심불심心不心을 수표교로 찾아가는 길이오."

병덕이 웃음을 머금고 말했다.

단심丹心이라는 노기를 '단부단 심불심'으로 표현한 건 일품이었다. 늙었으니 그 단丹은 이미 붉은 단이 아니고, 마음 역시 시들어 꽃다운 여심은 아닐 것이니, '단부단 심불심'일 수밖에 없는 것이다.

"과연, 장동 김씨 유일남唯一男은 풍류한風流漢 김병덕이로군."

정수동의 익살이 있자,

"출람지청出藍之靑** 아니겠소?"

하고, 병덕은 슬금 정수동을 그 방면의 스승으로 모신다는 뜻을 비쳤다.

"정승, 판서를 제자로 둔 계제에 이 몰골이 뭐꼬?"

하며, 정수동은 구겨진 두루마기자락을 들어 보였다.

** 청출어람과 같은 뜻.

"폐의파립弊衣破笠*하고 월색중月色中에 서면 유불선儒佛仙 삼도三道가 한 몸에 완연하다고 하잖았소."

"음, 그래. 마침 달이 뜨는군."

십팔야十八夜쯤의 달이 남산 위로 기어오르고 있었다.

김병덕과 정수동은 계속 재담을 주고받으며 청계천 근처를 걸어갔다. 김병덕은 정수동의 불견불압不狷不押**하는 성품을 좋아했고, 정수동은 세도 가문의 자제에게 있기 쉬운 오만이 없는 김병덕이 좋았다. 두 노소의 두루마기자락이 휘날렸다. 개천을 바람이 스치고 지나갔다.

"정 생원 모시고 왔소이다."

단심의 집 뜰에 들어서며 김병덕이 말했다. 그 말의 주인이 김병덕임을 알고, 단심이 버선발로 마당으로 뛰어내렸다.

"대감께서 이게 웬일이십니까?"

단심은 흥감해서 어쩔 줄을 몰랐다.

"그렇게 반가워할 것도 못 될 것이로구먼."

먼저 마루로 올라가 퍼질러 앉으며 정수동이 한 소리였다.

"왜요?"

하고 단심이 샐쭉해 보였다.

"당신을 두고 저 대감께서 뭐라고 했는지 알아? 단부단 심불심이

---

* 해진 옷과 쭈그러진 갓.
** 날뛰지도, 억누르지도 않음.

186

란다."

"모르시고 하신 말씀을 어떻게 탓하오리까."

단심이 주름진 얼굴을 웃음으로 더욱 구기며 한다는 말이 이랬다.

"나이를 먹을수록 단역단丹亦丹, 심역심心亦心이 된답니다."

"역시 단심은 단심이로구려. 신로심불로身老心不老라더니… 됐어."

하며 김병덕이 두루마기를 벗어 팽개치고 술을 청했다.

정수동도 끼여, 병덕과 단심의 응수는 퍽이나 흥겨웠다. 술에 얼근하게 취하자 병덕이 흥 타령조에 익살을 섞었다.

"명화名花는 간 곳이 없는데 그 유방遺芳만 남았으니***, 하 답답한 이 마음을 술로써나 달래볼까."

단심이 재치 있게 받았다.

"마음이 있고서야 유방도 있으려니, 그 유방 사랑하며 답답함을 푸시와요."

병덕이 한층 목청을 돋우었다.

"그 유방 따라가면 명화를 찾을쏜가, 주름살 닮은 길이 너무나도 어지러워 길을 잃고 말았구나."

단심이 받았다.

"백리불원百里不遠 그 다리가 십리 길에 지쳤구나. 주름살 긴 탓을 말고 임의 다리 탓을 하소."

그러자 정수동이 킬킬 웃었다. 그리고 한다는 말이 익살이었다.

*** 명화: 아름다운 꽃. 유방: 남은 향기.

"자칫 잘못 들으면, 늙은 잡놈이 일이 뜻대로 안 되니까 시시덕 거리는 소리 같애."

"이왕이면 늙은 풍류 남녀라고 하시구려."

병덕이 씨익 웃고 술을 들이켰다.

그리고 한창 떠들썩하게 노래판을 벌이곤, 병덕이 정색으로 돌아와 정수동에게 일렀다.

"정 생원, 거 뭐라더라. 최가란 관상사가 이 집엘 드나드는지 한 번 물어보오."

대답이 단심에게서 나왔다.

"그러지 않아도 정 생원께 물어볼 참이었지요. 사흘에 한 번쯤 들르겠다고 말했었죠? 그런데 그때 다녀간 후론 한 번도 온 일이 없어요. 벌써 달포가 넘었는데요."

"흐흠."

하고, 정수동이 신음하는 소릴 냈다.

단심의 말이 계속되었다.

"그런데 이상하단 말이에요. 그 관상사를 찾는 사람이 몇 번인가 우리 집엘 다녀갔단 말예요. 찾는 것도 범상하게 찾는 게 아녜요. 금방이라도 찾아내기만 하면 단번에 죽여버리기나 할 듯한 서슬이었어요. 언제나 두세 사람이 몰려와서 찾곤 했는데, 그 가운데 간혹 포졸이 끼여 있기도 했어요. 무슨 죄를 지었나요, 그 사람?"

"참으로 이상한 일이군."

김병덕이 정수동을 건너다보고 말했다.

풍류를 좋아하는 활달한 김병덕이었지만 세심한 일면도 있었다.

수표교 단심의 집엘 다녀온 그 이튿날, 병덕은 형조판서 김병국을 찾아갔다.

병덕으로부터 대강의 사정을 들은 병국은, 의금부 포도청을 비롯해서 서울 안에 있는 수사기관이나 경비기관에서 관상사를 수배한 일이 있는가를 챙겨보았다.

모든 기관에서 그런 일이 없다는 회서가 있었다.

"틀림없이 그놈을 찾는 놈들 가운데는 포졸이 있었다고 들었는데…."

김병덕이 다시 말했다.

"그렇다면 어떤 사감私憾을 품은 놈이 포졸들을 이용한 거로 되는데…."

그러다가 병국은, 자기네 문중 가운데 누군가가 한 짓이 아닐까 하는 생각을 했다. 김씨 일문에 이변이 생길 것이란 말과 '금색무불변'이란 말을 들으면, 혹시 흥분할 사람이 일문 가운데 있을지도 모르기 때문이었다.

병국이 이런 뜻을 말했더니, 병덕은

"그건 아닐 거다. 만약 포졸의 힘을 빌려서까지 그놈을 잡을 작정이라면, 먼저 형조인 자네에게 의논을 했을 것 아니겠나."

하는 반론을 내놓았다. 이치에 맞는 말이긴 했다.

"하여간 문중회의에 부쳐보면 어떨까요?"

병국의 말이었다.

"그건 그만두는 게 나을 걸세. 관상사 한 놈이 무슨 소릴 했대서 거창한 일을 꾸미면 그만큼 웃음거리가 될 걸세."

병덕이 이렇게 말하고 일어섰다.

병국이 따라 일어서며 말했다.

"그놈이 우리를 해칠 놈인지 아닌지, 우선 그것부터 알아야 하지 않겠소? 만일 해가 될 놈이라면, 우리가 그놈을 붙들어 족쳐야 될 테니까요."

"그건 자네가 재량껏 해보게. 내 생각으론 해가 될 놈은 아닌 것 같애. 우리를 해칠 놈이 제 발로 우리 집에 걸어 들어와서 그런 소릴 했겠나? 그러나 조급한 판단을 해선 안 되지. 형조에 있는 자네가 잘 재량해보게나."

병덕이 이렇게 말하고 떠났다.

병국은 나방골 여란에게 가서 우선 김씨 일문에 이변이 있을 것이라고 말했다는 놈의 정체부터 알아보기로 했다. 그래, 관청 일이 파하길 기다려 집으로 돌아와서 미복으로 바꾼 후 평교자를 타고 다방골 여란의 집을 찾아갔다.

여란은 묻는 말에 차근차근 답했다. 이름은 최천중, 꽤나 신통한 관상사라는 것, 삼개 근처에서 사는 듯한데 소상하겐 모른다는 것이었고, 인품으로 보아 나쁜 짓을 할 사람은 절대 아니라고 했다.

"우리 집안에 원한이라도 가진 흔적은 없던가?"

하는 질문에 대해선 여란은 펄쩍 뛰는 시늉을 하고,

"그럴 까닭은 없어요. 그 사람도 김씨 문중 일을 걱정해서 그렇게 말했었어요. 문중에 이변이 있을 것이지만, 그걸 막을 방도가 있는 것같이 말했거든요. 영특한 관상사가 돼놔서, 무언가 아는 게 있는 모양이었어요. 김문에 해가 될 사람은 아녜요."

하고 결연하게 말했다.

"그 사람이 나타나거든 지체 없이 통기를 해요."

이 말을 남겨놓고 병국은 되돌아섰다.

허튼소리라 치고 들어 흘려버리면 그만일 말도 신경을 쓰기 시작하면 마음에 걸린다. 병덕은 정수동에게 수월찮은 비용까지 안겨 최천중의 소재를 알아보라고 일렀고, 병국은 병국대로 은밀한 방법으로 최천중의 소재를 알아내려고 애썼다.

그러나 시일만 갈 뿐, 최천중의 행방은 도무지 알 수가 없었다.

관상사라면 나돌아다녀야 일이 생기고, 따라서 벌이도 있을 텐데, 까맣게 종적을 감추고 있다는 건 이상한 일이 아닐 수 없었다. 정수동은 단심의 집을 중심으로 청계천 이쪽저쪽을 수소문하고 돌아다니는 동안, 바로 최천중과 헤어진 그날 밤 오간수다리 위에서 선비 하나를 장정 네 사람이 달려들어 몽둥이질한 사건이 있었다는 얘기를 목격자로부터 들었으나, 몽둥이를 맞은 선비가 최천중인지 아닌지 알아낼 수가 없었다.

하늘로 솟았는지, 땅으로 기어들었는지, 하여간 이상한 일이었다. 그럴수록 김병덕과 김병국은 궁금하기만 했다.

"아무래도 최천중이란 자는 둔갑술도 하는 놈인개비어. 나는 그자를 찾을 수가 없쇠다."

하고, 열흘쯤 경과하자 정수동이 손을 들어버렸다.

"공연히 도깨비를 쫓고 있는 건 아닙니꺼? 그 이름조차 아는 사람이 전연 없으니깨유."

한 사람은, 김병국의 수하로 있는 송만돌이란 파락호였다.

191

이들과 똑같이 궁금한 사람은 이하응이었다. 수하들을 독려해서 아무리 애써도 최천중을 찾을 수 없다는 것이 마음을 더욱 초조하게 했다. 태산 같은 적을 안고 있는 기분이었다. 따라서 나날이 우울하고 괴팍스럽게만 되어갔다.

'무독無毒한 뱀을 독사로 만든 것이 아닐까?'

하는 생각에 괴롭기도 했다.

그런데다 의금부에서, 포졸들을 사감私憾에 이용한 사람을 찾고 있다는 소문까지 퍼지고 있었다.

이하응은 수하들을 불러, 최천중 놈을 오늘내일에라도 붙들어 없애버릴 수 없을 바엔 행동을 중지하라는 명령을 내렸다.

한편, 김씨 일문의 문중 사정이 어수선해졌다. 영은부원군永恩府院君 김문근의 외질 대제학大提學 남병철南秉哲이 사망한 사건이 있었던 것이다. 병으로 죽었으니 사건이라고 할 것까진 없겠지만, 그래도 김씨 문중으로선 대사건이었다.

남병철은 김씨 일문의 외손으로 출중한 인물이었다. 경서經書와 천문天文에 통한 수재인 데다가, 절도 있는 덕행으로 하여, 많은 숭앙을 모으기도 해서, 장동 김씨 일문의 외곽 세력을 이루고 있었는데, 그 기둥이 오십 세를 넘기지 못하고 죽었으니 김문으로선 충격이 아닐 수 없었다.

이런 때문에 최천중에 대한 병덕과 병국의 관심은 어느덧 사라지고 있었다.

그런데 칠월 중순경 김흥근 앞으로 한 통의 편지가 날아들었다.

'중양절택성重陽節擇成을 잊지 말라'는 무명의 편지였다.

이와 같은 무렵, 이하응도 무명의 편지가 뜰에 날아든 것을 주웠다. 문면文面은 짤막했다.

'살생유택殺生有擇이다. 나는 결코 흥선군의 적일 수 없다. 삼만 냥 어음을 휴지로 할 천치가 있겠는가.'

몽둥이에 왼쪽 어깨를 맞고 청계천으로 뛰어내린 최천중은, 냇바닥에 있는 사금파리 같은 것에 오른쪽 발바닥을 찔렸다. 그러고서도 언덕으로 기어올라 골목 안을 냅다 뛰었다. 묵정동墨井洞쯤에 가서야 한숨 돌리고 추적하는 기척을 살폈다. 다행히 그런 기척은 없었다. 그러자 어깨의 동통과 발바닥의 고통이 한꺼번에 엄습해 왔다. 꼼짝도 못할 지경이었다.

그렇다고 골목 안에 우두커니 서 있을 수는 없었다. 가까스로 몸을 일으켜 골목 안을 헤맸다. 그 근처에서 하룻밤 묵을 만한 집을 찾아야 했다. 그러나 그런 집을 쉽게 발견할 수가 없었다. 몇 번이고 길바닥에 뒹굴 뻔하는 몸을 끌고 돌아다니길 수각이 지난 뒤, 최천중은 대문이 반쯤 열려 있는 어느 집을 발견했다. 반가움에 일시 아픔을 잊고 대문 사이를 간신히 비비고 들어갔다. 그 순간, 안전지대에 들어섰다고 안심한 탓인지, 심한 출혈로 기력을 잃은 탓인지 앞으로 고꾸라지며 의식을 잃었다.

최천중이 의식을 회복한 것은 그 이튿날 아침도 늦은 시각이었다. 스르르 뜨인 눈 앞에 봉창이 희미하게 보였고, 매캐한 냄새가

193

코를 찔렀다. 의식이 밝아옴에 따라, 그 방이 오랫동안 쓰지 않은 헛간 같은 방이란 사실을 알았다. 최천중은 몸을 일으켜보려고 했다. 까딱도 하지 않았다. 천근같이 무거운 왼쪽 어깨가 무딘 동통으로 욱신거렸고, 오른쪽 발바닥엔 날카로운 아픔이 느껴졌다. 그리고 타는 듯한 갈증이 있었다.

그런 고통 가운데서도 그는 어젯밤의 일을 순서 있게 챙겨볼 수 있었고, 자기가 누워 있는 곳이 묵정동이 아니면 그 근처의 어느 곳일 거란 짐작을 할 수 있었다. 그런데 우선 급한 것은 한 모금의 물이었다. 그러나 섣불리 소리를 지를 수가 없었다.

얼마간의 시간이 흘렀다. 머리맡의 문이 열리는 소리가 있었다.

최천중은 오른팔을 들어 보였다. 방안으로 들어오는 인기척이 있었다. 더벅머리 총각이 최천중을 내려다보고 우뚝 서더니 옆에 앉으며,

"정신을 채렸이유?"

하고 무뚝뚝하게 물었다.

"물, 물 좀 주시오."

최천중이 신음했다.

총각이 밖으로 나가 물을 떠 왔다.

부자유한 자세로나마, 최천중은 한 사발의 물을 죄다 마셨다.

그러고 나니 조금 살 것 같았다.

"어젯밤에 어떻게 된 겁니까요?"

총각이 물었다.

"나쁜 놈들한테 봉변을 당했소. 하마터면 죽을 뻔했소. 대문이

열려 있기에 염치불구하고 뛰어들었소. 그러자마자 아마 정신을 잃은 모양이오."

최천중이 띄엄띄엄 아픔을 참아가며 말했다.

"상처가 대단한 모양인데요. 의원을 불러올깝쇼?"

"그건 안 돼."

최천중은 자기의 소재를 계속 숨겨야겠다고 판단하고 얼른 이렇게 말했다.

"그럼 어떻게 해요?"

총각은 거북한 모양이었다.

"걱정 안 해도 좋소. 내가 방도를 생각하리다."

하고, 최천중은 우선 허리에 찬 주머니를 뒤져 은괴 한 개를 꺼내놓았다. 그 은괴는 이를테면 최천중의 비상금이었다. 돈으로 치면 쉰 냥쯤 될까.

총각은, 물에 빠진 데다가 골목을 쓸다시피 하며 기어와서 꾀죄죄하게 된 몰골의 사나이가 난데없이 은괴를 꺼내놓자 놀랐다.

"이걸 예로 드리겠소. 내 몸이 성하게 되면 많은 것을 드리죠. 그러니 내 심부름을 좀 해 주오."

"하다마다요."

"여기가 대강 어디쯤이오?"

"묵정동입니다."

"그럼 회현동이 가깝겠군."

"그럼요."

최천중은 잠깐 망설이다가 말했다.

195

"우리 통성명이나 합시다. 나는 최가요."

"나는 구갑니다."

"구가라니?"

"한자로 쓰면 원수구仇자 구가라요."

"원수구자? 그런 성이 있었나?"

"여기 있잖아요."

최천중은 그 아픔 가운데서도 필유곡절必有曲折일 것이라 짐작했다. 그러나 그런 걸 따져 물을 수도 없어,

"이 집에선 누구누구가 사시죠?"

"어머님허구 누님허구 나허구 셋이서 삽니다요."

"종각은 뭣을 하우?"

"나는 종로 지물전 중남이라오."

그런데 한 가지 더 궁금한 게 있었다.

"밤이 깊었는데 대문을 열어놓은 까닭이 무엇이었소?"

"바람이 열었겠지요."

"바람이?"

"빗장을 지르지 않으니까, 조금 센 바람이 불면 열려요. 대문 널판이 얇으니께요."

"빗장을 왜 지르지 않죠?"

"우리 집은 대문 빗장 안 지르게 돼 있어요. 도둑맞을 것도 없구해서요."

그럴수록 궁금증이 남았다.

최천중은 아픔 가운데서도 총각의 관상을 자세히 보았다. 보통

의 상은 아니었다. 닦지 않아서 옥이 되지 못했는지, 어떤 집념이 옥을 가리고 있는지 알 수 없었으나, 아무튼 범인이 갖지 않은 그 무엇을 지니고 있는 것만은 틀림이 없었다.

눈꼬리에서 관골을 거쳐 흐른 선에 흉상의 흔적이 살큼 비치기도 했으나, 그것은 성정性情과는 무관한 것이었다. 아마 어떤 인간에 대해 독의毒意를 품고 있는 탓인지 몰랐다. 하여간 이 총각에겐 다소의 신뢰감을 가져도 무방하다는 생각을 한 최천중은,

"그럼 부탁이 있소."

하고 신음 소릴 섞어 말했다.

"회현동 교자 골목을 알죠?"

"알아요."

"그 골목을 끝까지 올라가면 길이 막히는 데가 나와요. 바로 그곳에 황이란 여자 점쟁이가 있소. 가서 그 점쟁이를 데려다주오."

"뭐라고, 어느 누구가 오라고 하더란 말을 해야죠."

"망월의 밤에 살풀이하러 올 선비가 몸을 다쳐 누워 있으면서 오라더라고 하면 알 거요."

"알았어요."

하고 일어서더니 총각은, 요기를 해야 할 것 아니냐고 물었다. 최천중은, 요기는 천천히 해도 된다고 답했다.

총각이 나가자, 최천중은 '망월의 밤이 내일인데…' 하고 중얼거리면서, 다시 엄습한 아픔에 얼굴을 찌푸렸다.

구 총각은 점쟁이 황 여인의 처연한 아름다움에 놀랐다. 놀랄 만도 했다. 흰 모시 저고리에 남색 끝동을 달고, 역시 남색인 갑사 치

197

마를 입은 그 유연한 모습과, 깊은 곳으로부터 뿜어내는 듯한 눈빛의 요염함에 압도당한 것이다.

지물전 일로 권세 있는 집에도 드나들어 대갓집 여인들을 보는 기회가 적잖이 있었지만, 구 총각은 황 여인에게서처럼 충격을 받은 적은 없었다.

"무슨 일로 오셨죠?"

싸늘하고 위엄 있는 황 여인의 말소리였다.

"망월의 밤에 살기를 풀기로 한 선비 아시죠?"

구 총각이 되물었다.

황 여인은 조금 생각하는 듯하더니,

"그런데 그 선비가 어쨌단 말예요?"

여전히 싸늘한 말투였다.

"어젯밤 그분이 심한 봉변을 당했죠. 그래서 옴짝달싹 못할 지경으로 지금 누워 계십니다."

황 여인의 표정에 보일 듯 말 듯한 놀라움이 서렸다.

"그분의 말씀이, 마님을 꼭 모시고 오라는 거였어요."

"나를…?"

황 여인은 생각에 잠기는 듯했다.

"사정이 매우 딱해요. 빨리 의원을 불러야 할 것 같아서 그런 말을 했더니, 의원보다도 마님을 모셔 오라는 분부였어요."

"그분에게 봉변을 준 사람이 누군지 아시나요?"

"아직 그런 얘긴 듣지 못했어요. 어젯밤 늦게 집으로 돌아와보니, 문간에 쓰러져 기절해 계셨어요. 정신이 든 건 이제 막이에요."

"그 선비와 총각은 어떤 사이죠?"

"모르는 사람예요. 모르는 사람이지만, 그런 꼴로 집 문간에 쓰러져 있는 사람을 내버려둘 수는 없죠."

황 여인은 결심을 하는 듯했다.

"총각의 집이 어디예요?"

"묵정동입니다요. 여기서 가까워요."

황 여인은 계집아이를 부르더니,

"정 노인을 오라고 해."

해놓고, 구 총각더러는,

"잠깐 그 마루에 앉아 계세요."

하고, 턱으로 아래채의 마루를 가리켰다. 그리고 방으로 들어갔다.

구 총각은 마루에 걸터앉아 뜰 양편에 있는 화원으로 시선을 보냈다. 당구화로 보이는 꽃무리 속에 띄엄띄엄 닭벼슬꽃이 여름 아침의 태양을 받고 눈부시게 피어 있었다. 어디선지 향긋한 향내가 콧전을 스쳤다.

정 노인으로 보이는 육십이 훨씬 넘은 영감이 헐레벌떡 들어오더니, 황 여인으로부터 뭔가 분부를 받고 다시 훌쩍 나갔다.

조금 있으니, 건장하게 생긴 교군들이 가마를 메고 들어섰다.

'점쟁이가 가마를 타나?'

하는 생각이 일었지만, 부자연스럽다는 느낌은 없었다. 그만큼 아름다운 여자라면, 가마가 아니라 그보다 더한 것을 타도 어울릴 것 같았다.

이윽고 황 여인이 나타났다. 이번엔 샛노란 빛깔의 장옷을 머리에 걸치고 있었다.

교군들이 공주님을 모시는 것처럼 허리를 굽혀 황 여인을 맞았다.

황 여인은 우아한 동작으로 가마에 올랐다. 그 동작이 구 총각의 눈엔 한 폭의 그림이었다.

구 총각 집 문밖에 가마를 대기시켜놓고, 황 여인은 집 안으로 들어갔다.

구 총각의 어머니와 누나는, 뜰로 들어서는 황 여인의 호사스런 모습에 넋을 잃었다. 동시에, 헛간에 누워 있는 선비가 대단히 지체 높은 사람일 것이라고 짐작했다.

황 여인은 구 총각이 가리키는 헛간 방의 문을 열고 들어섰다.

장옷을 벗어 들고 선 채, 누워 있는 최천중의 몰골을 살폈다.

눈을 뜬 최천중은 거기 서 있는 사람이 황 여인임을 알자 아픔으로 일그러진 얼굴을 돌리고,

"부인께서 나를 구해주셔야겠소."

하고 신음 소리를 섞었다.

"어떻게 된 거죠?"

황 여인이 물었다.

"나를 죽이려는 놈이 있는가 봅니다."

그리고 최천중이 이어 사정을 설명하려고 하자, 황 여인은

"사정은 차차 듣기로 하죠."

하고 손을 흔들며 물었다.

"지금 당장 제가 할 일이 뭐죠?"

"우선 내가 숨어 있을 곳을 마련해야겠소. 상처 치료도 하고, 마음도 진정시킬 수 있는 그런 데 말요."

최천중은 아픔을 참아가며 겨우 말했다.

황 여인은 방안을 한 바퀴 둘러보았다. 마음속에 결심이 이루어지는 것 같았다.

"그럼, 당분간 우리 집으로 갑시다."

"댁 말고 어디 좋은 데가 없을까요?"

사람이 드나드는 점쟁이의 집은 은신처가 될 수 없다는 생각에서 한 말이었다.

"비밀을 지킬 만한 곳이, 우리 집을 두곤 선뜻 생각이 나질 않아요. 그러나 걱정은 마세요. 탈이 없도록 하죠."

"그렇다면 총각을 좀 불러주세요."

구 총각이 들어왔다.

"거기 좀 앉으소. 우리, 의논을 합시다."

하고, 최천중이 간신히 몸을 옆으로 움직이며 말했다.

"총각은 지물전에 매인 몸이오?"

"새경을 받고 일을 봐주는 형편입니다요."

구 총각이 무뚝뚝하게 답했다.

"언제라도 그만둘 수가 있소?"

"내가 있기 싫으면 그만두는 거죠, 뭐."

"그럼 좋소. 지물전에서 주는 새경의 곱을 줄 테니, 앞으로 내 일을 봐줄 수 없겠소?"

"…"

"한 해치, 아니, 두 해치를 미리 드리도록 해도 좋소."

"새경을 미리 준다면야 여부가 있겠습니까요. 그런데 무슨 일을 하는 건데요?"

"그저 나와 같이 있어주면 되는 거요. 간혹 심부름이나 하구요. 원행遠行할 때가 아니면 언제이건 총각의 집일을 돌보도록 할 테니까."

"그럼 좋습니다요."

하고, 구 총각이 쾌히 승낙했다.

"빨리 서둘러야 하겠소."

황 여인은, 최천중과 구 총각의 얘기가 매듭지어지자 이렇게 말하고 교군들을 불렀다.

교군들이 들어오자, 황 여인은 그들에게 눈짓과 손짓으로 최천중을 가마에 태우라고 했다.

교군들은 '응, 응' 앓는 소리를 내곤, 최천중을 하나는 덥석 업고 하나는 뒤에서 밀었다.

최천중은 너무나 심한 고통에 고함을 지를 뻔하다가, '조금 살살' 하고 애원했다. 그래도 교군들은 아랑곳없었다. 교군은 둘 다 벙어리였던 것이다.

황 여인의 집은 이상한 구조로 되어 있었다. 얼핏 보아선 여염집과 다른 데가 없었으나, 바깥에서 뵈지 않게 몸채 뒤로 나직한 지붕을 한 집이 두 채 겹쳐 있었다. 그런데 그 뒷집으로 가는 통로는 황 여인이 거처하는 방의 다락을 통하거나 부엌의 뒷문을 통하거나 할 수밖에 없었다. 그런데다 골목 꼭대기에 있는 집이고, 바로 그 뒤에는 낭떠러지와 격해 있는 높은 담이 있어서 누구도 거기에 각각 다섯 칸으로 된 집 두 채가 있으리라곤 상상할 수 없는 것이었다.

최천중은 가마를 탄 채 육중한 부엌 뒷문을 통해 맨 뒤의 집 구석진 방으로 옮겨졌다. 고통은 여전했으나, 우선 안도의 숨을 내쉴 수가 있었다.

물에 젖은 옷을 벗겨버리고, 황 여인 집의 정 노인과 구 총각이 최천중의 몸을 씻겼다. 황 여인의 명령에 의한 것이었다.

아무리 아파도 최천중은 황 여인이 시키는 대로 안 할 도리가 없었다. 몸을 씻고 난 뒤 새 옷으로 갈아입혔다. 지체 없이 남복男服이 준비되었다는 것이 이상했지만, 그런 걸 따지고 있을 계제가 아니었다.

의원이 불려왔다. 홍안백발의 의원은 최천중의 상처를 소상하게 살펴보곤,

"왼쪽 어깨의 뼈가 박살이 났소. 그러나 약을 먹으며 한 달쯤 안정을 취하면 그건 나을 수가 있소."

라고 했다.

"그런데 발바닥의 상처가 난물*이오. 길이 세 치가량, 깊이 두 치가량의 상처인데, 상처 그건 별게 아니지만, 무슨 독기라도 들어갔으면 탈이란 말여."

하고 중얼거리곤, 우선 비상을 바르고 조금 먹기도 해야 할 것이라고 일렀다. 의원은 응급치료를 해놓고, 곧 약을 보내겠노라는 말을

---

* 難物: 다루거나 처리하기 어려움.

남기고 돌아갔다.

"지물전에 가서 사연을 말해야 하니까요."

하고, 구 총각은 해거름께나 오겠다면서 떠났다. 그 구 총각에게 일
절 이런 일을 발설해선 안 된다는 부탁을 최천중도 했고 황 여인도
했다.

최천중은 깨미음으로 요기를 하고 자리에 누웠다. 지난 일도 지
난 일이거니와 앞날의 일이 근심스러웠다. 앞으로의 화를 막기 위
해선 이편에서 이하응을 죽여버려야 할지도 모른다는 생각까지 하
지 않을 수 없어, 그것이 상처의 고통에 못지않은 마음의 고통이
되었다.

그러는 가운데서도 잠깐 동안 잠에 빠져들었던 모양이다. 묘한
꿈들을 연거푸 꾸었다. 맥락도 내용도 아리송한 꿈들이었다. 꿈속
에서도 계속 신음을 하고 있었던 모양이다. 막 방으로 들어온 황
여인이 최천중의 몸에 가볍게 손을 대어 흔들었다.

최천중이 눈을 떴다.

"무슨 꿈을 꾸신 모양이죠?"

황 여인의 화사한 미소가 있었다.

"나는 기막힌 인연이라고 생각합니다."

하고, 바른쪽 팔을 뻗어 최천중이 황 여인의 손을 잡았다. 황 여인
은 못 이기는 체 손을 맡겨두었다.

"당신을 처음 만났을 때 나는 인연이 맺어질 것으로 짐작을 했
죠. 그래서 망월의 밤을 기다리고 있었는데, 일이 이상하게 되었군
요."

최천중이 이렇게 속삭여도 황 여인은 소이불어笑而不語*했다.

"고맙습니다. 내 청을 받아 이렇게 구해주셨으니…."

최천중의 눈에 눈물이 글썽였다.

"고마울 게 뭐 있겠어요? 곤경에 있는 사람을 구하는 건 사람이라면 마땅히 해야 하는 일인걸요."

하고, 황 여인은 근심스러운 얼굴로 다음과 같이 말했다.

"아까 선비께서 잠자는 동안 상제上帝에게 뜻을 물어보았소. 당신을 죽일 작정을 한 자의 살의는 앞으로 두 달 동안은 지탱될 것이라고 하셨소. 그 두 달을 무사히 지내기만 하면 아무 일 없게 된대요."

"그런데 그 두 달 동안을 과연 무사히 지낼 수가 있을는지…. 아까 그 교군들이 혹시…?"

하고 최천중이 한숨을 쉬었다.

"교군들은 염려 없어요. 두 사람 다 벙어리인 데다가, 제 일에 관한 것이라면 수화불사水火不辭**하는 사람들이니까요. 그리고 의원도 걱정 없습니다. 저완 막역한 인연이 있는 분이니까요. 뿐만 아니라, 제 둘레에 있는 사람들에겐 괘념치 마세요. 다만, 그 총각이 어떨는지…. 총각의 성이 구씨라고 합디다."

"원수라는 뜻의 구씨라는데, 희성을 지닌 그 총각에겐 무슨 깊은 사연이 있다고 보았고, 그 상으로 봐서 녹록한 인물이 아닐 것

---

* 웃기만 하고 말하지 않음.
** 물이든 불이든 마다하지 않음.

같으니, 과히 걱정할 필요는 없을 것 같소. 게다가 나완 앞으로 생사를 같이할 뜻까지 통해놨으니…"

황 여인의 얼굴에 수긍하는 빛이 돌았다. 최천중이 물었다.

"헌데, 내일이 망월의 밤 아닙니까? 내게 살기가 있다 하고 그걸 풀어주겠다 했는데, 어떤 일입니까? 그게 궁금합니다."

황 여인은 보일 듯 말 듯한 웃음을 띠고 입을 열었다.

"선비님께선, 평지에 풍운을 일으키지 않곤 살아갈 보람을 찾을 수 없는 그런 신수란 말예요. 용이 득천得天하려면 스스로 풍운을 일으켜 그 풍운을 타야 하는 것 아녜요? 풍운 없인, 용은 이무기가 되고 말죠."

최천중은 잠시 아픔을 잊고, 황 여인의 밀에 취한 듯 귀를 기울였다.

"용! 그렇지! 풍운을 일으키지 않곤 하늘에 오를 수 없지."

이 여인은 내가 용인 것을 어떻게 알 수 있었단 말인가! 최천중은, 황 여인이야말로 도인이 아닌가 싶어 가슴이 설레기조차 했다.

황 여인의 말이 계속되었다.

"선비님께서 먼젓번 오셨을 때 전 그 신수를 알았죠. 뭔가 풍운이 감돌기도 했고, 앞으로도 풍운을 일으킬 분이란 걸요. 그리고 그 때문에 생명을 잃는 일이 있을지도 모른다는 근심을 하게 된 거죠. 그래, 그 살기를 풀어드리려고 망월의 밤을 점지했는데, 그전에 일이 터져버렸네요. 아슬아슬한 고비였어요. 그래서 제가 배우기도 했구먼요. 일단 필요가 생기면 시기를 늦춰선 안 된다는 것을 말예요."

"그럼, 앞으로 풍운을 일으키면 안 된다는 그런 말씀인가요?"

"아아뇨, 용은 용 행세를 해야 해요. 그러자면 자꾸 풍운을 일으켜야 하죠. 그러나 만사는 불여튼튼 아닐까요? 자기가 탈 수 있는 풍운을 일으켜야지, 그 풍운에 휩쓸려 자기가 죽을 풍운을 일으킨다는 건 어리석죠…"

"아무리 용이기로서니, 혼자의 힘만으로 하늘에 오를 수가 있겠소?"

최천중이 중얼거렸다.

"그건 그래요. 하다못해 그걸 쳐다보는 미꾸라지라도 있어야 하겠죠."

황 여인의 말은 의미심장했다.

"나는 혼자였소. 어릴 적부터 혼자였소. 천애의 고아로 태어나 삼십이 된 이날까지 혼자 자라고, 혼자 세상을 살아왔소."

최천중이 '혼자'라는 말에 강세를 두고 탄식했다.

"혼자 아닌 사람이 하늘 아래 있겠수?"

황 여인도 감개를 섞어 말했다.

"앞으로 서로 힘이 되어야겠소."

최천중은 언외言外의 감정을 비쳤다. 황 여인이 웃음을 머금었다. 그러나 광기가 서린 듯한 그 눈까지 웃는 것은 아니었다.

'이 여인의 팔자도 어지간히 센 팔자네.'

하는 생각이 들자, 최천중은 황 여인의 내력이 알고 싶었다. 그러나 그런 것을 물을 수 없었던 것은, 황 여인이, 최천중이 어떤 사람인가에 관해 일언반구도 물어보려고 하지 않았기 때문이다.

해 질 무렵에 구 총각이 돌아왔다. 지물전 주인과의 얘기가 수월하게 매듭지어졌다고 했다.

최천중은 비로소 자기의 성은 최가라고 하고 구 총각의 이름을 물었다. 구 총각이 대답했다.

"철룡이라고 합니다. 철은 쇠철이고, 용은 미르[龍]용자입니다."

'진짜 용은 바로 이 사람이구나' 하고 다시 물었다.

"나이는?"

"열여덟 살이에요."

"글공부는 했나?"

"안 했습니다."

"그럼 글은 통 모르겠구나."

"눈동냥 귀동냥으로 소학쯤은 떼었습죠."

"소학을 떼었을 정도면 대단해. 앞으로 여가가 있을 테니, 글공부나 하라구."

구철룡은 묘한 웃음을 띠었을 뿐, 대답이 없었다. 눈꼬리부터 관 끝에 이르는 사이에 나타나 있는 흉상이 최천중은 마음에 걸렸다.

'눈에 광기가 있는 여자, 얼굴 한 부분에 흉상을 지닌 총각, 풍운을 일으키지 않곤 살 수 없는 신수를 지닌 나…. 묘한 인간들이 묘한 인연으로 만났구나.'

하는 감회가 일었다.

"삼개까지 심부름을 가주었으면 하는데, 피곤하면 내일로 미루고, 그렇지 않으면 오늘 안으로 어떨까?"

최천중이 구철룡의 눈치를 살폈다.

"내일로 미룰 게 뭐 있습니까? 피로할 까닭도 없구요."

구철룡의 다부진 답이었다.

최천중은 지필을 청해 부자유스럽게 몸을 일으켜 앉히곤 최팔룡에게 다음과 같은 사연을 썼다.

'…이 편지 가지고 간 총각 편에 돈 천 냥만 어음으로 보내주시오. 까닭은 천천히 말하겠소. 만리동엔, 영동 지방으로 원행을 떠났다고만 일러두시오. 내 소재를 알려고 하지 마시오. 나는 지금 인생의 중대한 고비에 놓였고, 종씨의 정의情誼만을 오직 바랄 뿐이오. 풍식운거風息雲去*하면 만날 날이 있으리다….'

최천중은, 최팔룡이 보내 온 어음을 황 여인을 통해 돈으로 바꾸어, 8백 냥은 황 여인에게 맡기고, 2백 냥은 구철룡에게 주었다.

지물전에서 하루 두 끼를 얻어먹고 매달 다섯 냥의 새경을 받던 구철룡은, 2백 냥이란 거금을 앞에 하고 몸을 떨었다. 평생 잡아보지 못할 거금이었던 것이다.

"이건 너무 과하십니다."

하고, 구철룡은 일단 사양했다.

"아냐, 우리는 장차 큰일을 해야 할 사이다. 그러자면 총각의 집안 걱정은 덜어놔야 해."

최천중은 간절히 말하고 구철룡에게 수표교 단심의 집을 비롯해서 최근 자기가 돌아다닌 술집과 가게의 소재를 가르쳐주면서, 그 주변을 요량껏 살펴 무슨 동정이 없는가를 알아보라고 일렀다.

---

* 바람이 그치고 구름이 걷힘.

구철룡은 최천중이 생각한 이상으로 영리한 사람이었다. 받은 돈 가운데 얼만가를 밑천으로 해서 약 행상을 시작했다.

약을 사라는 핑계로 이 집 저 집을 기웃거릴 수 있기 때문이다.

며칠이 안 되어, 구철룡은 최천중을 찾아다니는 무리를 포착할 수 있었고, 그들의 뒤를 밟은 결과, 그 가운데 몇은 이하응의 집엘 드나든다는 사실을 확인했다.

이런 것을 보고한 뒤, 구철룡이 말했다.

"나으리께선 이젠 걱정 안 하셔도 됩니다. 제가 이 근처에서 망을 보겠어요. 그런 놈들이 근처에 나타나기만 하면 당장 미리 알게 될 것입니다요."

최천중은,

"백만 명의 힘을 얻은 것 같다."

고 치하하고, 계속 마음을 써줄 것을 당부했다.

아닌 게 아니라, 최천중은 구철룡 덕택으로 당분간이나마 안심하고 그곳에서 치료할 수 있게 되었다.

워낙 건장한 체질 탓도 있어, 최천중의 상처는 하루가 다르고 이틀이 달랐다.

보름쯤 지나자, 거의 완쾌한 단계에 이르렀다. 박살이 났다던 왼쪽 어깨의 뼈가 거짓말같이 본대로 아물어 고통의 흔적도 없었다. 발바닥 상처만이 아직 싸개를 풀 정도는 아니었지만, 염려했던 독기의 침입이 없었다고 볼 수 있어 한시름 놓았다.

그 정도로 건강을 회복하고 나니, 최천중의 체내의 정염이 일기 시작했다. 황 여인의 육체에 대한 갈증 같은 것이 그의 의식을 사로잡았다. 이때까진 광기로 보였던 황 여인의 눈빛마저 고혹적이고 매력적인 힘을 발하기 시작했다.

그러나 상대가 상대인지라, 섣불리 그런 의사를 표시할 수는 없었다. 만사를 꿰뚫어보는 황 여인이 자기 마음의 그런 움직임을 모를 까닭이 없어, 한편 부끄럽기도 했으나, 한편 은근한 기대를 가져볼 수도 있었다. 이미 색정을 알고 있는 여체가 가까이에 있는 남자의 정염에 대해 반응이 없을 수 없다는 생각이 들었기 때문이다.

그런데 황 여인의 태도는 담담했다. 어떨 땐 끌어안기만 하면 팔 안에서 녹아버릴 것 같으면서도, 찬찬히 범접할 수 없는 태도였다. 사람, 특히 여자를 다루는 덴 명수인 최천중도 황 여인 앞에선 어쩔 도리가 없는 느낌이었다.

"무시무시한 가시를 둘러쓴 밤[栗]도 때가 오면 외각을 깨고 나오는 법이니…."

최천중은 시기를 기다릴 수밖에 없었다.

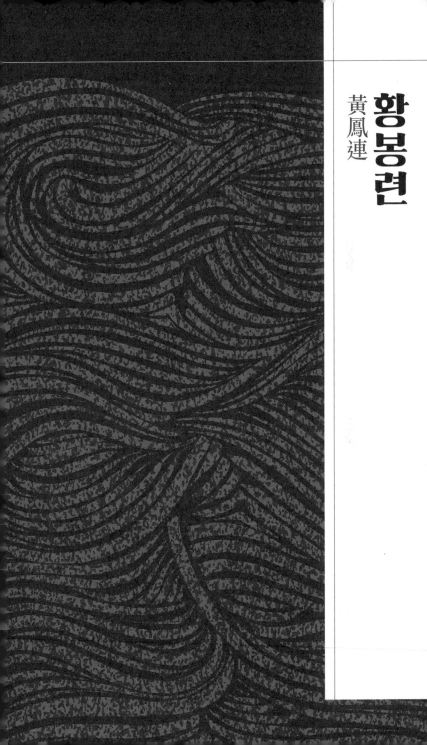

황봉련

黃鳳連

최천중이 황 여인 집의 기약 없는 손님이 되어 어언 스무 날이
지난 어느 밤의 일이다.

자정이 가까웠을 무렵, 황 여인이 하얀 모시 치마저고리를 살갗
이 비칠 정도로 홑겹으로 입고 최천중이 누워 있는 방으로 들어왔
다. 들고 온 쟁반엔 한 그릇의 식혜가 얹혀 있었다.

드러누운 채 책을 읽고 있던 최천중이 놀라 일어나 앉았다. 황
여인이 자정 무렵에 그 방에 들어온 것은 그 밤이 처음이었다. 최
천중은 가슴이 뛰었다.

"출출하실 텐데 이거 잡수세요."

왼무릎을 세운 자세로 우아하게 앉은 황 여인이 식혜 그릇을 살
며시 최천중 앞으로 밀어놓았다.

최천중은 식혜를 한 모금 마셨다. 차갑게 식은 식혜의 감미가 입
안에 황홀했다. 전신에서 무더위가 가신 듯했다.

황 여인은 구철룡이 여간 총명한 사람이 아니더란 얘기를 꺼내

어 칭찬하는 말을 하곤, 이어 이런 말을 했다.

"이쯤 되었으니 가족에게 통기를 하셔야죠. 오랫동안 소식이 없으면 모두들 걱정을 하실 테니까요. 먼 곳이라도 구 총각을 시키면 너끈히 심부름을 해낼 거예요."

"나를 걱정해줄 가족이란 없소이다."

최천중이 수연愁然하게 말했다.

"한 사람도 없으세요?"

황 여인의 눈빛이 최천중의 얼굴을 쏘는 듯했다. 최천중이 약간 당황하는 심정으로 얼른 말했다.

"좋으시다면 내가 겪어온 역정을 얘기하겠소."

"말씀해보세요."

"나는 조실부모한 천애의 고아였소. 지각이 들었을 땐 외가에서 크고 있었소. 경주 최씨라는 성만 알고 있었지, 아버지의 가계가 어떻게 되었는지 지금도 모르오."

이렇게 시작한 최천중은, 외숙의 호의로 다섯 살 때부터 열여덟 살 때까지 서당에서 공부할 수 있었다는 것, 그런데 자기와 같은 출생 신분으로선 과거를 볼 자격이 없다는 사실을 알곤 서당엘 가지 않았다는 것 등을 얘기하고, 산수도인을 만난 경위를 설명했다.

"어느 날 외갓집 사랑에 백발의 노인이 나타났어요. 나를 자세히 보더니만, 아까운 그릇인데 때가 어긋났다고 했어요. 외숙이, 그럼 어떻게 하면 좋겠느냐고 물었더니, 그 노인이, 나와 같은 사람에겐 상도常道는 비도非道라고 합디다. 즉, 범상한 사람이 걸어가는 길은 내게 있어선 길이 아니란 거죠. 그러니 범상한 사람이 걷는 길이 아닌 길을 택해야만 비로소 내게 있는 자질을 보람 있게 할 수 있다는 거였소. 그리고 외숙에게, 나를 데리고 갔으면 한다는 청을 했죠. 그분은 유불선 삼도에 통한 도인이었습니다. 나는 그분을 따라 꼬박 십 년 동안 명산 승지를 돌아다니며 관상술과 점술을 익혔습니다. 그리고 내가 스물여덟 살이 되던 해, 금강산 속에서 그분은 홀연 자취를 감추어버렸죠. 지금 생각하면 그분은 신선이 아니었던가 해요. 그분이 나를 두고 떠난 까닭은, 내 수도가 다 되었대서가 아니라, 명리名利를 세속에서 구하려는 내 근성에 싫증이 난 것이 아니었던가 해요. 그 도인의 이름이 산수도인이었습니다…. 나는 산에서 내려올 수밖에 없었소. 십 년 동안 익힌 관상술과 점술로써 세상을 건너게 되었죠. 그리고 돌아다니다가 어느 곳에서 기생을 하나 알게 되었소. 정실로 맞아들인 것이 아니라, 정이 통하고 서로 외로운 사이이고 보니, 그저 함께 사는 처지가 된 겁니다. 그 여자는 지금 만리동에서 살고 있소."

최천중이 얘기를 끝내자, 황 여인은 입언저리에 엷은 웃음을 띠었다.

"관상사이자 점술사가 자기의 신수를 헛짚어 이렇게 되었나요?"

"헛짚은 게 아니죠."

하고, 최천중은 다음과 같이 말했다.

"사람의 상이나 신수엔 동動과 정靜이 있는 법 아니겠소. 동은 변變이고 정은 항恒이요, 항상恒相 항수恒數가 있고, 변상變相 변수變數가 있는 거죠. 나의 항상과 항수는, 천애고아로 출생해서 사고무친四顧無親 속에서 끝나기로 되어 있습니다. 그러나 변상과 변수에 있어선 무궁한 조화가 이뤄질 수 있다고 봐요. 나는 항이 변을 이길 수 없다고 믿는 사람예요. 이번에 당한 일은, 변상 변수가 항상 항수와 상극相剋하는 데서 일어난 게죠. 나는 기필 나의 항수를 내 변수로써 이겨나갈 작정이오. 말하자면, 나는 내 신수를 나 스스로 만들어가며 살 작정이오."

"용이 되겠다, 그리고 하늘에 오르겠다, 이 말씀이죠?"

황 여인의 말투는 싸늘했다.

"아닙니다. 내 마음을 그대로 말씀드리면, 나는 용이 되려는 것은 아닙니다. 아무리 변수가 항수를 이겨낸다 해도, 항수의 뿌리를 뽑아버릴 순 없습니다. 덩굴나무가 아무리 컸기로서니 정자나무가 될 순 없으니까요. 그러나 덩굴이 정자나무를 만나기만 하면, 그 정자나무를 타고 그 크기만큼은 올라갈 수 있을 것 아니겠소."

"전 당신을 용이 될 수 있는 사람으로 보았소. 그러나 그 길은 엄청나게 험난할 것으로도 알았소. 분수를 지키겠다니 다행한 일이에요. 분수만 지키면 앞으로의 험난은 없으리다."

"아닙니다. 내가 용이 될 생각은 없소만, 나는 용을 만들 작정이오. 그게 나의 필생의 소원이오. 덩굴나무가 정자나무를 타고 오르듯, 나는 내가 만든 용의 꼬리를 잡고 하늘에 오를 작정이오. 나는 그만한 운세를 지니고 있는 놈이라고 자부하오."

"무슨 용을 어떻게 만든다는 거죠?"

최천중의 마음 탓인지, 황 여인의 눈이 한결 요염하게 불타는 듯했다.

"사주를 미리 만들어놓고 거기에 맞추어 왕재를 만드는 거죠. 동시에, 왕재를 기를 재물을 만드는 거죠. 왕재를 받들 인재도 만들어나가는 거죠. 바람을 만들고 구름을 만드는 거죠. 그래서 그 풍운을 타고 용이 등천하는 겁니다. 장부가 품어볼 만한 뜻이 아닐까요?"

최천중은 신들린 사람처럼 말을 엮어나갔다. 야밤에 들뜬 사나이의 정한精悍한 모습을 보는 것은, 여인으로선 마음 흐뭇한 일이 아닐 수 없었다. 그런 황 여인의 마음 움직임이 최천중의 가슴에 짜릿한 감응력으로 전달되어 왔다.

"그 꿈이 과연 이루어질 수 있을까요?"

황 여인이 수줍은 처녀처럼 물었다. 마음도 수줍은 처녀의 마음으로 돌아가 있는 게 분명했다. 눈빛에서 광기가 사라지고 다소곳한 여심의 빛이 피었다는 것을 최천중은 알 수 있었다.

"이루어질 수 있을까 없을까를 나는 생각하지 않소. 꼭 이뤄야 할 일이라고 믿고 있는 거요. 사람에겐 단 한 가지만이라도 믿는 게 있어야 하지 않겠소? 믿는 게 없다면, 이 험악한 세상을 뭣 때문에 살겠소? 명산의 고요 속에서 초근목피草根木皮를 먹고 이슬을 마시며 신선처럼 살 줄도 나는 알고 있소. 그러나 기어이 잡스런 세상을 호령하며 살고 싶소. 불쌍한 백성들에게 풍요와 안식을 주는 일을 하고 싶단 말입니다. 그러기 위해선 명군明君을 만들어 힘껏 받들어야 하지 않겠소?"

"명군이 어디에 있기에요?"

"명군을 찾는 것이 아니라, 내가 만들겠다고 하지 않았소."

남의 신념에 물을 끼얹어선 안 된다는 지각쯤은 가진 황 여인이었다. 황 여인은 조용히, 그리고 성의를 다해 말했다.

"그 소원이 이뤄지길 저도 빌겠어요."

"당신이 나를 도와준다면, 백만의 원병을 얻은 거나 다름이 없겠소."

"제게 무슨 힘이 있을라구요."

황 여인의 태도에 교태가 피었다.

그로써 최천중의 정염이 화끈 타올랐다. 그는 자기도 모르게 팔을 뻗어 황 여인의 어깨를 살며시 안았다.

"당신의 도움만 있으면 만사형통할 것이오."

최천중의 뜨거운 입김이 황 여인의 목덜미에 와닿았다.

황 여인은 최천중의 팔을 유연하게 풀고, 어색하지 않은 동작으로 몸을 옮겨, 최의 팔이 쉽사리 미치지 못할 거리를 두고 앉았다.

어디까지나 부드러운 태도이면서 함부로 범접을 못 하게 하는 결연한 의지가 나타나 있었다.

최천중은 당황한 마음을 감출 수가 없었다. 그러나 그의 말은 거침이 없었다.

"당신께선 내 마음을 모르는 것 같소. 나는 당신에게 큰 은혜를 입었을 뿐만 아니라, 이 인연이 신령의 뜻으로 이루어진 것이라 믿고 있소. 나는 평생 당신과의 인연을 내 생명처럼 소중히 할 각오로 있습니다."

이를테면, 이것은 최천중의 황 여인에 대한 구애의 표현이었다. 다시 말하면, 황 여인의 여심에 기대를 건 최천중의 모험이었다.

그런데 의외에도 황 여인은 반응이 냉담했다. 아무튼 범상한 여자는 아니었다.

황 여인은 눈을 아래로 깔고 한참 동안 생각에 잠겼다. 밤의 고요가 짙은 농도로 에워싼 가운데 촛불이 그 고요에 먹혀 들어가듯 타들어가고 있었다.

최천중으로선 긴 시간이 지났다.

다시 고개를 들었을 때의 황 여인의 얼굴은 아까까지의 그 정답고 다소곳한 것이 아니었다. 눈엔 광기가 되살아나 있었고, 차가운 웃음이 깔려 있었다. 이윽고 황 여인이 입을 열었다.

"어떠한 인연이건 인연은 소중히 해야죠. 어떻게 소중히 하느냐의 방도도 갖가지가 있겠죠. 저도 당신을 알게 된 인연을 소중히 하고 싶어요."

말은 여전히 부드러웠지만, 황 여인의 태도엔 찬바람이 일고 있었다.

"…소중히 하고 싶어요. 그러나 당신이 내 몸에 손을 댄다는 것은 있을 수 없는 일예요."

"그럴까요?"

하고, 최천중이 말투를 조금 거칠게 이었다.

"장부와 가인佳人의 사이인데 어떻게 그런 일이 있을 수 없다는 거요?"

황 여인은 자세를 고쳐 앉았다.

"전 당신의 내력을 방금 듣고 대강 알았지만, 당신은 제가 어떤 여자인지 모르잖아요. 상대방을 알지도 못하면서 어떻게 함부로 몸에 손을 댈 수 있죠? 전 화류의 여자가 아녜요. 보다도, 큰 뜻을 품은 장부가 어떻게 그처럼 경솔할 수 있죠? 이건 제 체면을 손상

했대서 하는 말만은 아녜요. 여자 가운데는 남자에게 있어서 사약
이나 다를 바 없는 여자가 있는 거예요. 제가 만일 그런 여자라면
어떻게 하실 작정이죠? 당신의 꿈이 산산이 부서질 경우가 있을지
도 모르는데, 어떻게 그런 여자의 내력도 알아보지 못하고 제 몸에
손을 대는 경솔한 짓을 할 수 있느냐 말예요."

황 여인의 말투는 나직했고 여전히 부드러웠지만, 한마디 한마디
가 최천중의 가슴을 비수처럼 찔렀다. 그러나 버텨야만 했다.

"나는 이래봬도 사람을 볼 줄 압니다. 관상사를 자처하는 놈이
란 말요. 고귀한 구슬을 탐낸대서 그것이 경솔한 짓일까요?"

일순, 황 여인의 얼굴에 냉소의 그림자가 스쳤다.

최천중이 어깨를 펴고 장중하게 말을 이었다.

"내 비록 사약을 먹는다손 치더라도 당신을 위해선 사양하지 않
겠소."

"정말이겠죠?"

"장부의 일언이오."

"제가 어떤 여자라도 좋다는 말이지요?"

"그렇소."

"그렇다면 제 내력을 말씀드리죠."

하고, 황 여인은 다시 눈을 아래로 깔고 생각에 잠겼다. 잠깐 그 자
세로 있다가 고개를 든 황 여인은,

"저를 품에 안은 남자는 반드시 죽게 돼 있습니다."

가냘프고, 그러면서 한없이 슬픈 어조였다. 울먹이기 직전의 애처
로운 목소리였다.

최천중은 말을 잃은 채 말끄러미 황 여인을 바라보았다.

"믿어지지 않으신단 표정이군요. 그러나 사실이에요. 제가 남자와 상관하면 남자가 죽는단 건 이미 계시가 있었어요. 그러나 육신을 가진 여자의 마음이 설마 하는 생각을 가져봤었죠. 그래서 남편을 맞이했더니, 남편은 저를 알곤 꼭 하루 만에 죽었어요."

"그럴 리가…"

자기도 모르게 최천중이 중얼거렸다.

"그럴 리가 없을 거라는 거죠? 하나, 전 그런 무서운 액을 지닌 여자랍니다. 왜 제가 이런 말을 꾸며대겠어요? 저도 남자의 사랑을 받고 싶어요. 당신이니까 제 이런 비밀을 밝히는 거예요. 피차의 마음이 괴롭지 않도록, 그리고 우리의 인연을 그런 사실을 알고서 소중히 하기 위해서죠…"

"우연이라는 게 있지 않겠소?"

최천중이 조심성 있게 한마디 했다.

"꼭 제 부끄러운 얘기를 털어놓아야만 하겠다는 거예요?"

하고, 황 여인은 최천중을 바라보며 조금 망설이더니 말을 이었다.

"그 후, 전 세 사나이를 겪었습니다. 미운 사내만을 가린 겁니다. 시험을 해볼 셈이었죠. 그런데 그 세 사나이도 저를 알곤 꼭 하루만에 다 죽었어요. 그제야 저는 남자를 접촉하지 말라는 계시의 두려움을 깨달았죠. 그래서 죽이고 싶은 남자가 나타나지 않는 한, 전 남자와 동침하지 않기로 작정했어요. 전 당신을 죽이고 싶진 않아요."

황 여인의 그 말을 의심할 순 없었다. 그러나 최천중은 석연할 수

가 없었다. 상한傷寒에 걸려 죽는 예가 있다고 들었고, 그 자신 복
상사腹上死한 현장을 본 적도 있었지만, 황 여인과 같은 경우는 금
시초문이었을 뿐만 아니라, 이치로선 생각할 수조차 없는 노릇인
것이다.

"그래도 절 원하세요?"

긴장된 분위기를 풀 셈이었던지, 황 여인이 물었다.

"원합니다."

최천중은 주저 없이 말했다. '나만은 예외일 수 있다'는 자만에서
비롯된 용기였다.

"전 당신이 죽길 원하지 않아요."

황 여인의 말은 단호했다.

"나도 내가 죽는 거 원하지 않소. 그러나 당신을 위해선 죽어도
좋다는 생각은 하고 있소."

"용은 누가 만들구요?"

"원하는 여자를 품에 안았다고 해서 죽을 팔자를 가진 놈이라면,
용을 만들 수도, 그 용을 탈 수도 없는 것 아닐까요? 그 따위 운세
를 가진 놈이라면 빨리 죽는 게 상수죠. 살아 뭣 하겠습니까?"

말을 하다가 보니, 정녕 그런 심정으로 굳어갔다. 여자와 하룻밤
을 잤대서 죽는 놈이라면, 그런 쩨쩨한 인생을 헌신짝처럼 버려 없
애도 무방한 것이다.

"꼭 그러세요?"

황 여인이 따지고 들었다.

"그렇다니까요."

최천중이 부러 퉁명스럽게 말했다.

황 여인의 표정이 다시 싸늘하게 변했다.

"최 선생은 제가 당신을 멀리하기 위해 술수를 쓴다고 혹시 넘겨 짚고 있는 게 아녜요?"

"천만에요. 황 여인의 말씀을 그대로 믿고 한 말이오."

"그대로 믿는데도 절 원하겠다는 말씀이죠?"

황 여인의 눈에서 불이 뿜는 것 같았다. 순간, 최천중은 등이 오 싹했다. 여자의 몸뚱어리 속에서, 능히 남자의 생명을 태워버릴 수 있는 정욕의 업화業火가 타오르고 있다는 것을 감지한 때문이다.

"생명과 나와의 하룻밤을 바꿀 수 있다는 말씀이죠?"

황 여인은 다시 한 번 다짐을 바랐다. 최천중은 주춤하는 마음 이 가슴 언저리에서 뭉클했지만, 내친걸음을 거둬들일 순 없었다.

장중하게 대답했다.

"바꿀 수 있소. 그걸 원하오."

황 여인의 몸이 와들와들 떨었다. 속으로부터 솟구쳐 오른 정욕 이 몸부림으로 화한 것이었다. 그러나 황 여인은 입술을 깨물었다. 그리고 격정을 억누르고 말했다.

"그러나 전 그럴 수 없어요. 우선, 제 내력을 들어보세요."

황 여인의 긴 얘기가 시작되었다.

충청도 제천堤川에서 남쪽으로 이십 리쯤 상거한* 곳에 덕천德

---

* 거리가 떨어져 있음.

天 이씨李氏가 이백 호쯤 모여서 사는 큰 마을이 있다. 그 집안의 큰어른은 이응백李應百, 벼슬은 기껏 참봉이었지만 3천 석 남짓한 재산을 가졌고, 그 집에 직속해 있는 종들만 해도 30명이 넘었다. 그 종들 가운데 '반달'이라고 불리는 처녀가 있었다. 원래의 이름은 '두레'라고 했는데, 성장함에 따라 그 인물이 너무나 곱고 아름답고 청초해서 반달이란 이름이 붙은 것이다.

참봉 이응백은 칠십이 넘은 나이인데도 반달을 눈여겨 지켜보았다. 그리고 그 아비와 어미를 불러, 반달이 여자가 되면, 즉 초경이 있으면 지체 없이 보고하라고 일렀다. 그것은 반달을 자기의 첩으로 하겠다는 뜻이었다.

반달은 열세 살에 조경을 보았다. 지체 없이 이 참봉은 반달을, 그 목적으로 지어둔 별당으로 데리고 왔다. 그 아비에겐 논 섬지기를 떼어주고 집안의 노역에서 해방시켜주었다.

그런데 반달은, 이 참봉의 별당에 들어간 지 다섯 달 만에 딸을 낳았다. 집안이 발끈 뒤집혔다. 이 참봉은 이미 생식의 능력을 잃고 있었다. 설혹 능력이 있었다 해도, 동침한 지 다섯 달밖에 안 되는데 반달이 아이를 낳았다고 하는 건 이상한 일이었던 것이다.

열세 살밖에 안 된 여자가 아이를 낳았으니 기동도 제대로 못 하는 처지였는데, 이 참봉은 반달을 끌어내어 갓난애의 아비를 대라고 추궁했다. 반달은 어린애의 아비를 밝히지 않았다. 밝히지 않았다기보다는 밝힐 수가 없었다. 반달은 이 참봉의 별당에 들어가기에 앞서 참봉의 아들에 의해 능욕을 당했고, 뿐만 아니라 그 아들의 아들, 그러니까 이 참봉의 손자와도 통하고 있었다.

노비의 처지로서 상전을 거역할 수도 없었거니와, 열세 살 난 여자에게 무슨 지각이 있었겠는가. 그런 결과 그렇게 되어버린 것인데, 그러나 반달은 그런 사정을 말할 수가 없었다. 만일 사실을 밝히기만 하면 집안에 소沼를 팔 지경이었으니까 말이다.

심한 매질을 하루 종일 했는데도 반달은 입을 열지 않았다. 이 참봉은 분노가 머리끝까지 치밀어 올랐다. 아침부터 시작해서 해질 무렵까지 계속된 고문이 보람이 없다는 것을 알자, 이 참봉은

"그년을 끌어다 광에 가둬둬라."

고 호령하고,

"내일 또 초달(매질)을 받을 터이니 밤새 잘 생각해두어라."

하고 반달에게 일렀다.

이틀째의 매질은 전날보다 심했다. 그래도 반달은 말하지 않았다. 반달 자신, 그 애가 참봉의 아들의 것인지 손자의 것인지 알 수 없기도 했거니와, 말을 해도 좋은 결과가 없을 것이라고 짐작했기 때문인지 모른다.

사흘째 되던 날 반달은, 그애의 아비는 윗골 황黃 노인이란 말을 남겨놓고 광 대들보에 목을 매어 죽었다. 볏섬을 기어올라 대들보에 새끼로 목을 매고 내려 뛴 것이다.

윗골 황 노인은 영문도 모르고 이 참봉의 집으로 끌려가 몽둥이 찜질을 당한 후, 강보에 싸인 핏덩어리를 안고 움막으로 돌아왔다. 변명 한마디 없이 그 갓난애를 자기의 딸로서 받아들여 손수 기를 작정을 한 것이다.

황 노인은 그때 쉰 살 안팎이었다. 그런 나이인데도 머리칼과 수염에 흰 것이 섞이고 옷매무새에 개의치 않았기 때문에 모두들 황 노인이라고 불렀다.

황 노인은 마을에서 조금 떨어진 골짜기에 움막을 지어놓고 혼자 살고 있었다. 논 두 마지기, 밭 한 뙈기를 지으며 청경우독晴耕雨讀하는 한가한 신세였다.

그 마을에 들어온 지 그때 벌써 5년이 되었는데도, 아무도 그가 어디서 무엇을 하다가 온 사람인지 몰랐다. 모두들 무슨 까닭이 있는 사람일 것이란 짐작만 하고 있었다.

그런데 반달이 하필이면 왜 황 노인을 걸었는지가 수수께끼였다. 이왕 죽을 바엔 바른말을 함직도 하고, 아니면 친정 부모들이 키우도록 내버려둘 수도 있었을 터인데, 황 노인을 들먹인 데는 무슨 곡절이 있었을 것이다. 혹시 반달이 이 참봉의 별당에 들어가기 전에 나물 캐러 갔다가 황 노인을 만나 같이 얘기할 기회라도 있었는데, 그때의 기억이 황 노인을 들먹이게 했는지도 모른다.

황 노인은, 말수는 적었으나 자상함이 온몸에 배어 있었다. 비가 오는 날이면 마을의 아이들이 그 움막을 찾아갈 정도로 황 노인을 따르기도 했으니, 반달이 어린 마음에도 자기가 낳은 딸을 그 노인이 키워주었으면 하는 소원을 가졌을지도 모를 일이다.

황 노인은 강보에 싼 아이를 안고 젖이 있는 여자를 찾아 마을을 돌아다니는 것을 일과로 삼게 되었다. 물론, 그에게 젖을 줄 만한 여자란 종들과 이에 유사한 계급의 사람밖엔 없었지만, 대체로 마을 사람들은 황 노인을 괄시하지 않았다. 입 밖에 낼 수야 없었지만, 마을 사람들은 황 노인이 애매한 꼴을 당했다는 사실을 알고 있었기 때문이다.

황 노인은 그애의 이름을 봉련鳳連이라고 지었다. 봉련은 황 노인의 정성에 보답하는 듯 건강하게 자랐다. 가끔 아플 때도 있었지만, 황 노인은 약에 관한 지식이 풍부했기 때문에 별로 문제될 것이 없었다.

봉련이 자라는 것이 황 노인의 기쁨이었다. 그는 봉련을 하늘이 자기에게 준 선물로 알고 애지중지했다. 봉련의 외가는 이 참봉의 진노에 걸려 타처로 팔려 가버려 반달의 무덤을 돌볼 사람도 없었는데, 황 노인은 그 무덤을 소중하게 지키고, 처참하게 죽은 그 영혼을 위해 명절 때나 죽은 날이면 제수를 장만하여 성묘하길 잊지 않았다.

날씨가 좋고 한가한 날이면 봉련을 데리고 그 무덤에 가서 놀았다. 봉련이 자기의 딸이면, 반달은 자기의 아내가 된다고 치고, 새삼스러운 애착을 느끼기조차 했던 모양이다.

봉련이 네 살이 되자, 황 노인은 글을 가르치기 시작했다. 봉련의 총명함이 황 노인을 놀라게 했다. 그렇게 해서 황 노인은 봉련에 대한 사랑을 가꾸는 동시, 봉련을 여류 문장가로 키울 꿈도 가꾸게 되었다.

그런 까닭에, 봉련이 열 살이 되기 전에 봉련의 출생 사정을 모르는 타처로 옮아갈 작정을 하고, 그러기 위한 준비로서 약국 노릇도 하고 남의 집일도 보아주는 등 재물을 모으기에 힘썼다.

"저 황 노인이 봉련을 키우더니 사람이 달라졌다."

는 풍문이 마을에 돌게 된 것도 당연했다.

그런데 어느 날, 돌연 이변이 생겼다.

봉련이 일곱 살이 된 해의 어느 봄날이었다. 황 노인은 마을에 병자가 났다고 해서 그 집에 가고 없었다.

봉련이 혼자 방문을 열어놓고 책을 읽고 있었다.

그때, 깜박 졸았다.

금빛과 은빛으로 수놓은 찬란한 옷을 입은 여자가 나타났다. 봉련은 당장 그 여자가 자기의 어머니인 줄 알았다.

"엄마!"

하고 불렀다.

"오냐, 봉련아!"

그 여자는 봉련을 꼭 껴안고 울먹거리는 소리로 말했다.

"엄마를 잘 알아보는구나. 봉련아, 내 그럴 줄 알았지. 그래, 내가 너를 찾아왔다. 찾아오길 잘했구나."

"엄마, 왜 인제야 왔지?"

하고 봉련이가 울었다.

"워낙 먼 곳에 있기 때문에 이렇게 늦었구나."

하는 어머니의 말씀이기에 봉련은

"엄만 지금 어디에 있지?"

하고 물었다.

"엄만 지금 하늘나라에서 살고 있다. 나는 옥황상제의 며느리란다."

"아부지는 어떡하구 엄만 옥황상제의 며느리가 됐어?"

어린 봉련인데도 그런 말을 할 만큼 지각이 있었다.

"봉련이 총명하기도 하구나. 그런데 하늘나라와 땅나라는 다르단다."

그리고 계속해서 어머니의 말이 있었다.

"엄마는 너무나 너무나 섧게 이 세상을 떠났단다. 그 일을 생각하기만 하면 분해 죽겠구나. 그러니 넌 엄마의 원수를 꼭 갚아주어야겠다. 네 아버지 황 노인에게 물으면 내 원수가 누군지 가르쳐줄게다. 봉련아! 내 원수면 네게도 원수다. 알았느냐?"

"예, 엄마."

"그 대신, 엄마가 네게 기막힌 선물을 주겠다. 앞으로 뭐든 궁금한 일이 있으면, 눈을 꼭 감고 마음속으로 옥황상제를 불러라. 그리고 이렇게 빌어라. '상제님, 상제님, 전 상제님의 며느리가 지상에 계셨을 때의 딸이에요. 엄마를 불러주세요.' 그러면 내가 나타난다. 그때, 내게 뭐든 물으면 틀림없는 답을 해주마. 세상 사람들이 네 총명에 놀라, 모두 네 앞에 무릎을 꿇을 것이니라. 지상의 관습이 되어먹지 않아, 네 신분을 가지고는 행세할 수 없으니, 네가 지상에서 행세할 수 있도록 하는 지혜를 네게 주는 것이다. 넌 그 지혜를 받고 호화스럽게 살아라. 별 대단치 않은 일은 내게 묻지 않아도 네 스스로 알게끔 네 눈을 틔워주리라…."

깨어보니 꿈이었다. 그러나 봉련은 돌연 온 세상이 새 빛으로 빛나고 있는 것을 보았다. 움막 옆에 있는 정자나무가 덩실덩실 춤을 추고 있었다. 앞산 바위틈에서 토끼 새끼가 세 마리 뛰어나오더니 역시 춤을 추기 시작했다.

집 앞 개울물은 '봉련아, 봉련아!' 하고 재잘거리며 흐르고 있었고, 오동나무 끝에 앉아 있던 새들은 봉련을 알아본 듯 고개를 끄덕였다.

세상만사가 모두 봉련을 위해 있기로 한 것같이 약속이나 한 듯 다정하게 봉련을 에워쌌다. 어슴푸레 뵈는 먼 산마루에 앉아 있는 한 마리의 호랑이가 바로 눈앞에 있는 것처럼 보였다. 뿐만 아니라, 눈을 꼬느기만 하면 땅 밑의 벌레까지도 손에 잡힐 듯 보이는 것이었다.

봉련은 돌연 '깔깔' 웃음을 터뜨리며 집에서 뛰쳐나갔다. 아지랑이가 그를 축복하듯 감쌌다. 새는 노래 불렀다. 꽃은 그를 향해 웃었다.

봉련은 풀밭에서 뒹굴다가 들길을 뛰어 내려갔다. 손뼉을 치기도 하고 노래를 부르기도 했다. 그러고는 또 풀밭에서 뒹굴었다. 깔깔대고 웃었다. 그 엄청난 축복을 어린 봉련은 감당할 수가 없었다.

논과 밭에서 일을 하고 있던 마을 사람들이 봉련의 그러한 거동을 보고 놀랐다. 가까이에 있는 사람들은

"봉련아, 봉련아, 너 왜 그러니?"

하고 근심스럽게 소리쳤다. 그러나 봉련은 아랑곳하지 않았다.

그저 뛰고 뒹굴고 깔깔대고 할 뿐이었다.

"아아, 불쌍하게도 저애가 미쳤구나."

하고 수군거리는 소리가 봉련의 귓전을 스치기도 했다. 그래도 봉련은 아랑곳하지 않았다. 그저 기쁘고 즐거울 뿐이었다.

봉련이 미쳤다는 소문이 순식간에 마을에 쫙 퍼졌다. 황 노인의 귀에까지 그 소문이 들어왔다. 병자를 진찰하다 말고, 황 노인은

급히 집으로 돌아왔다. 황 노인은 집 앞 풀밭에서 뒹굴며 깔깔대고 있는 봉련을 안아 일으켰다.

"봉련아, 봉련아, 네가 왜 이러니?"

황 노인은 눈물을 흘렸다.

그때, 봉련이

"아부지, 이제 막 엄마가 다녀갔어요. 엄만 금과 은으로 된 옷을 입고 있었어요."

하고 황 노인의 목에 매달렸다.

"악아, 악아, 너 꿈을 꾼 게 아니니?"

황 노인은 어물어물했다.

"꿈꾼 게 아녜요. 정말 엄마가 왔어요. 엄만 내게 큰 선물을 주었어요. 저 먼산에 있는 호랑이도 볼 수 있어요. 저 바위틈엔 새끼 토끼가 세 마리 있어요. 새도 나를 보고 알은체를 해요. 개울이 내 이름을 불러요."

황 노인은 눈물이 글썽한 채 한숨을 쉬었다.

"아부지, 봉련이가 이렇게 기쁜데, 아부진 왜 한숨을 쉬죠?"

"나도 기뻐서 그런다. 사람이란 기쁘면 한숨을 쉴 때도 있지."

"그럼 왜 눈물을 흘리죠?"

"사람이란 기쁘면 눈물을 흘린다."

"아녜요."

하고, 봉련은 황 노인의 품에서 벗어나 다부진 자세로 섰다.

"아부진 마을 사람들이 하는 말을 듣고 나를 미쳤다고 생각하고 있는 거죠?"

"아니다. 아니다, 봉련아!"

황 노인은 신음하는 소릴 냈다.

"아부지가 뭐라고 해도 나는 알고 있어요. 아부지는 날 미쳤다고 생각하고 있는 거예요. 그러나 난 미치지 않았어요. 엄마가 왔다 간 것도 사실이구요. 저 먼산의 호랑이가 보인 것도 사실이구요. 바위틈에 토끼가 있는 것도 사실이구요. 내 말이 틀렸나 안 틀렸나, 저 먼산까진 가진 못할 테니까, 저기 뵈는 앞산의 바위틈까지 가봐요. 아부지, 난 미치지 않았어."

"알았다, 봉련아. 우리 봉련이가 그럴 리가 있겠나."

봉련의 태도가 조용해지자, 황 노인은 봄철의 기운 탓으로 애가 일시적으로 들뜬 것이라 짐작하고 마음을 놓았다.

봉련으로서는, 미쳤다는 오해를 받는 것은 결코 좋은 일이 아니란 지각쯤은 있었다. 그러나 황 노인의 짐작은 어긋났다. 뜻밖의 일이 일어나기 시작한 것이다.

그날 밤, 봉련은 잠자리에 들려고도 아니하고 황 노인을 계속 졸랐다.

"엄마의 원수가 누구지?"

"엄만 슬프게 이 세상을 떠났다는데, 어떻게 죽었지?"

"내게도 외할아부지 외할무니가 있을 텐데, 다 어디로 갔지?"

"엄마가 원수를 갚아달라고 했는데, 어떻게 원수를 갚지?"

황 노인은,

"그런 건 알아서 무엇 하느냐. 네가 크면 저절로 알게 될 거다."

하고 얼버무리려 했으나 봉련은 듣지 않았다. 그러나 황 노인은 일

곱 살 난 아이를 상대로 그런 얘길 할 수는 없었다. 하는 수 없이,

"봉련아, 네가 열 살이 되는 생일날 내가 모든 것을 다 얘기해주마."

하고 약속함으로써, 황 노인은 겨우 봉련을 달랬다.

"약속, 꼭 지켜야 돼요, 아부지."

하곤, 봉련이 어른스럽게 다음과 같이 말했다.

"아부지만은 나를 믿어줘야 해. 오늘 낮에 나는 분명히 엄마를 만났어. 처음 만났는데도, 난 당장 엄만 줄을 알았거든. 엄마의 오른쪽 귀 바로 뒤에 깨알만 한 사마귀가 있는 걸 나는 봤어. 엄마 오른쪽 귀 뒤에 사마귀가 있었지?"

황 노인은 기겁을 했다. 황 노인이 반달을 처음 본 건 반달이 아홉 살인가 열 살일 무렵이었는데, 나물바구니를 옆에 끼고 집 앞을 지날 때 유독 그 오른쪽 귀 뒤에 돋은 사마귀가 눈에 띄어, 그것이 지금까지 기억 속에 남아 있었던 것이다.

"엄마 오른쪽 귀 뒤에 사마귀가 있었지?"

봉련이 거듭 물었다.

"있었다. 귀 뒤에 사마귀가 있었다."

어안이 벙벙한 채 황 노인은 중얼거렸다. 봉련이 손뼉을 쳤다.

"그것 봐요. 내가 엄마 만났다는 말, 거짓말이 아니지?"

"응, 그래. 그렇다."

"그럼 또 한 가지 말해볼게요."

하고, 봉련이 황 노인을 쳐다보며 말했다.

"엄마의 눈은 누구의 눈보다도 길었어. 눈꼬리가 귀에 닿을 정도로 길었어. 길 뿐만 아니라, 크기도 했어. 크게 눈을 뜨니까, 그 눈

속에 내가 술렁 들어갈 수 있을 만큼 눈이 컸어. 그리고 아름다웠어. 틀림없죠?"

"틀림없구나. 봉련이 엄마는 이 고을에서 제일 아름다운 눈을 하고 있었다."

황 노인은 봉련의 말에 조금도 틀림이 없다는 것을 알았다. 반달의 눈은 너무나 아름다웠다. 너무나 아름다운 그 눈이 화근이 될 것이라고, 황 노인은 반달이 열 살 안팎의 소녀로서 나물 캐러 다니는 것을 보고 그런 생각을 해본 기억이 돌연 되살아났다.

노비의 신세로서 그런 눈을 가져선 안 되었던 것이다. 황 노인은 그때의 생각을 차근차근 되살려보았다. 황 노인은 그때 벌써 반달의 비극을 막연하나마 예감했고, 그 때문에 반달을 보는 마음과 눈에 측은한 감정이 서렸었다. 그 감정이, 말하지 않는 가운데서도 반달에게 감응되어 이렇게 봉련을 슬하에 두고 있는 인연으로 맺어진 것이 아닐까 싶었다. 황 노인은 반달의 혼령이 봉련에게 현몽했다는 사실을 믿지 않을 수 없었다.

바로 그 이튿날에 있었던 일이다. 아침엔 밭을 돌보고 낮엔 병자의 집을 둘러보고 하다가 돌아온 황 노인은 담뱃대를 잃어버린 걸 깨달았다. 그런데 어디서 잃었는지를 생각해낼 수가 없었다. 그러한 근심이 얼굴에 나타나지 않을 까닭이 없었다.

"아부지, 왜 그러시는 거죠?"

봉련이 물었다.

"별게 아니다. 담뱃대를 잃었는데, 그걸 어디서 잃었는지 통 생각이 안 나는구나."

황 노인은 쓸쓸하게 웃었다.

"내가 찾아줄까?"

하고 봉련은 장난스런 얼굴이 되더니, 눈을 꼭 감았다. 그러고 잠깐 있더니, 벌떡 일어나 마을 쪽으로 달려가기 시작했다.

"봉련아! 봉련아!"

하고 황 노인이 불러도, 돌아보지 않고 그냥 달려갔다.

조금 있다 봉련이 담뱃대를 들고 생글생글 웃으며 돌아왔다. 황 노인은 눈이 휘둥그레졌다.

"아부지, 요 아래 삼밭 근처에서 고삐를 끊고 도망가는 소를 잡았죠?"

"음, 그런 일이 있었구나."

"그때, 아부진 삼밭에다 담뱃대를 떨어뜨린 기라요."

봉련이 종달새처럼 재잘거렸다.

"너 그걸 어떻게 알았지? 여기선 보이지도 않을 텐데…."

황 노인은 놀라서 물었다.

"눈을 꼭 감고 생각하기만 하면, 나는 뭐든 다 알 수 있어. 엄마가 그렇게 해준 거야. 아부지 모르는 게 있으면 뭐든 나한테 물어. 내가 가르쳐줄게."

봉련은 털썩 황 노인의 무릎 위에 앉으며 자랑스럽게 말했다.

황 노인은 그런 봉련을 기특해하면서도 한편 섬뜩했다. 그래, 얼떨떨한 마음을 진정시키고 봉련에게 타일렀다.

"봉련아, 아부지헌텐 무슨 말을 해도 좋지만, 다른 사람에겐 그런 말을 하면 못쓴다아. 엄마를 만났다느니, 눈을 꼭 감고 생각하면 뭐든 알 수 있다느니 하는 그런 말 말이다."

"왜요?"

"엄마가 너보구 원수를 갚아달라고 하더라며?"

"응."

"그런데 그런 걸 다른 사람이 알아봐라. 아니, 원수들이 네가 뭐든 알 수 있다는 걸 알아봐라. 너를 그냥 두지 않을 거다. 큰일이 난다. 네가 커서 원수를 갚을 만한 힘을 갖추기 전엔, 아무도 네가 그런 힘을 가졌다는 것을 알게 해선 못써."

영리한 봉련은 말귀를 죄다 알아들을 수 있었다. 고개를 몇 번이고 끄덕였다.

"그 대신, 네가 가진 힘으로 공부를 하려무나. 공부를 해서 천하 제일의 학자가 되려무나. 그렇게만 하면 모든 일이 네 뜻대로 된다. 엄마의 원수도 수월하게 갚을 수 있구…."

"아부지 시키는 대로 할게, 한 가지만 말해줘."

"뭣을?"

"엄마의 원수가 누구지?"

"네가 열 살이 될 때 말해주겠다고 안 하더냐."

"참, 그랬지."

하고, 봉련은 자기 힘으로 알아내야겠다고 마음먹었다.

황 노인은 봉련에게 이변이 생긴 것을 확인했다. 마을에 병자가 났대서 황 노인이 불려갈 땐, 봉련이 이상하게도 병명을 알아맞히었다. 그리고 봉련이 시키는 대로 하면 거짓말같이 병이 낫곤 했다.

어떤 때는 이런 일도 있었다. 봉련이 방문을 열고 마을 쪽을 바

라보고 앉아 있더니 돌연,

"아부지."

하고 황 노인을 불렀다.

"왜?"

"여기서 보이는 세 번째 감나무 있는 집이 누구 집이야?"

"왼편에서부터 세 번째?"

"응."

"그 집은 이 생원 집이다. 왜?"

"그 집에 바위가 있지라?"

"그래, 그래. 바위가 있지."

"그 바위에 방금 사람이 떨어졌어. 감나무에서 떨어진 기라. 머리가 깨졌어. 피가 엄청나게 흐르는걸. 아이, 어쩌나. 아부지, 마른 쑥한 뭉텅이 갖고 빨리 가봐요."

도무지 믿을 수 없는 말이지만, 봉련의 말은 거역할 수 없는 위엄을 안고 있었다. 황 노인은 봉련이 시키는 대로 빨리 이 생원 집으로 뛰어가보았다.

그랬더니, 그 집에선 봉련이 말한 그대로 사태가 벌어져 있었다. 이 생원의 둘째아들인 열여섯 살 난 총각이 붉은빛이 들기 시작한 감을 따러 감나무 위에 올라갔다가, 썩은 가지를 디디는 바람에 머리를 아래로 하고 나무 밑 바위에 떨어져 골을 깨버린 것이다.

그런 때 황 노인이 나타났으니 얼마나 생광스러운지 몰랐다.

황 노인은 마른 쑥으로 지혈을 하고 응급치료를 했다. 그럭저럭 한시름 놓았을 때, 이 생원이 물었다.

"황 노인, 어떻게 그렇게 때를 맞추어 오실 수가 있었소? 마른 쑥까지 준비해 들고 말이유."

봉련의 애길 들먹일 수가 없어, 황 노인은 얼버무렸다.

"괜히 가슴이 두근거려 한번 와봤습죠."

황 노인은 사례라고 해서 이 생원이 특별히 주는 쌀 한 말을 둘러메고 집으로 돌아왔다.

봉련이 말똥말똥 눈을 굴리며 물었다.

"그 집 총각, 많이 다쳤재?"

"많이 다쳤더라. 그런데 봉련인 신기하기도 하구나."

"그런데 아부지, 그 총각 불쌍하재?"

"응, 불쌍해."

"다쳤대서 불쌍한 게 아니라."

봉련의 눈에 눈물이 괴었다. 그리고 한다는 말이 더욱 해괴했다.

"그 총각은 한 달이 못 가서 죽어."

"그런 소릴 하면 쓰나, 봉련아."

"아부지, 이건 부루(흰소리)로 하는 말 아니다."

아니나 다를까, 감나무에서 떨어진 총각은 한 달을 넘기지 못하고 죽었다.

한편, 황 노인은 의원으로서의 이름을 높여갔다. 편작扁鵲의 재래再來라는 소문까지 근방에 퍼졌다. 그런데 그 그늘에 봉련의 신통력이 있다는 사실은 아무도 몰랐다.

재산이 늘어가고, 봉련의 학력도 늘었다. 한번 배우면 잊지 않는 총기에, 황 노인은 한편 놀라고 한편 기뻤다. 그런 만큼 걱정도 되었다.

'도대체 이애는 자라 무엇이 될 것인가?'

어버이라면 당연히 가질 외포畏怖였다.

"제가 아홉 살 때 청풍淸風으로 이사를 했습니다."

이 대목부터 황 여인의 어조가 바뀌었다. 그리운 추억을 더듬는 먼 눈빛이 되기도 했다.

"청풍은 옛날 사열이沙熱伊라고 했던 곳이죠. 동으론 단양까지 삼십구 리, 서론 충주까지 사십 리, 남으로 문경까지 사십 리, 이때까지 살던 제천은 북으로 칠십 리. 산천기수山川奇秀하니 위남도관 爲南道冠*이란 현판이 한벽루寒碧樓에 걸려 있죠. 정추鄭樞의 다음과 같은 시도 있구요. '천년교목천봉합千年喬木千峯合 일도징강 일읍전一道澄江一邑傳'**. 인지산, 무암산, 삼방산, 병풍산 등 천봉千峯이 수려하고 북진北津, 고교천高橋川, 월천月川의 흐름이 맑기도 하답니다."

황 노인은 꽤 많은 농토를 장만하고, 청풍읍에서 오 리쯤 떨어진 마을에 아담하고 격식에 맞는 기와집을 짓고 두 쌍의 노비를 사들였다. 봉련이 시집갈 때를 위한 배려였다.

"아버지는 일단 세상을 등졌다가, 나 때문에 다시 세상에 돌아왔던 거예요."

황 여인의 어조가 이처럼 감동적으로 바뀌지 않을 수 없는 것은,

---

* '산천이 기이하고 빼어나니 남도의 으뜸이 된다.'
** '천년의 높은 나무 천 봉우리에 합쳐지고, 한 줄기 맑은 강 한 고을로 전해진다.'

제천에서 살았을 땐 움막집의 불쌍한 딸에 불과했던 봉련이 청풍에선 편작의 재래라고 불리는 명의의 딸로서, 노비의 시중을 받으며 공주처럼 살았기 때문이다.

봉련이 열 살이 된 생일날이 왔다.

아침 밥상을 물리고 사람들을 멀리하고 나서, 황 노인이 드디어 입을 열었다.

"봉련아, 내 말을 잘 듣거라. 봉련은 착하고 총명하니까 말귀를 잘 알아들을 줄 알고 하는 말이다. 네 어머니는 너를 낳고 닷새 만에 목을 매어 죽었다. 그렇게 만든 사람은, 우리가 작년까지 살던 마을의 이응백이란 영감이다. 그런데 그 사람은 3년 전에 죽었다. 그러니 네 어머니의 원수는 이미 갚은 거나 마찬가지다. 앞으론 아무 생각 말고 열심히 공부나 하며 귀엽게 자라라. 그게 네 어머니의 소원이기도 할 게다."

"무슨 까닭으로 그 이응백이란 영감이 엄마를 목매어 죽게 했죠?"

봉련이 물었다.

"이미 원수가 없어졌는데, 그런 걸 알아서 무엇 하느냐? 알아서 소용없는 일은 모르니만 못하니라."

"말씀하시기 싫으면 그만두세요."

하고, 봉련은 토라진 표정으로 돌아앉았다.

황 노인의 준절한 말이 계속되었다.

"원수를 속속들이 찾아 갚으면 네가 또 남의 원수가 되느니라. 이 참봉이 죽었으니 그로써 끝난 거다."

황 노인은, 자칫 잘못하면 딸이 아비를 죽이는 참극이 있을지 모른다는 우려에서 이렇게 극진했던 것이다.

그런데 일은 엉뚱하게 터졌다. 이응백의 아들이 봉련을 데리고 가려는 바람에 모든 사실이 폭로된 것이다. 이응백의 아들이 죄의식을 견디지 못한 데다가, 봉련이 아름답고 총명하게 자라고 있다는 소문을 듣고 양육비로 백 석지기를 제공한다는 조건을 내세워 강청強請해온 것이다. 양반의 세도라는 것도 있었다. 인륜을 꺾을 수 없다는 대전제도 있었다.

황 노인은 식음을 전폐하고 드러누워버렸다. 목숨이 붙어 있는 한, 봉련을 내줄 수 없다는 각오였던 것이다.

이응백의 아들 이상호는 아버지의 삼년상을 치른 뒤 봉련을 데리고 올 마음을 쭉 가꾸고 있었던 터였다.

광 대들보에 목을 매어 추욱 늘어져 죽은 그 형상으로, 반달은 밤마다 상호의 잠자리를 위협했다. 그 고통은 이만저만한 것이 아니었다. 드디어 심한 불면증에 걸리고 말았다.

부자가 한 여자를 간姦했다는 소문이 두려워 버티고만 있을 처지가 아니었다.

그건 이미 공공연한 비밀이었고, 봉련이 자기의 핏줄을 타고났음이 확실한 사실이니 결단을 내려야 했던 것이다.

남편의 고민을 알고 있는 아내가,

"마침 딸자식이 없는 터이고 하니, 그 애를 데려다가 정성껏 키웁시다."

하고 적극적으로 나섰다.

그런데 봉련의 태도는 황 노인 이상으로 완강했다. 만일 자기를

억지로 끌고 가기만 하면,

"엄마가 목매어 죽었다는 그 대들보에, 나도 목을 매고 죽을 거예요."
하고, 어린애답지 않은 결연한 어조로 말했다.

그런데도 '일단 내친걸음이니' 하는 배짱에서인지, 이상호는 자기
의 뜻을 관철하고자 친척을 동원해서까지 덤볐다.

이런 소문이 청풍 고을에 퍼지자, 동민들이 들고일어났다. 명의로
서 이름이 높은 황 노인이 사경에 있다는 말이 그들을 부추긴 것
이다. 일부의 양반들도 이에 합세했다.

고을 사람들의 소요를 알고 청풍군수가 조절 역할을 맡고 나섰
다. 그는 이상호에게, 봉련의 양육비로서 이미 제의한 백 석지기 전
답을 즉시 황 노인에게 주되, 봉련과 황 노인의 의사에 반한 강청
은 일절 하지 말라는 엄명을 내렸다.

이렇게 해서 소동이 가시고, 안온하고 한가한 세월 속에서 봉련
은 고이 자랐다. 시문의 소양도 늘었다. 봉련은 아름다움과 뛰어난
자질로 해서, 이름이 멀리 충주에까지 퍼졌다.

봉련이 열일곱 살이 된 해의 봄이었다. 충주의 거부 서씨徐氏 집
안으로부터 혼담이 있었다.

상대자는 서씨 집안의 둘째아들로서, 나이는 25세, 연전에 상배
喪配*했는데 전처와의 사이엔 기출이 없다고 했다. 봉련의 출생으
로 보아 그런 양반과의 혼인은 있을 수 없는 일이지만, 후취라는
까닭으로 그런 혼담이 가능했던 것이다.

---

* 상처(喪妻).

상대자인 서씨는 원래 호학하는 사람으로, 봉련이 시문의 소양이 깊다는 소문을 듣고, 마누라인 동시에 평생의 시우詩友로서 봉련을 맞이할 마음을 가졌다.

황 노인은, 후취라는 점이 마땅하지 않았지만, 신랑 될 자를 직접 만나보고 마음이 움직였다. 만 석 거부의 차남인데도 교만하거나 부화浮華**한 티가 없을 뿐 아니라, 학문을 좋아하는 심정이 거조擧措***에 나타나 있는 좋은 선비였던 것이다.

황 노인의 설명을 들으니, 봉련의 가슴이 두근거렸다. 성숙한 여체와 더불어 감정도 여자답게 익어, 남자를 바라는 마음으로 기울어 있었다. 활짝 핀 꽃은 나비를 기다리게 마련이다.

양가의 합의가 이루어졌다.

혼례식은 봉련이 열여덟이 되는 해의 3월 10일로 정했다.

3월이라면 강남 갔던 제비가 돌아오는 달이다. 그달, 봉련에게 행복의 새가 날아올 것이다.

혼례 날짜가 아흐레쯤으로 다가온 어느 밤이었다. 봉련의 꿈결에 어머니가 나타났다. 금은빛 찬란한 복색이 아니고 소복 차림으로 나타난 어머니가 봉련을 바라보는 눈은 한없이 슬펐다.

"엄마, 왜 그렇게 슬픈 얼굴을 해요?"

꿈속인데도 생시처럼 봉련이 물었다.

"너나 나나 여자로 태어난 게 슬프구나."

** 실속은 없고 겉만 화려함.
*** 말이나 행동에서 보이는 태도.

어머니의 말은 조용했다. 봉련은 잠자코 어머니를 쳐다보고만 있었다.

"나는 남자에게 짓밟혀 죽었다. 죽었어도 원통한 마음은 죽지 않았다. 그래서 나는 상제님께 빌어, 너만은 남자에게 짓밟히는 여자가 되지 않도록 했다. 네가 남자를 짓밟긴 해도, 넌 짓밟히지 않을 것이다. 너를 탐하는 남자는 누구이건 저주를 받는다. 그러니 네가 사랑하는 남자에겐 결단코 네 몸을 주지 말아라. 네 육체의 갈정渴情은, 네가 미워하는 사내를 골라 풀어라."

봉련은 저도 모르게 소리를 쳤다.

"그럼 엄마, 충주의 서씬 어떻게 하지? 나는 그를 아직은 미워하지도 사랑하지도 않는걸요."

"서씨의 운명은 네가 알 바 아니다. 다만, 나타나는 사태만 눈여겨봐둬라. 나는 네가 네 몸을 청정하게 지켜줄 것을 바라지만, 하는 수 없는 일이로다. 네겐 내 피가 흐르고 있으니, 뜨거운 여자의 피가 흐르고 있으니, 그 피를 억지로 차게 할 수야 없지 않겠냐. 그래 여자로 태어난 게 슬프다고 한 거란다."

"엄마, 그럼 서씨와의 혼례를 그만두겠어요."

"그건 안 된다. 너 자신을 알기 위해서 혼례만은 치러야 한다. 그리고 어떤 일이 있어도 네 마음을 평정히 가져라. 모든 것이 운명이니라. 상제님의 뜻이니라."

봉련은 울었다. 울고 있는 딸을 슬픈 눈빛으로 바라보며 어머니는 조용히 말을 이었다.

"네가 우니 나도 슬프구나. 그러나 운명이 작정한 건 어떻게 할 도리가 없다. 그런데 네가 잊어선 안 될 일이 있다. 혼례가 있은 첫 날은 네 몸을 허하지 말아라. 이틀째 밤엔 허하되, 그다음 날 신랑 은 떠나야 한다. 삼일신행*은 하지 말아라."

깨어보니 베개가 흥건히 눈물에 젖어 있었다. 어머니의 말이 어 떤 뜻인가를 확실히는 알 수 없었지만, 불안한 마음을 건잡을 수 없었다.

드디어 혼례의 날이 왔다. 신랑은 준수한 이마와 깊은 눈빛을 가 진, 첫눈에 마음에 드는 군자였다. 그러나 봉련은 어머니의 말을 상 기하며 마음의 문을 굳게 닫았다.

첫날밤은 시문詩文 얘기만으로 지샜다. 이틀째 밤에 천지의 합일 이 있었다. 봉련은 비로소 자기가 여체임을 황홀하게 깨달았다. 그 래, 신랑의 감동을 돌볼 여유가 없었는데, 신랑의 다음과 같은 말 만은 마음속에 새겨졌다.

"내 이미 여자를 겪은 몸이지만, 임자로 인해서 처음으로 여자를 안 것 같소."

다음 날, 신랑은 돌아갔다. 그리고 이튿날 새벽, 신랑이 죽었다는 소식이 날아들었다. 봉련은 비로소 어머니가 한 말의 뜻을 알았다.

시집 구경도 못 하고 청상과부가 된 봉련이 스무 살이 되었을 때, 황 노인이 세상을 떠났다. 그땐 봉련의 집은 바깥사랑, 안사랑 을 곁붙인 꽤 큰 규모로 되어 있었다. 그 큰 집을 두 쌍 노비의 가 족을 거느리고 봉련은 쓸쓸하게 지냈다.

---

* 혼례식을 치르고 삼일 후에 시댁으로 가는 것.

화조풍월花鳥風月이 그 쓸쓸한 마음을 채울 까닭이 없고, 만권
서萬卷書가 황량한 가슴을 달랠 까닭이 없었다. 편편片片의 시상
詩想은 서릿발처럼 얼어붙고, 몸은 정궤淨几* 앞에 있었으되, 마음
은 부운浮雲과 더불어 있었다. 진실로 여체는 가련하고, 그 여심은
슬펐다.

봉련은 심신을 풀 천리안의 신통력을 가끔 부려보았다.

"윗마을 최씨가의 외동딸이 갑자기 신열을 내고 누워 있구나. 어
서 가서 창출을 그 아가씨에 먹이도록 하고 돌아오너라."
하고 하인에게 이르기도 하고,

"인지산 골짜기를 올라가면 큰 쌍암雙岩이 있는데, 그 쌍암 사이
에 주먹 크기만 한 몽돌이 있다. 그걸 가져오너라."
하는 심부름도 시켰다.

그런데 그러한 것이 영락없이 적중하는 것이었다.

근처 사람들이 자기들의 앞날을 알고자 봉련을 찾아오기도 했
다. 그러나 그러한 청은 일절 받지 않았다.

봉련이 신비로운 여성이란 소문이 백리 사방에 퍼졌다. 내로라하
는 건달들이 제각기 책략을 꾸미기 시작했다.

남자가 없는 집엔 과객이 들지 못하게 돼 있는데도, 모른 체하고
바깥사랑에 들어앉아, 황혼축객黃昏逐客은 비인사非人事려니 하는
따위의 배짱을 부리는 경우도 있었다.

봉련은 육십 살이 넘은 과객에겐 제한을 두지 아니하고, 젊은 과

---

* 깨끗한 책상.

객을 하룻밤 이상 재우지 않는 법도를 세웠다.

그 법도를 시행하는 청지기로서 심양일이란 대가 찬 영감을 위촉했다.

그런데 어느 날 밤 자정이 지났을 무렵, 어떤 장정이 봉련의 방에 침입했다. 봉련은 그 무례한 자에게 분격을 느꼈다. 동시에 공규空閨를 달래볼 생각과 그 결과를 알고 싶어 하는 궁금증도 있었다.

봉련은 어둠 속에서 옷을 벗고 그 장정에게 몸을 맡겼다. 무단으로 숙녀의 방에 뛰어들 만한 용기를 가진 사나이였던 만큼, 양대陽臺가 굳건하고, 그 진퇴와 회전술이 능란했다. 봉련은 쌓이고 쌓였던 욕정을 한꺼번에 풀어버리듯, 여체의 환희를 느꼈다.

상대방에게 충분한 만족을 주었다고 생각할 때, 남자는 으레 자신을 가진다.

"내일 밤 또 와도 좋소?"

"이 방에서 나가는 즉시 떠나도록 하시오."

봉련의 명령은 단호했다.

"그럼 며칠을 지내고 또 오리다."

봉련은 그 말엔 대답하지 않았다. 만일 이 사나이가 어머니의 저주를 이겨내고 살아 돌아올 수 있다면 한 번 더 만나도 좋다고 생각한 것이다. 그런데 저주는 다부졌다.

그로부터 사흘이 된 날 저녁나절, 청지기 심 노인이 헐레벌떡 들어와 안마당 한가운데쯤 서서 한 말이,

"엊그제 사랑에 들렀던 엄가 성 가진 젊은 과객이 남문 밖에서 죽은 시체로 뒹굴고 있답니다요."

였다.

여전히 바깥사랑엔 과객이 득실거리고, 시를 써 보내는 등 수작을 거는 일도 심심찮게 있었지만, 안온한 나날이 흘렀다.

봉련이 스물세 살이 된 가을날이었다. 소동파蘇東坡와 그의 누이동생이 시재詩才를 겨루는 대목을 읽고 있었는데, 돌연 봉련의 눈앞에 들길이 나타났다. 책상 앞에 앉아 있어서, 열어젖힌 창문으로 가을 하늘이 보이고 뜰이 보일 뿐, 사랑채의 지붕과 왼편 돌담에 시계視界가 막혀 있었음에도 불구하고, 황금빛으로 익은 들길을 단정한 용모의 선비가 걸어오고 있었다.

그건 틀림없이 먼 꿈나라에서 봉련을 찾아오는 선비였다. 봉련은 반가움에 가슴을 두근거리면서도 '와선 안 돼요' 하는 소리를 가슴속에서 되뇌고 있었다. 그러나 선비는 가을바람에 도포자락을 한들거리며 곧바로 이리로 향해 오는 것이 아닌가.

봉련이 눈을 감아도 그 선비는 걸음을 멈추지 않았다. 눈을 감으니, 선비의 얼굴이 더욱 완연하기만 했다.

이윽고 선비는 바깥사랑으로 통하는 대문을 들어섰다. 봉련은 가슴이 여전히 두근거렸고, 몸이 와들와들 떨렸다.

봉련은 심 노인을 불렀다.

"이제 어떤 선비가 바깥사랑으로 들어왔죠?"

"예. 헌데, 어떻게 아셨나요?"

안집에선 바깥사랑을 출입하는 동정을 알 까닭이 없는 것이다.

"어디의 누구시라고 합디까?"

"경상도 단성에서 온 문씨라고 하옵니다."

"과객으로 보이진 않은데, 어떤 연고의 행차라고 하던가요?"

"아직 듣지 못했으나, 과거 보러 한양으로 가는 선비인가 합니다."

경상도에서 서울로 가는 길을 청풍으로 잡는다는 건 정상이 아니지만, 전연 엉뚱한 노순*도 아니었다. 그렇더라도 성내에 들지 않고 변두리 반촌班村**으로 찾아든다는 것은 예삿일이 아니었다.

"그 손님은 안사랑으로 모시도록 하시오."

봉련이 자기도 모르게 입 밖에 내버린 소리였다.

안사랑은, 돌아간 황 노인과 친교가 있는 어른들만 모시는 곳이었다. 이를테면, 특별한 귀빈만을 모시기로 되어 있었다. 그리고 평소엔 그 사랑을 쓰는 일이 없었다. 그때도 그 사랑에 모신 손님은 한 사람도 없었다.

봉련은 하인을 불러 안사랑 청소를 깨끗이 시키고, 방에 불을 지피라고도 일렀다. 심 노인과 하인들은 영문을 몰라 하면서도 주인의 명령에 충실했다.

젊은 과객이 하루 이상 묵을 수 없는 건 바깥사랑의 경우이고, 그 법도는 안사랑엔 통하지 않았다. 경상도 단성에서 왔다는 그 선비는 이례적인 대접을 받게 된 셈이다. 봉련의 여체와 여심이 부지불각 중에 시킨 노릇이었다. 그 무렵, 봉련은 자기의 몸속에서 타오르는 정염의 불길을 감당 못 할 정황에 있었던 것이다.

"네겐 내 피가 흐르고 있으니, 뜨거운 여자의 피가 흐르고 있으

---

* 路順: 가야 할 길의 순서.
** 양반이 사는 동네.

니⋯."

어머니가 5년 전 꿈결에 한 소리가 생생하게 귓전을 울렸다. 동시에, 자기의 정염으로 그 선비를 태워 없앨 결과를 생각하곤 공포에 몸을 떨었다.

단성에서 온 선비는 문영선文永先이란 이름이었다. 그가 자기 집 사랑에 들른 과객으로부터 충청도 청풍에 절세의 미색을 가진 재녀가 살고 있다는 소식을 들은 것은 작년 봄이었다. 그때부터 문영선은 황봉련을 찾을 꿈을 가꾸었다. 열심히 학문을 닦아 과거를 보러 간다는 핑계를 드디어 만들 수가 있었다. 그는 팔백 리 길을 걸어오면서 서상기西廂記의 장생張生을 생각했다. 그도 또한 장생처럼 앵앵鶯鶯을 안는 행운을 가졌으면 했던 것이다.

안사랑에 문영선을 묵게 해놓은 그 밤부터, 봉련은 어머니의 영혼을 향해 빌었다.

"소녀의 가슴속에서 타오르고 있는 이 불꽃을 꺼주소서. 만일 불꽃을 끌 수 없으면, 제 사랑이 이루어지되 후환이 없도록 해주소서. 소녀는 그 선비를 죽게 할 순 없사옵니다."

몇 날, 몇 밤을 이렇게 빌었는데도 어머니로부터의 용단은 없었다.

한편, 문영선은 한눈만이라도 황봉련의 모습을 보았으면 하고 가슴을 태웠으나, 두문불출하는 판이니, 봉련의 그림자도 붙들 수가 없었다. 부득이 밥상을 물리면서 그 상 위에 일편의 서장書狀을 올려놓고 종에게 일렀다.

"이 서장, 기필 아씨의 손에 들어가도록 하라."

봉련의 마음을 대강 짐작하고 있던 터이라, 종은 그 서장을 봉련앞에 갖다놓았다. 봉련이 그 서장을 폈다.

　다음과 같은 글귀가 있었다.

　　불원천리흉不遠千里胸 득도청풍군得到淸風郡 수유향무영雖有香無
　　影 청풍시비풍淸風是悲風
　　(천리를 멀다 하지 않은 마음으로 청풍 고을에 오긴 했는데, 향기는 있으나
　　그림자가 없으니, 청풍은 슬픈 바람이 부는 곳인가.)

　봉련은 즉시 붓을 들었다. 붓끝에 나타난 4행의 문자.

　　풍유향무영風有香無影 원군불가영願君不可營 개창명월휘開窓明月
　　輝 청풍시청영淸風是淸影
　　(바람엔 향기는 있어도 그림자는 없는 법이니, 원컨대 붙들 생각도 하지 마
　　시오. 창을 열면 명월이 빛나고 있으니, 청풍은 맑은 그림자라고도 할 수 있
　　는 곳이오.)

　이 글을 받고 문영선은 민민悶悶*의 정을 달랠 길이 없었다.

　그러나 봉련의 마음은 보다 더욱 애절했다.

　난생처음으로 느낀 사랑이 안타까웠다. 그런데 그 사랑으로 해
서 상대방을 죽여야 하는 것이니 그럴 순 없었다. 이뤄선 안 될 사
랑은 멀리해야 했다. 보지도 듣지도 말아야 하는 것이다. 담을 격한

---

*　매우 안타까움.

저편에 이루지 못할 사랑이 있다는 것만을 아는 것으로 슬픔을 머금고 참아야 했던 것이다.

그때부터 문영선과 봉련의 사이엔 식사 때마다 서찰의 왕래가 있게 되었다. 문영선이 쓴 다음과 같은 글귀도 있었다.

'손비호孫飛虎가 없는 것이 한스럽습니다.'

서상기의 장생과 앵앵은, 앵앵을 납치해 가려는 손비호란 화적을 장생이 두장군杜將軍의 힘을 빌려 물리친 공을 세웠기 때문에 맺어진 것이다.

그러한 어느 날 문영선은, 안사랑과 내당을 통하는 문틈으로 뜰을 거닐고 있는 황봉련의 모습을 드디어 보았다.

그날 밤, 밤참을 가지고 온 종에게 문영선은 다음과 같은 글월을 보냈다.

견진인간녀見盡人間女 무여미차현無如美且賢 약부득차보若不得此寶 하위지남아何謂之男兒

(인간 세상의 여자를 골고루 다 보았지만, 아름답고 슬기롭기가 당신과 같은 이는 없었다. 만일 이 보물을 얻지 못한다면, 어떻게 남아라고 할 수 있을까.)

이 글귀를 보는 순간, 봉련은 위기를 느꼈다. 기대와 불안이 섞인 복잡한 심경이었다. 오늘 밤 문영선이 담을 뛰어넘어 올 것이란 예감이 있었기 때문이다.

봉련은 소복으로 바꿔 입고, 등명을 촛불로 바꿨다. 그리고 다시 한 번 어머니를 불렀다.

"어머니, 소녀가 사랑하는 사람을 죽이는 일이 없도록 하소서."

그때, 어머니의 모습이 나타났다. 선명한 말이 있었다.

"죽고 사는 게 대사가 아니니라. 사생은 하늘이 맡은 일, 너는 사람의 노릇만 하면 되느니라."

"그럼 어머닌 후환이 없게 제 사랑을 이루어주시겠다는 뜻이옵니까?"

봉련은 엎드려 울먹이었다.

"네겐 후환이 없으렷다. 남자의 일은 네가 알 바가 아니니라."

그리고 어머니의 모습은 사라졌다.

그때, 창밖에 인기척이 있었다. 살며시 방문이 열렸다. 문영선이 성큼 방으로 들어와 무릎을 꿇고 앉았다. 핼쑥한 얼굴은 노심초사한 흔적이었다. 봉련은 그 무릎 위에 이마를 대고 울음을 터뜨리고 싶은 충동을 가까스로 참고 냉연하게 태도를 꾸몄다.

"야심에 숙녀의 방을 범하는 건 군자의 도리가 아닌 줄 아뢰오."

"군자도 남자인지라."

문영선의 미우眉宇엔 만만찮은 각오가 엿보였다.

"그러나…"

하고 문영선은 말을 이었다.

"당신께서 나를 사갈蛇蝎처럼 싫어한다면, 이 밤중에라도 당장 하직하겠소. 척수隻手는 무성無聲이요, 편심片心은 무위無爲*외다."

---

* 한손만으로 박수를 칠 수 없고, 한쪽의 마음만으로 일이 이루어질 수 없다.

이 말에 봉련은 당황했다.

"소녀는 원래 천생이며, 지아비를 잃은 액운의 여자예요. 인자人者는 분수를 알아야 하는 법, 외람을 범하지 않겠단 뜻일 뿐이옵니다."

"사랑에 귀천이 있겠사옵니까. 액운은 죽은 자에 있는 것인즉, 살아 있는 당신관 무관한 것이라고 아룁니다. 필부의 뜻을 꺾지 마소서."

문영선은 선뜻 봉련의 은어 같은 손을 잡았다. 잡아당기면 문영선의 품으로 봉련이 안길 참이었다. 봉련의 가슴속에선 끓는 피가 소용돌이쳤다. 그런데 문득 뇌리에 떠오르는 상념이 있었다. '등청추야심, 귀곡산야적燈淸秋夜深, 鬼哭山野寂(등불은 밝고 가을밤은 깊은데, 적막한 산야에서 귀신이 곡한다.)'

귀신이 된 문영선의 곡성을 분명 듣는 기분이었다.

봉련은 살며시 붙잡힌 자기의 손을 빼내고, 단정히 자리를 고쳐 앉으며 옷깃을 여몄다.

"외람됨을 무릅쓰고 드리는 말이옵니다. 제겐 다소 아는 게 있습니다. 사람의 운세라는 것을 대강은 압니다. 남자와 여자는 정만으로 맺어지는 건 아닙니다. 천연이 있어야 하고, 지연이 있어야 하고, 인연 또한 있어야 하구요. 그런데 선비님과 저는, 지연과 인연은 있는데 천연은 없는 것 같애요. 이 하나를 결缺하면 끔찍한 화禍를 당하게 마련입니다. 전 그게 두려워요."

봉련은 상대방에게 말한다기보다 자기의 마음을 진정시킬 요량으로 조심조심 말을 엮어나갔다.

"내겐 두려운 것도 겁나는 것도 없습니다. 오직 당신의 정이 있으면 그만입니다. 당신의 마음을 얻을 수만 있다면 수화水火를 불사할 작정이오."

문영선은 단호하게 말했다.

"제 마음을 얻는 것이 소원이시라면, 그 소원은 이미 푸신 거나 마찬가집니다. 선비께선 제 마음을 송두리째 가지고 가신 거예요."

"그렇다면…."

하고 문영선은 봉련을 안으려고 했다.

"아녜요."

봉련은 그 포옹에서 비켜났다.

"고인에 대해 정절을 세우시겠단 말씀입니까?"

문영선이 얼김에 물었다.

"아닙니다. 선비님께 마음을 빼앗겼을 땐 제 정절은 무너진 겁니다. 그러나 이 이상 서로 괴로워하지 맙시다."

그래도 문영선은 보챘다. 봉련은 몇 번 정염에 휩쓸리려 하다가도 마음을 고쳐먹었다. 하는 수 없이 다음과 같은 마음에도 없는 소릴 꾸미게 되었다.

"지금 세세한 까닭을 말씀드릴 순 없소이다. 그러나 꼭 한 가지 언약만은 하겠어요. 선비께서 과거급제만 하시면 모든 소청을 다 듣겠사옵니다."

"탁세濁世의 과거에 급제한다는 건 미꾸라지가 용이 되길 바라는 거나 똑같은 일이오."

문영선이 수연愁然히 말했다.

"소녀 미력하오나 성력을 다하겠어요. 돈이 필요하다면 돈을, 세도가와의 결탁이 필요하다면 그것두요."

봉련이 타이르듯 했으나, 문영선은 물러서지 않았다. 그러나 봉련의 완강한 거부가, 정이 없는 탓이 아니고 무슨 깊은 사연에 있다는 걸 짐작한 문영선은,

"당신을 위해선 수화불사하겠다는 나인즉, 기필 과거에 등제하고 찾겠소."

하는 말을 남겨놓고 일어섰다.

그 이튿날, 문영선은 한양을 향해 떠났다. 그때, 다음과 같은 서장의 교환이 있었다. 문영선은

고아편당한양거顧我便當漢陽去 각사차지하유연却思此地何由緣

(마땅히 나는 가야 할 한양으로 떠나는데, 자꾸만 이곳을 생각하게 되는

건 어인 까닭일까.)

했고, 황봉련의 절구는,

환사기중사歡似機中絲 직작상사수織作相思樹 농사의상화儂似衣上

花 춘풍취불거春風吹不去

(당신은 베틀의 실과 같으니 상사수를 짜세요. 나는 옷에 수놓은 꽃과 같으

니, 바람이 불어도 날아가지 않을 겁니다.)

한 것이었다.

떠나는 문영선에겐 그러나 아련한 꿈이라도 있었지만, 보내는 봉련에겐 눈물만이 있었다.

봉련과 문영선의 관계는, 바깥사랑에 드나드는 과객들에게 은근한 관심거리가 되어 있었던 것이 사실이다. 그 가운데 가장 집요한 관심을 가진 사람은 백야산白夜山 무암사霧巖寺의 중 일연逸然이었다.

삼십 가까운 나이의 괴이한 용모와 우람한 체격을 가진 일연은 벌써부터 봉련에게 눈독을 들여오던 터였다. 그래, 제액除厄의 불사佛事를 종용하기도 하고, 망모 망부의 회향권행回向勸行을 권하는 등 수작을 걸었으나, 하나같이 반응이 없어 울울했던 것이다. 그러던 차에 문영선의 등장으로 가슴을 죈 그는, 하루걸러 바깥사랑에 나타나 과객들의 핀잔을 받으면서도 한구석을 차지하고 앉아선 안사랑과 내당의 동정을 살폈다.

운우의 교정 없이 문영선과 봉련이 헤어졌다는 사실을 확인할 수 있었던 것은 다행이었다. 문영선이 떠난 뒤 열흘쯤 지난 밤 자정 무렵에 일연이 월장하여 봉련의 침소를 덮쳤다.

"거기 누구냐?"

어둠 속에서 봉련의 소리가 늠연했다.

"무암사의 일연이오."

하고 그는 소리를 짐작하여 덤벼들며 말했다.

"고함을 질러도 소용없소. 나는 사생을 결단하고 이 방에 들어왔소."

"수도하는 사미가 무슨 해괴한 짓인고?"

"아무리 승이기로서니 화홍유록花紅柳綠*을 모르겠사옵니까."

일연의 숨소리가 가빴다.

"화홍유록이라!"

나직이 중얼거리곤 봉련이 쓰게 웃었다. 어두워 그 표정이 보이지 않았기에 망정이지, 일연이 그때의 그 봉련의 웃는 얼굴을 보았더라면, 야차의 현신을 거기서 보고, 모든 욕망이 소낙비를 맞은 모닥불처럼 한꺼번에 꺼져버렸을 것이다.

봉련은 눈을 꼭 감은 채 일연이 하는 대로 전신을 맡겨버렸다.

일연의 감격은 이를 데가 없었다. 서로 모정慕情을 불태우고 있으면서도 문영선에겐 허락하지 않았던 그 고귀한 몸을 자기에게 순순히 맡겨버렸으니 그럴 만도 했다.

바로 내일 모레에 지옥의 업화에 싸일 운명인지도 모르고 흥에 겨워 날뛰는 중이 측은하다는 마음도 들었다. 그러나 그것도 순식간이었고, 봉련의 여체는 무아의 황홀경에서 우화등선하기 시작했다.

일연의 체력과 기교는 그 언젠가 봉련을 스쳐간 뒤 성문 밖에서 죽은 장정의 것보다도 월등했다.

일연은 성찬을 만난 거지처럼 탐람한 욕망으로 봉련의 여체를 탐식하길 두 시각에 걸쳤다. 자시에 시작한 작동을 첫 닭이 우는 소릴 듣고서야 끝낸 것이다.

일연은 주섬주섬 옷을 주워 입고 나서 나직이 한마디 했다.

---

* 붉은 꽃과 푸른 버들잎이라는 뜻으로, 봄의 아름다운 자연 경치를 이르는 말이지만, 여기서는 여인의 아름다움을 의미함.

"임자야말로 환희보살歡喜菩薩이오."

등선登仙하는 기분에서 차츰 하강하며, 마음과는 달리 움직이는 여체의 슬픔을 새삼스럽게 깨달은 봉련은 벽 쪽을 향해 몸을 뒤쳐 누웠다. 무슨 말이 있을 까닭이 없었다.

삼 일 후 사람을 시켜 무암사의 동정을 살피게 했더니, 일연이란 중의 장례를 치르고 있더란 소식이 들려왔다.

봉련은 얘기를 끊고 한숨을 쉬었다. 깊어가는 밤의 고요가 타들어가고 있는 촛불을 에워싸는 듯했다.

최천중이 궁금증에 겨워 물었다.

"헌데, 당신이 한양에 오시게 된 건 언제쯤이오?"

"벌써 오 년이나 되었나 봅니다."

"한양으로 오신 까닭은?"

"어느 대관 집 따님이 중병을 앓고 있다는 소문이 청풍에까지 퍼졌어요. 널리 의원을 구한다는 소문도 있었구요. 그때 생각을 했죠. 혹시 그 따님의 병을 고쳐주면 문씨가 과거를 보는 데 도움이 되지 않을까 하구요."

"그래, 어떻게 되었소?"

"문씨는 대과에 장원급제를 했죠."

이렇게 말해놓고 황봉련은 고개를 숙였다. 맺힌 한이 있는가 보았다. 최천중이 망설이다가 중얼거렸다.

"그럼 선비도 죽었겠구려."

"살아 계십니다. 지금 전라도에서 고을살이를 하고 계세요."

"…?"

"제 몸을 허락하지 않았으니까요."

"진실로 그 사람을 위하는 마음이었던 모양이죠?"

이 말에 대답하지 않고, 봉련은 다음과 같이 이야기를 이었다.

봉련은 한양으로 오자 광화방廣化坊에 숙소를 정하고, 그 이튿날 따님의 병환이 위독하다는 대관 집을 찾았다.

병자는 피골이 상접할 정도로 여위고, 침이 마르고, 조금만 뭣을 먹어도 구토를 하고, 호흡이 곤란한 상태에 있었다. 입 밖에 내진 않았으나, 모두들 뇌짐[폐병]이라 짐작하고, 의원들도 거의 포기한 상태에 있었다.

봉련은 어머니의 계시를 빌었다. 그랬더니 꿈에 황 노인이 나타나, 네 어머니인 반달의 부탁을 받았다면서, 죽엽석고탕竹葉石膏湯을 쓰라고 일렀다. 죽엽석고탕의 처방은 동의보감에 소상하다. 석고, 찹쌀, 맥문동麥門冬, 반하半夏, 인삼, 죽엽竹葉, 감초로써 조제하면 그만인 평범한 약이다. 이를테면 희약재稀藥材를 필요로 하지 않았다.

봉련은 손수 건제방에 가서 그 약을 지어 환자에게 먹였다. 첫날에 신열이 풀리고, 이튿날엔 구갈증口渴症이 없어지고, 사흘째엔 입맛을 찾고, 나흘째엔 편안히 잠들 수 있었으며, 닷새째엔 기운을 차리고 일어나 앉게까지 되었다.

대관 집에서는 황봉련을 다시없는 은인으로 모시고, 그의 말이라면 콩을 팥이라고 해도 곧이들었다. 두 달이 지나 대관 집 딸은

완쾌하여 살이 오르고 피색도 좋아졌다. 대감은 부인을 시켜 봉련의 소망을 물었다. 그때 봉련이,

"따님의 병환은 지금 완쾌되었다 하오나 언제 도질지 모릅니다. 그러나 도지게 하지 않을 꼭 하나의 방법은 남쪽에서 온 무진생戌辰生을 배필로 하는 것입니다."

라고 말하고, 은근히 문영선을 들먹이고, 그가 묵고 있는 객사까지 일러주었다.

그것이 또한 그 대관 집으로선 환영할 만한 일이었다. 문영선이 미목이 수려하고 자질이 뛰어난 양반의 아들이었으니, 사윗감으론 그 이상 바랄 수가 없었기 때문이다.

세도대감의 사위인 데다 뛰어난 자질을 가지고 있었으니, 문영선의 대과 장원급제는 손 짚고 헤엄치는 거나 다름이 없었다.

문씨와 대관 집 딸의 혼례가 있은 즉시, 봉련은 청풍으로 돌아갈까 했는데, 대관 댁에서 회현동에 집까지 마련해놓고 만류했다.

"시골에 돌아가 허전하게 사는 것보다 한양에서 살아보는 것도 좋다는 생각이 들었죠. 가끔 신통력을 써보는 것도 소일감은 되니까요. 그러나 내키지 않는 일은 결단코 안 해요."

이렇게 말할 때의 봉련의 태도는 시름의 흔적이란 찾아볼 수 없는 소녀의 태도라고 할 수 있었다.

최천중은 뭐라고 형언할 수 없는 감정에 사로잡혔다. 그런데 그 감정의 가닥가닥 가운데 가장 강렬한 것은 문영선에 대한 질투였다. 이 여자의 마음이 이미 딴 사내에게 가버렸다 싶으니 기가 죽

을 판이었다.

'문영선은 이 여자의 마음을 빼앗았으니, 나는 이 여자의 몸뚱이라도 빼앗자.'

그러면 거기에 죽음이 있었다. 최천중은 이미 네 사나이를 겪은 더러운 여자란 감정을 만들어보려고 했으나, 도무지 더럽게 느껴지지 않으니 그것이 또한 이상했다.

그러자 네 사나이를 겪었다고 분명 말했는데, 한 사나이 얘긴 빠졌다는 사실을 발견했다.

"얘기가 하나 더 남은 것 같은데, 그 얘기도 마저 들읍시다."

최천중이 살큼 빈정대는 투가 된 것은 당연한 일이었다.

"내 망신 얘길 끝까지 들어보겠단 말씀이군요."

하고 봉련은 염려艶麗하게* 웃었다.

"이왕 얘길 털어놓은 바에야, 특히 그게 망신 될 게 있겠소?"

봉련은 염려한 웃음을 거두더니 다시 엄숙한 얼굴이 되었다.

"하죠."

그 어기語氣엔, 마저 얘길 할 테니 내게 음심을 품지 않도록 하라는 경각의 뜻이 있었다.

문영선의 혼례 날이 가까워지고 있을 무렵이었다. 봉련은 그 고비를 넘길 수 있을 것 같지가 않았다. 문영선을 만나기만 하면 만사는 끝이 나버리는 것이다. 그런 까닭에 봉련은 기를 쓰고 문영선

---

* 아름답고 고움.

264

을 만나는 기회를 피했는데, 하룻밤엔 자기도 모르게 문영선이 묵고 있는 객사를 향해 걸어가고 있었다.

객사 가까이에 갔을 때 봉련은 정신을 차렸다. 마음의 방향을 바꿨다. 문영선의 적수를 유혹할 작정을 한 것이다.

문영선의 적수는 영선의 장인이 될 사람보다도 세도가 강한 어느 대감의 사위였다. 자질로 봐선 영선의 장원이 틀림없을 것이지만, 장인의 세도로 봐선 그 사람이 장원이 될 가망이 컸다.

봉련은 문영선을 위해 그 적수를 제거할 생각을 했다. 자기 아닌 다른 여자와 결혼하는 문영선에 대한 질투심과 문영선의 장원급제를 바라는 마음을 한꺼번에 만족시킬 요량이었다.

성균관 학생인 홍모洪某라는 사람이 그 적수였는데, 쉽게 봉련의 꾐에 빠져들었다. 봉련은 그 날짜를, 문영선이 혼례를 올릴 날의 밤으로 정했다.

"문씨의 처가가 경사로 들떠 있을 때, 홍씨의 처가는 비통에 잠겼죠. 덕택에 문씨의 장원급제는 이뤄졌지만 전 죄를 지었죠. 무서운 죄를 지었죠. …전 이렇게 죄 많은 여자예요. 그런데 이런 망신스런 얘길 왜 했을까요? 당신이 남 같지 않아서 드린 말예요. 이 세상에 단 한 사람이라도 좋으니 내 사정을 알아주는 사람이 있었으면 하는 제 바람이 시킨 얘기예요. 유類는 유를 알아본다는 말이 있죠? 전 당신에게 같은 유를 느꼈는가 봐요. 당신이나 저나 한없이 불쌍한 사람예요. 하나, 당신에겐 용의 꼬리를 붙들고 하늘에 오르려는 꿈이라도 있으니 그게 부러워요. 그 꿈을 도와주고 싶어

요. 도와주려면 당신을 살려둬야 할 게 아뇨. 그 꿈이 하두 화려하
기에, 전 그 꿈에 홀렸죠. 그러니 제게 엉뚱한 생각일랑 갖지 말아
요. 피차가 괴롭지 않게 앞날을 허심許心하며 살자는 거예요."

황봉련은 울먹이고 있었다.

최천중은 괴상한 감동 속에 있었다. 황봉련을 자기편으로 붙들
어두는 게 자기의 야심과 포부를 위해서 절대로 필요하다는 느낌
과 동시에, 이 여자를 위해선 죽어도 한이 없다는 마음이 뭉글뭉
글 구름처럼 일었다. 그런데 이런 마음을 어떻게 표현한단 말인가.

"밤이 깊었으니 주무시도록 하세요. 한 가지 덧붙일 말은, 선비께
서 너무나 오래 이 집에 있었으니 떠날 때가 됐다는 거예요. 이 집
을 나가서 계실 곳은 제가 이미 정해놓았으니, 모레 첫새벽에 떠나
도록 하세요. 발이 아직 성하질 않으니 교군들을 대령토록 하겠어
요. 당분간 한양에서 떠나 있어야 할 거예요."

황봉련이 일어서면서 한 말이다.

최천중은 황급히 봉련의 치맛자락을 잡았다.

"게 좀 앉으세요."

봉련이 다시 앉았다.

"모레 이 집을 떠나는 건 좋소. 그렇게 하리다. 당신이 가라는 곳
에 가 있겠소. 그러나 침어낙안沈魚落雁이며 폐월수화閉月羞花라
고 하되, 나는 장부요. 장부가 물고기를 닮아 물 깊이 숨는다는 것
도 말이 안 되는 소리며, 기러기처럼 떨어질 수도 없는 일 아니겠
소. 하물며 당신 같은 가인을 보면 달도 구름 속으로 자취를 감추
고 꽃이 부끄러워할 지경이라고 하지만, 나는 그럴 수가 없소. 나는

당신의 마음과 몸 모두를 탐하오. 장부의 소원을 들으소서."

황봉련이 방그레 웃음을 띠었다.

"장자가 말한 '침어낙안 폐월수화'의 본래의 뜻은, 인간 세상에서 일컫는 아름다움이란 별게 아니라는 것을 말하는 것으로 전 풀이했어요. '침어낙안'이니 미인도 보잘것없는 것이고, '폐월수화'니 그게 무슨 대단한 것이냐고 장자는 말한 거예요."

최천중은 땀을 뺐다.

"그러나 그렇게 관용慣用되어 있는 것을 어떻게 하겠소?"

"글귀의 뜻을 갖고 시비할 건 없죠. 그러나 물어보겠어요. 당신은 하룻밤의 인연을 위해서 죽어도 좋다는 거예요?"

"그렇소."

"당신의 용은…?"

"백천만겁百千萬劫에 만나 그대를 놓치면서까지 나는 용을 탈 생각은 없소이다. 보다도, 그대를 내 품에 안았대서 죽어야 할 팔자를 가진 놈이면 용을 탈 그릇이 아니외다."

"제가 망신을 사면서까지 한 얘기가 모두 허사로군요."

봉련은 입언저리에 냉소를 띠었다.

"내 마음을 막으려는 뜻에서 하신 말씀이라면 허사일 수밖에요."

최천중도 냉연하게 말했다.

"여색에 미쳐 할 일을 못 하고 죽는다면, 그야말로 장부가 아닌 줄 아뢰오."

"일단 빼든 칼을 무위한 채 칼집에 도로 넣을 순 없다는 건 장부의 체면이오."

"장부의 체면과 소인의 망집妄執을 혼동하고 계시는 건 아닐는지."

"아침에 문도聞道면 저녁에 죽어도 좋다는 건 공부자孔夫子의 말씀이오."

"도道와 색色이 어떻게 같을 수 있단 말요?"

"생에 진생眞生이 있고 가생假生이 있듯이, 색에도 진색眞色과 가색假色이 있는 법이오. 진생은 이를 수유須臾*에서 얻을 수 있고, 백년장수가 가생의 추醜로서 끝날 수 있을 것인즉, 나는 수유에서 진생을 얻을 수 있다면 백년가생百年假生을 원하지 않겠소. 불자佛子의 말에 색심불이色心不二라고 하였소. 색심불이란 색과 도가 불이不二하다는 뜻일 것이오."

"견강부회牽强附會는 약한 마음 탓이고, 조작된 재담에 불과하오. 일시적인 유혹을 이겨내는 것이 군자로서의, 장부로서의 도리일 줄 아는데요."

이에 이르러 최천중은, 말로썬 봉련을 이겨낼 수 없다고 느꼈다. 억지를 쓰는 방법밖엔 없었다.

"죽어도 좋다는데 왜 이러십니까?"

"전 당신의 죽음을 원하지 않으니까요."

"물론 나는, 당신을 내 품 안에 안을 수만 있다면 사생을 결단할 각오가 되어 있지만, 동시에 결단코 그로 인해 죽지 않을 자신도

───────

* 잠시. 짧은 순간.

가지고 있소."

그 말에 황봉련의 눈이 빛났다.

"어떠한 근거로 그런 말을 하죠?"

"액에 있어서도 운에 있어서도, 나는 당신보다 강하오. 내 사주
팔자엔 횡사橫死나 액사가 없소. 신통력은 당신만 가진 것이 아니
온즉, 나는 내 앞날을 환히 알고 있소. 그런 까닭에, 위급을 당했을
때 당신을 찾은 것이 아니리까. 당신의 힘을 빌려 내가 이렇게 온전
한 게 아니리까. 당신은 나를 살릴 수 있으되, 죽일 순 없사외다."

"꼭 그럴까요?"

"산엔 고저高低가 있고, 바다엔 심천深淺이 있소. 남녀의 운세에
도 강약이 있는 법. 비록 당신에겐 액업厄業의 불길이 있다고는 하
나, 그 불길로써는 이 최천중을 태워 없애지 못하리다."

"그 말씀에 후회는 없겠죠?"

"결단코 없을 것이오."

"꼭 그렇다면 하루를 더 생각해보겠어요. 이왕 당신은 모레 새벽
이면 떠나야 할 몸이니, 다시 한 번 제 신수를 시험해볼 마음이 생
길지도 모르죠."

황봉련은 조용히 일어섰다. 그런데 그 눈빛엔 분명히 광기라고밖
엔 풀이할 수 없는 빛이 돋아나 있었다.

봉련이 사라진 뒤에도 최천중은 그가 나간 문 쪽에 시선을 고정
하고 한참 동안을 묵연히 앉아 있었다.

운명의 날이 밝았다. 최천중에겐 분명 운명의 날이었다. 그는 아

침잠을 깨자마자 생각했다. 운명의 결정권은 황봉련에게 있는 것이 아니고 결국 자기에게 있다는 것을….

황봉련은 난공難攻이긴 해도 결코 불락不落의 성은 아니다. 최천중이 담력과 근기만 있으면 그 성문은 열리게 되어 있는 것이다. 그런데 살아남기만 하면 그 성을 차지할 수 있고, 불연이면* 생애가 거기에서 끝장이 난다.

눈앞에 있는 성 하나를 차지할 수 없을 바에야 천하를 얻으려는 꿈은 원래 허망한 것이라고 느꼈을 때, 최천중은 일생일대의 승부를 걸어볼 각오를 세웠다. 미원촌에서 왕씨 부인의 방을 침범했을 때와는 또 다른 모험이라고 할 수 있었으나, 황봉련의 고백을 믿으면서도 감행하려는 심정엔 처연한 빛이 괴었다.

따지고 보면 최천중은 자기의 방중술을 믿고 심연深淵 위에 걸어놓은 한 가닥 줄을 타려는 것이었다.

아침 밥상을 물린 뒤, 최천중은 구철룡을 불렀다. 그 무렵엔 벌써 구철룡이 최천중에겐 없지 못할 존재로 되어 있었다.

"자네, 잘 아는 약전이 있는가?"

"있습죠."

"어디에 있나?"

"약전골에 있습죠. 지물전에 있을 때 자주 드나든 전예요."

"이름은?"

―――――――

* 不然이면: 그렇지 않으면.

270

"통화당通化堂이라고 하옵죠."

"믿을 만한 약재를 파는 곳인가?"

"그럼입죠. 대국과 거래하는 약전인뎁쇼. 그리고 제가 가면 특별히 봐줍니다. 중남이와 저는 친구니까요."

"됐어. 빨리 그 약전에 가서 침향沈香 한 근쭝, 석곡石斛 한 근쭝, 계피 닷 돈쭝을 사 가지고 오너라. 그리고 돌아오면서 피전에 들러, 양피羊皮 가운데서도 가장 얇은 것을 한 장 사 오너라. 혹시 약전에 경피鯨皮가 있으면 그게 좋지만 요즘 경피는 없을 것 같다."

"경피가 있으면 양피는 안 사도 되겠습니다?"

"그렇지. 빨리 갔다 오게."

침향은 진정제이기도 하지만, 신경을 일시 마비시키는 작용을 갖기도 했다. 계피도 역시 같은 효능의 것인데, 침향과 섞어 마시면 그 효능이 세 곱, 네 곱이나 된다. 석곡은 강정强精 강장제로서 이름이 높다.

이를테면 최천중은 봉련을 공략하고도 후환이 없도록 만전의 책을 강구할 작정이었던 것이다.

최천중을 기쁘게 한 것은, 구철룡이 약재와 더불어 경피를 구해 왔다는 사실이다. 경피는 명주 비단처럼 얇은데도, 한동안 물에 담가놓으면 사람의 피부 이상으로 부드럽고, 그러면서도 질기다.

"경피를 구했다니 다행이로구나."

최천중이 반기자, 구철룡은

"어른의 분부라면 처녀 불알, 중 상투 빼곤 뭐든 구해드리죠."

하고 싱긋 웃었다.

271

최천중은, 약탕관을 얻어 와 직접 약을 달이라고 구철룡에게 일 렀다. 그리고 경피는 물그릇에 담아 병풍 뒤에 간수해두었다. 황봉 련으로부터의 회답만 기다리면 되었다. 창 너머 하늘에 한운閑雲 이 흐르고 있었다.

최천중은 그날 점심까진 가볍게 들고 저녁 식사를 폐했다. 침향, 석곡, 계피를 달인 물을 삼탕三湯까지 먹었으니, 저녁 식사를 폐해 도 무방했다. 뿐만 아니라, 방중술의 요체는 만복滿腹을 기룬忌하여야* 하는 데 있다.

밤이 이경에 이르렀을 때, 하녀로부터 내당으로 들라는 전갈이 있었다.

최천중은 천천히 용변을 끝내고 경피로써 하는 마지막 준비를 했다.

내당의 문을 열 때 가슴이 떨렸다. 그러나 방에 들어선 순간 곧 황홀감으로 바뀌었다. 널찍한 방이 우아한 조도調度로 기품이 높 았고, 한쪽 벽엔 동파東坡의 적벽부赤壁賦가 쓰인 팔 폭의 병풍이 산수화를 곁들여 미려하게 펼쳐져 있고, 바로 그 앞에 금란의 보 료가 깔려 있었던 것이다.

그런데 여름밤 같지 않게 방안에 양풍凉風이 감돌고 있는 건 어 떤 까닭인지 몰랐다.

방안에 주인이 없기에 보료 위에 점잖게 앉아 두루 방을 살폈 다. 방 사귀에 하얀 모시로 네모지게 싸놓은 물체가 보였다. 양기凉

---

* 배부름을 피함.

氣**는 거기서부터 새어나고 있었다. 최천중은 일어서서 그것을 만져보았다. 얼음 기둥이었다. 한여름에 얼음을 쓸 수 있는 건 대궐이나 장동 김씨 일문을 빼곤 있을 수 없는 일이었다. 최천중은 황봉련이 세도 가문과 밀접해 있다는 사실을 새삼스럽게 느낀 기분이었다.

이윽고 흰 저고리, 쪽빛 치마의 차림으로 황봉련이 냉차가 든 쟁반을 받쳐들고 방안으로 들어왔다. 최천중의 뇌리에 장한가長恨歌의 한 구절이, 바람이 불면 구름이 가듯 스쳤다.

운빈화안금보요雲鬢花顔金步搖.*** 정말 침어낙안하고 폐월수화할 모습이었다. 최천중은 그제야 비로소 황당한 것 같은 이 표현의 내력을 안 듯싶었다.

사람은 놀라면 엉뚱한 소리를 지른다. 너무나 진귀한 아름다운 여색을 대하면 예사로운 말이 쑥스러워지는 것이다. 엄청난 감정은 엉뚱한 표현으로만 겨우 가능할 뿐이다. '장자莊子는 천재로다.' 최천중은 이런 엉뚱한 상념 속으로 휘말려들었다.

황봉련은 다소곳이 앉더니,

"실은, 오늘 밤 전 소복을 입을까 했어요."

하고 가느다랗게 말했다.

최천중은 그 뜻을 알았다.

"소복을 입지 않은 것을 다행으로 생각하오."

** 시원한 기운.
*** 구름 같은 귀밑머리, 꽃 같은 얼굴, 흔들거리는 금장식.

그러자 황봉련은 쏘는 듯 최천중을 보았다. 그리고 말소리를 떨었다.

"아무리 빌어도 어머니로부터의 응답이 없었어요."

"결단이 내게 있다는 것을 어머니도 아신 까닭이겠죠."

"그럴까요?"

이건 묻는 말이 아니고, 봉련이 스스로를 다지는 말이었다.

"장부를 한번 믿어보시오."

"기필 후회가 없으시겠죠?"

"장부에겐 두 말이 없소이다."

봉련이 일어서더니 옷자락으로 촛불을 껐다. 기다렸다는 듯이 달빛이 흘러들었다. 그 달빛 속에서 봉련이 그림자처럼 움직였다.

옷장에서 이불을 꺼내고 베개를 꺼내고 그것을 깔고 하는 동작이었다. 최천중은 어느덧, 꿈속에 있는 듯 황홀해졌다.

달빛이 서창西窓에 걸린 주렴 사이로 흘러들고 있었다. 그윽한 달빛이 황 여인의 백옥 같은 살결 위에 아련한 무늬를 놓았다. 옥기玉器를 엎은 듯한 가슴의 융기는 보일 듯 말 듯 떨리고 있었고, 조탁彫琢의 묘妙는 세요細腰로 굽어, 안으니 연옥온향軟玉溫香을 안은 기분이었다.

복복馥馥한 빛깔의 팽팽한 소고小鼓를 닮은 배, 방초芳草 복욱한 언덕을 지나면 탐스런 허벅다리가 우염優艶한 정강이로 흘렀다. 요妖와 염艶의 정수가 합쳐 만들어놓은 천의무봉의 여체! 지옥의 문이 이렇게 아름답다는 것은 그만큼 조화의 신비를 말하는 것인지도 몰랐다.

최천중은 경국지미傾國之美, 또는 경성지색傾城之色의 실제를 비로소 눈앞에 보고 손으로 만지는 실감을 얻었다. 확실히 그러한 미색이 있구나 하는 감탄이 사생을 결단케 하는 용기를 북돋우기도 했다. 그러나 최천중은, 그 여체가 뿜어내는 마력에 말려들어선 안된다고 마음속으로 다짐했다. 그러자면 스스로 이 흥분을 억제할 필요가 있었다. 최천중은 황 여인의 옆으로 몸을 가누고, 왼팔을 여자의 머리 밑으로 질러 귀를 만지고, 오른손으로 가슴의 융기를 애무하기 시작했다. 황 여인은 긴 속눈썹을 덮고 미동도 하지 않았으나, 전신이 이미 들끓고 있다는 것은, 손끝 마디마디에서 전해오는 그 감응으로써 알 수 있었다.

"임자는 참으로 아름답구려!"

최천중이 나직이, 그러나 열띤 소리로 속삭였다.

"한철이겠죠."

황 여인의 입에서 탄식이 새었다.

"천녀와도 같소."

"전 천녀예요."

"천녀를 이렇게 안고 있으니, 분외의 행복, 이루 형용할 수 없구려."

황 여인의 왼팔이 최천중의 어깨로 건너왔다. 황 여인의 얼굴이 최천중의 가슴팍에 묻혔다.

"이대로 그냥 밤을 새웠으면 해요."

그러나 그 입과는 달리, 황 여인의 몸은 격렬한 경련을 일으키고 있었다. 솟구쳐 오르는 정염이 전신을 태워, 그 불길을 따라 몸이 떨고 있는 것이다.

그 정열이 바로 최천중에게 전달되어, 금세라도 빨려들어갈 것만 같았다. 그러나 이 고비를 참아야 한다고 생각했다. 접이불루하려면 상대방의 흥분에 빨려 들어선 안 된다. 침향과 계피와 석곡의 합제合劑를 삼탕까지 마셔두었지만, 황 여인의 불덩어리 같은 몸을 느끼자 자신이 없었다.

최천중은, 황 여인을 접한 사나이가 죽는 이유가 정精과 더불어 생명의 수髓를 빼앗기는 데 있다고 생각했다. 그러니 접이불루로써 그 액을 방지할 수 있을 것이다. 또 하나 상상할 수 있는 것은 황 여인의 내부에 요독妖毒이 있어, 그 독기가 교접을 통해 이편의 몸으로 옮아오는 경우였다. 그것을 방지하기 위해 최천중은 경피로써 양대를 싸매놓는 준비까지 하고 있었다. 또 다른 경우가 있다면…? 최천중은 운명을 하늘에 맡겨놓을 작정이었던 것이다.

최천중은 황 여인의 알몸을 안고 정화情火에 마음을 태우면서도, 한편 전전긍긍하는 자기의 마음을 장형張衡의 다음과 같은 시에 비유했다.

정호신교접情好新交接
공률여탐탕恐慄如探湯
(반가운 정이 들어 새로운 기분으로 접하긴 하나, 한편 두려워 끓는 물을 살피듯 하옵니다.)

최천중은 진정, 끓는 물을 살피는 것 같은 기분이었다.

그러면서도 그는 손과 다리를 때론 민첩하게, 때론 서서히 움직여, 그 수단으로써도 여체를 연소시킬 수 있는 비술을 다하고 있었다.

황 여인의 경련은 거의 극도에 달했다.

"아이구, 나는 죽어유!"

하는 신음 소리가 여자의 입에서 새어나오기 시작했다. 최천중의 정화도 따라 격화했다. 그래서 자기도 모르게 결행의 작동으로 옮기려다가 또 한 번 제동을 걸었다. 방중술의 요체는 끝까지 이성을 잃지 않는 데 있었다.

그는 자기의 정화를 끄기 위해서 반고班固의 문장을 낮은 소리로 읊었다. 그것은 갈증에 겨운 듯 꿈틀거리는 황 여인에게 '조금만 기다려라' 하는 의사의 전달이기도 했다.

"방중은 정성情性의 극極이며 지도지제至道之際이니라. 이로써 성왕聖王은 외락外樂을 제제制하고 내정內情을 금금禁하여 위절문爲節文한지라. 요이유절樂而有節이면 화평이수고和平而壽考할지나 미자불고迷者不顧인즉, 생질이운성명生疾而隕性命*이로다."

"지금에 와서…."

황 여인은 가쁜 숨을 내쉬며 이렇게 한마디 하고 몸을 비비 꼬면서 비명을 질렀다.

"이 자리에 와서 운성명隕性命을 겁내요? 나를 미치게 해놓고, 이제 와서 죽는 걸 겁낸단 말요?"

---

* '요이유절~': '즐김에 절도가 있으면 마음이 화평하여 장수하게 되고, 거기에 빠져들어서 돌아설 줄을 모르면 질병을 얻어서 목숨을 잃게 된다.'

그러고는 양팔로 최천중을 힘껏 안곤 고개를 들어 눈살을 쏘았다. 그 눈빛은 달빛을 물리칠 만큼 강렬했다. 이제까지의 천녀가 요녀로 변해 있었다.

미녀로 화생化生한 백년 묵은 여우 얘기가 최천중의 뇌리를 스쳤다. 그런데도 정화는 사라지지 않았다. 사라지지 않을 뿐 아니라, 여체의 애처로움과 여심의 안타까움이 사랑처럼 솟았다.

최천중은 자신을 얻었다.

황 여인의 포옹을 부드럽게 풀곤,

"죽음이 있어도, 나는 그대 속에 들어갈 것이요, 삶을 얻기 위해서라도 그대 속으로 들어가리다."

하곤, 황 여인을 반듯이 뉘고 양대의 일각을….

금현琴絃은 천상의 악음樂音을 주주奏하고, 맥치麥齒는 환희작약 춤을 췄다. 곡실穀實에 이르자 최천중은 아연 강력한 어떤 힘에 빨려들어 완전히 정신을 잃었다. 그 뒤의 직동은 무아몽중無我夢中의 일이었다. 최천중은 천둥소릴 듣고 땅의 진동을 느꼈을 뿐, 자기의 소재도 소행도 의식할 수가 없었다. 어떤 괴력이 그를 끌고 당기고 하는 데 몸을 맡기고 있었을 뿐이다.

천天은 좌전左轉하고 지地는 우회右廻, 춘추사春秋謝하고 추동습秋冬襲하니, 남창여화男唱女和 상위하종上爲下從터라, 그들의 섭리는 극치에 말려들고 있었다.

무아몽중은 황 여인의 경우도 마찬가지인가 보았다. 그 몸이 연체동물같이 최천중의 몸뚱어리를 휘어 감았다. 최천중은 스스로의 의지로써 작동하는 것이 아니라, 휘감은 여체의 율동에 얹혀 동작을 반복하고 있을 뿐이었다.

그래도 한 가닥 의식은 있어 '이래선 안 된다. 나 자신의 방중술로 들어가야 한다'고 버티기도 했으나, 도저히 그것은 무망한 노릇이었다. 황 여인의 사지엔 무슨 흡반과도 같은 것이 있는 모양으로, 일단 휘감겨놓으면 그 율동이 명하는 대로 움직여야 했던 것이다. 여인도 자기로선 어떻게 할 수 없는 업화業火에 싸여, 그 불길이 꺼져버리기까진 자기의 마음대로 할 수 없는 상황인가 보았다.

이러한 상황이니, 접이불루니 종용안서從容安徐니 이화위귀以和爲貴니 하는 마음을 쓸 겨를이 있을 까닭이 없었다. 헤아릴 수 없을 만큼 파정破精이 빈발했는데, 그럴 때마다 새로운 힘이 솟아나곤 했다. 그런데 그건 최천중 자신의 강정력强精力 때문이 아니고, 여체의 탐람한 힘이 남자의 몸에서 정精을 뽑아내는 작용의 탓이었다.

이렇게 몇 시각을 지났을까.

중천에 있었던 달이 어느덧 서쪽으로 기울고, 방안에 일시 어둠이 찼다. 자시子時에 시작한 작동이 인시寅時까지 끌었단 얘기가 된다. 장장 세 시간….

황 여인이 포옹을 풀었을 땐, 최천중이 썩은 나무토막처럼 굴렀다.

어디선가 닭이 우는 소리가 최천중의 귓전을 스쳤다. 차츰 의식이 돌아왔다. 그때 어깨를 흔드는 감촉이 있었다. 눈을 떴다.

황 여인의 화사한 얼굴이 내려다보고 있었다. 어젯밤의 천녀도 아니고 요녀도 아닌, 분명히 인간의 여자일 수밖에 없는 얼굴이 수줍은 웃음을 머금고 내려다보고 있었다.

"일어나세요. 세수를 하셔야죠. 교군들이 곧 가마를 대령할 겁니다."

최천중은 몽유병자처럼 일어나 옷을 챙겨 입고 뒤뜰 별채로 돌아왔다. 세수도 하고 깨미음으로 요기를 하는 등, 대강의 채비를 차리는데도 완전한 정신이 아니었다.

구철룡의 말이 바깥에서 있었다.

"나으리, 사인교를 대령했습니다."

최천중이 밖으로 나왔다. 효암曉闇*의 하늘에 아슴푸레한 빛이 돋아나고 있었다.

앞뜰로 나가 가마를 타며, 최천중은 마루 쪽을 돌아봤다. 소복 차림의 황 여인이 옷고름으로 눈을 가린 채 기둥에 기대서 있었다.

가마가 회현동 비탈진 골목을 내려가 묵정동 쪽의 한길로 접어들었을 때, 최천중은 엄습하는 잠을 이기지 못했다. 동소문을 지날 땐 완전히 혼수상태에 빠져 있었다.

수문守門하는 관속들이 구철룡의

"중병에 걸려 명의를 찾아가는 병자올시다."

라는 말을 그냥 믿을 수 있을 정도로, 최천중의 잠든 얼굴은 핏기를 잃어 중병을 앓는 사람의 몰골을 닮아 있었다.

한편, 황봉련은 처음이자 마지막인 사랑을 멀리 사지로 떠나보냈다는 느낌으로 가슴을 죄며 흐느껴 울었다.

---

* 새벽녘 희미한 어둠.

인생은 수유須臾라고 하지만, 그 수유의 동안이나마 이처럼 벅찬 슬픔을 어떻게 견디어낼까 싶으니, 그 흐느낌은 통곡으로 변했다.

추상, 백운과 더불어

秋想　白雲

청령蜻蛉*의 날개에 미끄러지는 햇빛에 추색秋色이 있었다.

뒷산에 매미 소리가 아직도 요란했지만, 그 소리엔 이미 쇠락하는 가을의 가락이 물들어 있었다.

> 점각일엽경추漸覺一葉驚秋
>
> 잔선조만殘蟬噪晚
>
> 소상시서素商時序
>
> (나뭇잎 하나 떨어져 가을을 놀라게 하는데, 아직도 매미 소린 늦게까지 시끄럽기만 하니, 정작 소상** 가을이 시작되었는가 보다.)

이렇게 하잘것없는 유영柳永의 글귀까지 심상의 표면에 떠오르

---

*   잠자리.

** 素商: 가을을 달리 이르는 말.

는 것을 보면, 최천중의 심중은 짐작할 만했다.

양주楊洲 매리梅里에서 은거 생활을 하고 있은 지도 이미 한 달, 그 나날이 한가하기에 가을의 도래를 누구보다도 최천중이 먼저 감지할 수 있었는지 모른다.

회현동 황 여인 집을 떠나온 그날부터, 최천중은 거의 열흘 동안 사경에서 헤맸다. 황 여인이 알선한 집이 의원의 집이었다는 것이 또한 천만다행이었다. 물론, 그런 처사는 만일을 위한 황 여인의 대비였을 것이기도 했다.

열흘이 지나자 신열이 풀리고 정신이 회복되긴 했는데, 거의 완치에 가까워 있었던 발바닥의 상처가 급격하게 악화되어 요양 생활을 그냥 계속해야만 할 처지에 있었다. 그러나 지금은 그 상처도 아물어가서, 지팡이를 짚고 산책할 수 있을 만큼 되어 있었다.

최천중이 거처하고 있는 곳은 허윤許允이란 의원이 가지고 있는 산정山亭이었다. 그 산정에서 구철룡의 시중을 받고 요양 생활을 하고 있는 것이다.

칠월에 들어 백낙신白樂莘이 방면되었다는 소식을 뒤늦게나마 알게 되었다. 오만 냥의 돈이 고스란히 최천중의 몫으로 된 셈이다.

삼개 최팔룡으로부터, 마침 좋은 토지가 나왔기에 최천중 몫으로 전라북도 부안扶安에 이천 석 상당의 토지를 사두었다는 전갈이 있었다.

만리동 집과의 연락은 평소에 선심을 베풀어두었던 소금장수가 도맡아 하기로 돼 있었고, 회현동 황 여인으로부턴 하루가 멀다 하고 편지와 기타 일용으로 쓸 물건이 보내져 왔다.

그런데 가장 궁금한 것은 미원촌의 일이었다. 지금쯤은 왕씨 부인의 잉태 여부가 완전히 나타났을 것이니, 그 궁금증은 당연했다.

그런데 섣불리 누구를 시켜 알아볼 수도 없는 일이니, 좀처럼 빠지지 않는 다리의 부종이 그저 안타깝기만 했다. 이런 시름을 최천중은 지팡이를 짚고 산책하면서 달랬다. 혈행을 좋게 하기 위해선 가벼운 산책을 하는 것이 좋다는 의원의 권고가 있기도 했다. 산책을 하면 자연 생각나는 글귀가 있다.

"만래천기호晚來天氣好 산보중문전散步中門前."*

이란 백거이白居易의 시다.

그러한 나날의 어느 밤, 최천중은 산정 중허리에 있는 노송老松 아래로 지팡이를 끌고 갔다. 그 밤 따라 만감이 가슴에 벅찼다. 황여인을 그리는 마음이 그 가운데서도 간절했다. 그는 문득 위응물韋應物의 시를 읊었다.

회군속추야懷君屬秋夜

산보영량천散步詠凉天

산공송자락山空松子落

유인응미면幽人應未眠

(그대 그리운 가을밤, 산책을 하며 서늘한 하늘을 향해 시를 읊는다. 산에 인적은 없고 솔방울 떨어지는 소리, 숨어 사는 그대도 아직 잠들지 않았을 것이려니.)

---

* '해질녘 날이 좋아서, 산책 중에 어느 집 문앞에 이르렀는데.'

최천중의 심중에 이 시 마지막의 '유인幽人'*이란 글자가 '가인佳
人'으로 바꿔져 있었다. 가인이란 즉 황봉련!

'황 여인! 그대도 아직 잠들지 않았겠지.'

하는 기분이었던 것이다.

최천중은 황 여인과 교정이 있었던 밤을 조용히 회상했다. 황 여
인의 편지는, 평생을 의지할 사나이를 만났다는 기쁨과, 비로소 그
가혹한 액에서 풀려났다는 기쁨으로 꽉 차 있었는데, 결코 그런 게
아니라는 사실을 알고 있는 사람은 최천중이었다. 황봉련의 육체는
남자의 정수를 마지막 한 방울에 이르기까지 빨아먹지 않고는 그
칠 줄 모르는 탐람한 마력을 가지고 있는 것이다.

허 생원은 최천중의 병명을 신허腎虛라고 했었다. 이를테면 황
여인은 사나이를 한 번의 교접으로 신허를 만들어버리는 특수 체
질이었다. 최천중이 만일 경피로써 대비하는 술책이 없었더라면 벌
써 이 세상 사람이 아니었을 것이다. 그걸 생각하니 전율이 등골을
스치는 느낌이었지만, 연정과 모정慕情은 여전히 샘물처럼 솟아오
르고 있었다.

어느 날 오후, 최천중은 발을 드리운 방안에서 공자진의 시를 읽
고 있었다.

"나으리, 양 서방이옵니다."

하는 구철룡의 소리가 있었다.

---

* 어지러운 세상을 피해 조용히 숨어 사는 사람.

양 서방이란 만리동의 집과 자기 사이에서 연락을 취하는 소금 장수이다.

최천중은 발을 걷고 마루로 나갔다.

이제 막 샛문을 들어선 소금장수 양 서방이 벗은 지게를 그늘진 담장에 기대어놓고 있는 참이었다.

그는 한아름 보퉁이를 안고 다가와 그 보퉁이를 축담에 놓고 절을 했다. 최천중은 빨리 마루로 올라오라고 일렀다.

"댁내는 두루 무고합니다."

마루에 걸터앉은 소금장수의 첫말이었다. 최천중은 턱으로 보퉁이를 가리키며 물었다.

"그건 뭔가?"

"입성허구, 떡, 유과, 과일입니다."

"그거 잘 가져왔군."

최천중은 산정의 주인 허 생원의 손자를 생각하며 말했다. 허 생원의 손자는 금년 여덟 살 되는데, 총명하기 짝이 없었다. 구철룡의 글을 가르치기 겸해 그 아이에게도 맹자를 가르치고 있는데, 송재 誦才와 이해력이 뛰어났다. 가히 신동이라고 할 만했다.

"그런데 꼭 말씀드리라는 게 있습니다."

"뭔데?"

"미원촌에서 왔다는 고한근이라는 사람이 도사님을 뵈려고 하는데, 이번엔 뵙지 않곤 돌아갈 수가 없다면서 삼개 여사에 머무르고 있다고 하옵데요."

최천중은 가슴이 뜨끔했다.

미원촌 고한근이라면, 피골이 상접하고 얼굴이 철색이었던 그 사나이임에 틀림없었다. 최천중이 그의 관상을 보았을 땐 이미 사상死相이 역력해 있었다.

그런 까닭으로 적당히 몇 마디 하고 병이나 고치라고 죽은 사람에게 부조하는 셈으로 얼마간의 돈을 주었었는데, 그렇다면 그자가 아직 죽지 않고 있단 말인가. 그 사나이가 찾아왔다면 단연코 무슨 곡절이 있을 것이다. 그러나 결코 나쁜 일은 아닐 것이란 짐작이 들었다.

"오늘 밤은 여기서 자고 내일 일찍 서울로 돌아가게. 그리고 미원촌에서 왔다는 그 사람을 모레라도 좋으니 이리로 데리고 오게. 노자는 후하게 줄 테니까."

"고맙습니다, 도사님. 그럼 아직 해가 있으니 이 길로 돌아갈까 합니다."

"고단하지 않겠는가?"

"웬걸요. 무거운 소금짐을 지고도 하루 백여 리 길은 예사인뎁쇼."

"그렇다면 알아서 하게."

하고, 최천중은 돈 열 냥을 문갑에서 꺼내 주었다. 소금장수는 감지덕지, 지게를 다시 지고 샛문을 빠져나갔다.

최천중은 부자유스런 다리를 끌고 일어나 지팡이를 짚고 밖으로 나와 언덕 위에 섰다. 숲 사이로 비탈길을 총총히 내려가는 소금장수의 뒷모습이 보였다.

문득 최천중은,

'기부유어천지寄蜉蝣於天地.'*

란 생각을 했다. 차츰 작아져 가물가물 보일 듯 말 듯 멀어지는 소
금장수의 뒷모습을 보며 하루살이를 연상한 것이다. 저렇게 살아
무슨 보람이 있을까 하는 생각, 난들 그와 무엇이 다를까 하는 생
각이 교차했던 것이다.

"이제 그만 들어가시죠."

뒤에서 구철룡의 소리가 있었다.

이튿날 해 질 무렵이었다. 소금장수 양 서방 뒤를 따라 건장한
사나이가 최천중의 눈앞에 나타났다. 고한근이었다. 그러나 아무리
최천중이 관상사이기로서니, 어제 소금장수의 말이 없었더라면, 그
가 작년까지만 해도 사상이 역력했던 고한근이란 것을 알 까닭이
만무했다. 그만큼 고한근의 체구는 당당했다. 얼굴은 구릿빛으로
윤이 나고, 온몸에서 힘이 솟아오르는 듯했다.

고한근은 대청마루에 올라서자, 갓이 바닥에 닿도록 절을 하곤,

"도사님의 은혜 잊지 못하와 이렇게 찾아왔소이다."

하고 정중하게 아뢴다.

"은혜랄 게 있소? 서로의 연분이겠죠."

하며, 최천중은 고한근이 편히 앉기를 권했다. 그러나 고한근은 꿇
어앉은 자세를 고치려 하지 않고 말했다.

"도사님의 분부와 그리고 열 냥의 돈이 소인의 명을 구했을 뿐

---

* '하루살이 같은 인생을 천지에 붙여 삶.'

아니라, 오늘날 이렇게 건강한 몸으로 도사님을 뵈올 수 있게 하였사옵니다."

고한근의 말에 의하면, 그는 최천중의 지시에 따라 곧 무주茂朱구천동九天洞으로 달려갔다. 어떤 친구로부터 그곳에 독사가 많다는 소식을 들었기 때문이다.

고한근은 어떤 초부樵夫*의 집을 찾아 돈 열 냥을 맡기고 사연을 말했다. 동면에 들기 전의 뱀은 특히 영효가 있지만 찾긴 힘들다고 하면서도 초부는 그를 위해 노력을 아끼지 않았다. 덕분에 꼬박석 달을 아침저녁으로 사탕蛇湯을 거르지 않았다.

때론 생사生蛇의 회를 먹기도 했다. 그리고 매일처럼 산골짜기를 헤매 더덕, 도라지, 칡뿌리 등을 캐어 먹기도 했다. 그랬더니 병이나은 건 두말할 것도 없고, 볼 때마다 몸이 건강해졌다는 것이다.

"반가운 일이오."

최천중은 기쁨을 숨기려 하지 않았다. 자기의 말을 듣고, 자기의덕택으로 사경에서 소생한 사람을 앞에 하고 있으니 반갑지 않을까닭이 없었다.

"앞으로 도사님의 분부를 받들며 살까 하옵니다. 이 생명은 도사님이 부지해준 생명이오니, 그렇게 아시고 마음대로 부려주옵소서."

고한근의, 충정을 미우眉宇에 새긴 그 말이 간절했다.

"별말씀을…. 건강을 되찾으셨으니, 앞으론 수신제가하고 잘 사

---

* 나무꾼.

시오."

"아닙니다. 전 도사님의 뜻을 받들며 살 작정을 했습니다."

"서로 도와가며 삽시다."

하다가 최천중은, 이 사람에겐 특출한 재주가 있을 것이라고 판단한 기억이 되살아나서 물었다.

"고 생원께선 특출한 재주가 있다고 보았는데, 그게 무엇입니까?"

"소인은 원래 동관冬官 아래 판선공감사判繕工監事의 일을 돕는 도목수都木手였습니다. 그런데 병을 얻어 낙향해 있을 때 도사님을 뵈었습니다."

동관이란 공조工曹를 말한다. 최천중은 이것이 바로 기연이란 생각이 들어 마음이 들떴다.

"고 생원 덕택에 좋은 집이나 지어볼까?"

하고 최천중이 중얼거렸다.

"소인, 정성을 다하겠습니다."

고한근이 머리를 조아리며 말했다.

"미원촌 얘기나 들읍시다."

최천중이 넌지시 말머리를 돌렸다.

미원촌을 들먹이자, 고한근의 얼굴이 환하게 밝아졌다.

"말씀드리려던 참이었습니다. 지금 미원촌에선 도사님에 대한 칭송이 굉장하옵니다. 소인의 병이 이처럼 나은 데 대해서도 모두들 놀라고 있거니와, 왕덕수 생원 댁에선 경사가 났습죠. 도사님이 일러주신 분부 그대로 시행했더니, 왕씨 부인께서 잉태를 했다지 않습니까. 결혼한 지 십여 년이 되어도 무자無子해서 걱정을 해오던 차에 부인이 잉태를 했으니 얼마나 기쁘겠습니까. 그러니 미원촌 동네가 도사님 얘기로 낮과 밤이 지새는 형편이 될 만도 하옵니다. 소인이 도사님을 뵈려고 떠난다고 하니까, 동네 사람들이 우르르 몰려와 꼭 한 번만이라도 더 도사님을 모시고 오라고 야단들이었습니다. 미원촌엔 아들을 얻지 못해 근심하고 있는 집이 다섯 집이나 있습니다. 모두가 조씨 문중의 꽤 잘사는 사람들이라서, 아들을 얻을 수 있는 비방만 가르쳐주면 후한 답례가 있을 것이올시다. 소인이 떠나는 날 조 진사가 부르시기에 갔더니, 진사 어른도 도사님을 꼭 모시고 오라는 말씀이었고, 왕 생원은 동구 밖에까지 나와 노자까지 주면서, 역시 도사님을 모시고 오라는 절절한 부탁이었습니다."

최천중은 가슴속으로부터 끓어오르는 기쁨을 억제할 수가 없었다. 왕씨 부인이 잉태했다는 소식은 자기가 천하의 반을 얻었다는 소식과 맞먹을 정도로 기뻤다. 최천중은 고한근의 손을 덥석 잡고,

"미원촌 사람들이 그처럼 좋아한다니, 이 이상 기쁜 일이 없구려."

하고, 일어서서 덩실덩실 춤이라도 추고 싶은 충동을 가까스로 억제했다.

"도사님은 언제쯤 미원촌에 걸음을 하실 수 있겠사옵니까?"

최천중의 기쁨은 곧 고한근의 기쁨이어서, 이렇게 묻는 말이 약간 들떠 있었다.

"고형은 언제쯤이 좋겠다고 생각하오?"

"언제라도 좋겠지만, 추수가 다 끝난 무렵이 좋을까 합니다."

"그때까지 이 발이 낫기만 하면 좋으련만…."

최천중이 부자유한 다리를 만지며 중얼거렸다. 그때야 고한근은,

"발은 어떻게 해서 다치셨습니까?"

하고 물었다.

"발과 생명을 바꾼 거요. 내 생명을 노리는 자가 있었습니다."

"누가요?"

"그건 아직 말할 수가 없소."

"무슨 까닭으로 그런 짓을…? 그게 누군가를 알기만 하면 소인이…."

"내가 그자의 속셈을 너무나 잘 알고 있으니까 두려워서 한 짓이죠. 그러나 이해가 넘어가면 날 해칠 생각을 버릴 겁니다. 그러니 그자를 내버려둬도 돼요. 걱정할 것 없소."

"그러나…."

"걱정할 것 없다니까요. 보다도, 미원촌 소식을 들으니까 반갑군요."

최천중의 뇌리에 화려한 그림들이 펼쳐져나갔다. 이때까지 세도를 부린 놈들이 뜰아래 꿇어앉아 죄를 비는 광경이 눈앞에 선했다. 이하응을 잡아다놓고 '네 이 늙은 것, 왜 나를 죽이려고 했느냐?' 하고 호령하는 장면까지 떠오르는 것이 아닌가. 최천중은 그 공상만으로도 하늘에 오를 것만 같았다.

공상에 이어 계획이 다음다음으로 펼쳐졌다. 우선 집을 지어야만 했다.

최천중이 흡족한 기분으로 물었다.

"고 생원, 집터를 잡을 줄 아시겠죠?"

"변변치는 않습니다만…."

"그런 사양은 말구, 똑바로 얘기해보시오. 집터를 잡을 수 있겠죠?"

"분부가 계시다면 여부가 있겠습니까?"

"그럼 좋소. 한성에서 삼십 리쯤 상거가 되는 사방에, 대궐에 비할 만한 집을 지을 수 있도록 우선 지형을 찾아보시오. 돈 걱정일랑 말구요."

"지형은 도사님이 잡으셔야죠."

"아니오. 나는 고 생원의 특출한 재주를 관상을 통해서 알고 있소."

"꼭 그러시다면 힘써보겠습니다."

"내일부터라도 좋소. 우선 지형을 찾아놓고 봅시다."

그리고 최천중은, 연래年來로* 익혀온 자기의 구상을 털어놓았다.

한성과 삼십 리쯤 상거한 지대가 약간 험한 곳이라야 한다는 것, 출입하는 사람들의 감시를 잘 할 수 있는 지대라야 한다는 것, 외부에서 들어올 땐 외길이지만, 이쪽에서 빠져나가는 길은 많아야 한다는 것, 수십 채의 집을 지을 수 있도록 터를 미리 넓게 잡아야 한다는 것, 그 수십 채의 집은 외관으론 따로따로이지만 내밀적으론 한 집 울안처럼 연락이 되게 되어야 한다는 것, 집마다 물을 풍

---

* 몇 해 전부터 지금까지.

성하게 쓸 수 있도록 수세水勢를 잘 보아야 한다는 것, 주인 이외의 사람은 알 수 없도록 복잡한 구조를 가진 집이어야 한다는 것, 지붕은 남의 이목을 끌지 않게 초가로 하되, 언제라도 기와로 바꿀 수 있도록 해야 한다는 것 등, 뼈대를 들먹이고 나서,

"난세에 영웅이 피신하며 살 수 있는 동시, 맹상군, 신릉군처럼 삼천 식객을 거느려 불편함이 없는 그런 집을 지어보자는 거요."

하고 덧붙였다.

고한근은 최천중이 뜻하는 바를 단번에 알아차렸다.

"소인은 궁전 보수의 감역監役을 한 적이 있사온즉, 뜻을 받들어 소홀함이 없도록 하겠습니다."

최천중은 문득, 왕유王維의 망천장輞川莊을 상기했다.

"당나라 왕유를 아시죠? 왕유가 망천에 별장을 지었다오. 그 별장을 두고 송나라 정대창程大昌이 이런 글을 남겼소.

'망천은 남전현藍田縣의 남쪽 요산嶢山의 어귀에 있나니, 현과의 상거는 8리, 천구川口는 두 산이 협峽을 이루어, 산을 따라 석벽石壁을 뚫길 5리, 길은 심히 험준하도다.

그러나 이곳을 지나면 활연히 개랑開朗하여 마을이 상망相望하는 상마비요桑麻肥饒의 땅이 나타나니라. 사고四顧하면 산만山巒이 엄영掩映하여, 길이 없는 것 같지만 환전環轉하여 남南하길 십삼구十三區, 그 미美는 기이하더라.** 왕유의 별장은 바로 여기에 있

** '…활연히 탁 트여 마을이 서로 바라보이는 비옥한 땅이 나타나니라. 사방을 둘러 보면 산봉우리가 가려져 길이 없는 듯하나 고리[環]처럼 굴러보면 남쪽으로 13구 요, 그 아름다움이 기이하더라.'

도다.'"

고한근은 넋을 잃고, 시를 읊는 소리로 변해버린 그 말을 들었
다.

최천중은,

"내 뜻을 알겠소?"

하고 묻곤, 고한근이 고개를 끄덕이자 간절한 말투로 덧붙였다.

"바로 그런 곳에 집을 지었으면 합니다."

고한근이 다녀간 지도 열흘이 지났다. 최천중의 발은 완치에 가
까웠다.

"닷새쯤 지나면 말짱하게 될 게요."

허 의원이 이렇게 말한 것은 어제 아침의 일이다.

최천중은 지팡이를 끌고 산정 뒤 동산으로 올라갔다. 서쪽으로
기울어가는 해의 빛을 받고, 산과 들은 가을의 정취로서 완연했다.
산은 농록濃綠의 바탕에 수놓듯 홍엽을 끼었고, 들은 황금의 파도
를 저편 산기슭에까지 채우고 있었다.

"추흥秋興이 여차如此한데 시흥詩興이 없을쏜가."

하고 중얼거렸는데, 문득 최천중의 뇌리를 스치는 절구가 있었다.

자고봉추비적요自古逢秋悲寂寥

아언추일승춘조我言秋日勝春朝

공청일학배운상晴空一鶴排雲上

편인시정도벽소便引詩情到碧霄

298

(예로부터 가을이 오면 그 적적함을 슬퍼하지만, 나는 말한다, 가을날이 봄날보다 좋다고. 맑게 갠 가을의 하늘에 한 마리의 학이 구름 위로 날아 오르는 것을 보면, 내 마음도 시정에 끌려 푸른 하늘로 날아오른다.)

시의 대부분은 가을을 슬프게 노래 부른다. 가을이 좋다고 하는 이 유우석劉禹錫의 시 같은 것은 드물다. 그런데 이같이 드문 추흥의 시를 최천중이 상기한 것은, 왕씨 부인이 잉태했다는 소식을 듣고 흐뭇해진 그의 마음 탓이었을 것이다.

그는 미원촌으로 마음을 보냈다. 왕씨 부인의 심정은 어떠할까? 아이를 배었다는 기쁨과 무서운 비밀을 안고 있다는 괴로움과 어느 편이 클까?

'부인, 마음을 너그러이 가지소서. 모든 것은 천리에 좇아 이루어지는 것. 운명에 맡기고 나날을 평안하게 지내소서. 모체母體에 근심이 있으면 태아에 좋질 않습니다. 태교의 근본은 안심보신安心保身이라고 하였고, 마음을 안온하게, 몸을 건강하게 지녀야만 왕재를 가꿀 수 있는 법이오. 부디 마음을 너그러이 가지소서!'

최천중은 이렇게 비는 마음으로 물들었다. 그리고 그런 마음의 연장延長에 왕덕수의 모습이 나타났다.

'학문을 좋아하는 선비, 착하기만 한 선비, 당신에겐 분명 죄를 지었소. 그러나 언젠가는 그 죄를 보상할 날이 있으리라. 우리 함께 지금 부인의 배 속에 있는 아이를 성의를 다해 기릅시다. 그 아이에게 우리의 희망을 위탁합시다. 만백성을 광피光被하는 덕인德人

으로 키웁시다. 인류의 사말些末*에 구애되어 천륜을 어지럽게 하지 맙시다. 인류와 천륜은 원래 일치되어야 하는 것이지만, 때론 어긋날 수도 있는 법인즉, 마음을 든든히 먹고 앞날을 기약해봅시다.'

최천중이 이처럼 겸허한 마음이 된 것은, 그를 둘러싸고 있는 추색의 탓만은 아닐 것이다. 실로 그는 위대한 각오를 굳히고 있었다.

왕씨 부인의 배 속에 있는 아이가 악에 접근하는 일이 없도록 악은 스스로 도맡을 것이며, 그 아이의 앞날을 얻기 위해선 어떤 위험도 불사하겠다는 엄청난 각오가 최천중의 마음속에 자리를 잡기 시작한 것이다.

그러한 마음의 과정이 국운國運을 생각하는 데까지 부풀어올랐다.

'나라가 계속 이런 꼴이어서 될 말인가. 암우暗愚한 임금은 주색에 탐닉하여 병을 얻었고, 권신들은 재물을 탐닉하여 정사가 문란하고, 백성들은 가렴주구에 시달려 빈사상태에 있고… 이 왕조가 계속되는 한, 이런 병폐를 고칠 수 없을 것이니, 명命을 혁革할 시기가 반드시 오고야 말 것이렷다!'

이런 생각을 해보는 것이 한두 번이 아니었지만, 이때까진 그저 막연한 감회에 불과했었는데, 지금의 생각은 전연 달랐다. 구체적인 방안을 찾는 정열의 뜻이 섞이게 된 것이다.

'나라를 바로 세우려면 양반 놈들을 없애든지, 아니면 그 버릇을 고쳐놓아야 한다. 그런데 그 방법은?'

백 명 상민이 단합하면 한 줌밖에 안 되는 양반쯤 없애버리기란

---

* 자질구레한 일.

문제도 안 될 것인데 그게 그렇게 되지 못하는 까닭이 어디에 있을까?

최천중은 그 원인이, 상민과 평민이 단합할 수 없다는 데 있다고 생각했다. 그들은 비굴해서 일어설 수가 없는 것이다. 한데, 그 비굴함은 천성일까? 천성이라면 도리가 없다. 덩굴나무는 아무리 거름을 주고 북을 줘서 잘 가꾸어도, 의지할 것이 없으면 하늘을 향해 서지 못하고 땅을 기기만 하지 않는가.

그렇다면 어떤 힘으로써 명을 혁해야 한단 말인가. 양반들 가운데서 불평객不平客을 모은다? 안 될 말이다. 그렇게 해서 대권을 잡아놓으면, 결국 또 양반들이 설칠 것이 아닌가.

최천중은 병정들을 규합할 궁리를 해보았다. 우두머리를 빼곤 죄다 상민 출신이나 평민 출신이어서, 얼핏 그들의 규합이 가능할 것도 같지만, 이미 권세에 기생해 있는 그들에게서 올바른 정신을 기대한다는 것은 무망한 노릇이었다.

최천중은 이런 생각에 골몰한 끝에, 도저히 자기 혼자서는 나라의 대사를 보람 있게 생각할 수 없다는 것을 느꼈다. 그러니 첫째할 일은, 뜻을 같이하는 동지를 모으는 것이었다. 동지를 모으기 위해선 먼저 뜻이 있어야 한다. 그런데 그 뜻은?

언뜻 최천중의 뇌리를 스치는 것이 있었다. 그것은 황봉련이 신봉하고 있는 옥황상제였다. 그 옥황상제를 받들라는 뜻으로써 사람을 모으면 될 것이 아닌가. 봉련의 신통력을 빌리면 든든한 결사結社를 만들 수 있다. 천리의 길도 한 발부터 시작한다는 말이 있지 않은가.

최천중은 황봉련을 신격화해서 옥황상제와의 중간자로 치고 우선 교단을 만들어야겠다는 계획을 세웠다. 그는 황봉련을 조종할 자신이 있었다. 장중掌中의 구슬처럼 말이다.

교단을 만들어야겠다는 착상은 최천중을 들뜨게 했다. 황봉련의 신통력을 통해 옥황상제의 영험을 보여주기만 하면, 우선 한양의 고관대작들의 부인을 비롯해서 하층의 아낙네들에 이르기까지 마음을 사로잡을 수 있을 것이다. 최천중 자신의 지모로써 거들기만 하면, 교세를 전국적으로 펼칠 수도 있을 것이다.

추흥은 온 데 간 데가 없고, 최천중은 스스로의 꿈에 도취된 채 머리 위를 진가는 백운白雲을 바라보고 있었다.

"운로붕정구만리雲路鵬程九萬里*라!"

최천중이 소리를 내어 중얼거리며 그 구름이 가는 방향을 눈으로 좇았다. 그의 꿈은 구름과 더불어 흘렀다. 어느덧 그는 운상雲上의 사람이 되어 천하를 굽어보는 마음으로 황홀했다.

그 황홀경을 깬 사람은 구철룡이었다. 구철룡은 묵직한 망대를 어깨에서 벗어놓고 최천중 옆에 앉으며 싱글벙글 웃었다.

최천중이 망대 속을 들여다보았다.

"꽤 많은 버섯을 땄군."

"오늘 저 등 너머에까지 갔어요. 송이버섯이 우글우글하지 않겠어요? 어찌나 신명이 나는지…."

하고, 구철룡은 한 움큼의 버섯을 끌어내 보였다. 허 의원이 다리

---

* '봉새가 되어 구만리 상공을 노닐다.'

부종을 빼는 덴 버섯을 많이 먹어야 한다는 얘길 듣고부터, 구철룡은 기를 쓰고 버섯을 따러 갔는데, 지금까지 따놓은 것만 해도 상당한 부피가 되어 있었다.

망대 안에는 송이버섯뿐만 아니라 싸리버섯도 있었다. 싸리버섯은 살큼 데쳐 초간장에 찍어 먹으면 기막힌 맛이다.

"그런데 나으리, 이것 좀 보세요."

하고, 구철룡은 울금鬱金 빛으로 눈부신, 그리고 바탕에 갈색의 점점이 찍힌 버섯 몇 개를 꺼내놓았다.

"그건 뭐냐?"

"호랑나비버섯입니다."

"그런 이름이 어디 있겠노?"

"호랑나비를 닮지 않았습니까?"

"그렇긴 하다만…."

"그런데 이건 독버섯이거든요. 이렇게 예쁘게 생긴 버섯에 독이 있다는 건 이상하지 않아요? 사람의 마음을 끌어놓고 먹기만 하면 왕창 생명을 앗아가는…. 조물주는 왜 이런 것까지 만들어놓았습니까?"

"다 뜻이 있을 것이다."

"그 뜻을 알고 싶단 말입니다."

"몰라도 되는 건 알 필요가 없지."

"그래도 꼭 알고 싶은걸요, 뭐."

"그런 게 알고 싶으면, 왜 공부는 하지 않고 마냥 산으로만 돌아다니나?"

최천중은 짬만 있으면 구철룡에게 글을 가르치려고 하지만, 구철 룡이 요리조리 핑계를 달고 산으로 도망쳐버리곤 하는 데 대한 꾸 지람이었다.

"우리 같은 놈이 글을 배워 뭣 합니까? 평양감사를 할 겁니까?"

"사람이 사람답게 되려면 글을 배워야 해."

"항우項羽는, 글은 성명을 기記할 정도면 족하다고 했다면서 요?"

"그럼 너는 항우가 될 생각이냐?"

"될 수만 있다면, 항우쯤 되어봤으면 합니다."

"항우는 결국 한 고조에 패해 죽고 말았다. 그런 패장을 닮아 뭣 을 할 거냐? 이왕이면 승장이 되어야 한다. 항우가 소싯적 글공부 를 게을리 안 했더라면, 한 고조의 지략에 패하지 않았을지도 모른 다."

"한 고조도 별루 글공부한 것 같진 않데요, 뭐. 술이나 마시구, 노름이나 허구, 길 가다가 뱀이나 죽이구…."

"이놈, 꼭 너한테 편리한 것만 외고 있구나."

하고, 최천중은 깔깔 웃었다.

그때, 구철룡이 마을을 가리키며,

"잠깐 들어보세요."

했다. 마을 쪽에서 떠들썩한 소리가, 그러나 분명치 않은 채 들려왔다.

"누구 집에서 나는 소린가?"

"배 참봉 댁에서 나는 소린가 봐요."

시끌시끌한 소리를 누르고 베를 째는 듯한 비명이 솟았다.

"또 만돌이가 맞고 있구먼요."

만돌이란 배 참봉 집의 상노인데, 사흘이 멀다 하고 매를 맞았다. 굵다란 걸대에 부리부리한 눈을 가진 스물 안팎의 젊은 사나이다. 보면 그렇지 않은데, 꽤나 미욱한 모양으로 종종 그렇게 매질을 당했다.

그런데 그날은 여느 때완 달랐다. 만돌의 비명이 동산 위에까지 들리는 판이니, 꽤 심한 매질인 것 같았다.

"만돌인 저러다간 죽어요."

구철룡이 동정에 겨운 투로 말했다.

"왜?"

"저렇게 매일 맞구 어떻게 살아요?"

"나쁜 짓을 했겠지. 맞을 만한…."

최천중은 배 참봉이란 영감을 잘 알고 있었다. 터무니없이 매질을 할, 그런 매정스러운 사람은 아니었다.

매질은 계속되고 있었다.

"그럼 내가 가서 말려줄까?"

"말려주세요. 만돌인 저와 친구예요."

구철룡이 울먹거리는 소릴 했다.

최천중은 지팡이를 끌고 동산을 내려가 배 참봉 집 사랑으로 들어섰다.

팔다리를 묶여 있는 만돌이 뜰에서 뒹굴고 있는 꼴이 시야에 들어왔다. 몽둥이를 들고 있는 사람은 바로 배 참봉이었다. 자기가 손수 몽둥이를 들다니, 얼마나 화가 나서 저럴까 하는 마음이 먼저 들었다.

들어온 사람이 최천중임을 알자, 배 참봉은

"허 생원, 이것 동네를 시끄럽게 해서 미안하오이다."

하고 인사를 했는데, 성난 표정은 풀지 않았다. 최천중은 허 의원의 친척이라는 명분으로 그곳에 머물러 있었기 때문에, 그 동네에선 허 생원으로 통하고 있었던 것이다.

"참봉 나으리, 그만하시구 풀어주시구려. 그만큼 하셨으면 알아들을 만도 했을 겁니다. 게다가 심하게 화를 내시면 참봉 나으리의 몸에 해로우실 것 아닙니까."

최천중의 말을 무시할 수가 없었던지, 또는 이미 기력을 다 소모한 탓인지, 배 참봉은 몽둥이를 홱 집어던지며 고함을 질렀다.

"이놈을 광에 도로 집어넣어라. 지금부터 며칠을 굶겨놔야겠다. 그래도 정신을 안 차리면 당장 목을 쳐버릴 테다."

배 참봉은 손을 털고 마루로 올라갔다.

최천중은, 장정 두 사람에게 들려 광으로 옮겨지는 만돌이를 봤다. 참으로 목불인견目不忍見한 몰골이었다. 몽둥이를 닥치는 대로 마구 맞은 모양으로, 두개골에 열상이 나 있고, 이마도 터졌고, 코는 이지러졌는데, 전신이 온통 피투성이였다.

"저대로 두면 죽겠는데요."

최천중이 간신히 한마디 했다.

"죽든지 말든지 내버려두겠소."

배 참봉의 격한 소리가 들려왔다.

"그러나 그럴 수야 있겠습니까?"

최천중은 구철룡을 시켜 허 의원을 불러오라고 일러놓고, 자기도 사랑마루로 올라갔다.

배 참봉은 그때까지도 분이 풀리지 않은 모양으로, 거칠게 숨을 쉬고 있었다.

사연을 듣고 보니, 배 참봉이 성낼 만도 했다. 만돌은 거짓말을 밥 먹듯 한다는 것이고, 그 거짓말의 정도가 지나치다는 것이다.

이런 일이 있었다고 했다. 배 참봉이 닷새쯤 기약하고 한양으로 갔는데, 사흘인가 지난 어느 날, 산에 갔던 만돌이가 황급히 돌아와서 배 참봉이 한강에 빠져 죽었다고 했다. 집안이 온통 수탄장愁嘆場*이 되었다. 만돌이가 보았다는 지점으로 가서 한강을 더듬었으나, 시체는 간 데 온 데가 없었다. 사방으로 부고를 내는 등 법석을 떨었다.

그런데 배 참봉은 한양의 친구 집에서 그 부고를 받았다.

"자넨 이렇게 살아 있는데 부고가 웬일이냐?"

면서 그 친구는,

"혹시 자네, 도깨비가 아닌가?"

하고, 막상 농담답지 않게 구슬려대기도 했다. 그렇게 되니 일을 볼 수가 없었다. 아는 사람 집마다 부고가 돌려져 있어, 사람의 진부眞否를 의심당할 판이었으니 말이다.

어이가 없어 돌아와보니, 만돌이의 수작이었다. 그때도 만돌인 즉사하게 얻어맞았다. 무슨 까닭으로 거짓말을 했느냐고 따졌더니,

---

* 근심과 탄식이 가득한 곳.

"산에서 풀을 베다가, 어쩌다 강변 쪽을 보았는데, 배 참봉 나으리가 물속으로 빠지더라."

고 천연덕스럽게 대답했다.

또 한 번, 이런 일이 있었다.

배 참봉의 큰사위가 파주에서 살고 있는데, 어느 날 만돌이를 그리로 심부름 보냈다. 해 질 무렵에야 돌아와서 하는 소리가, 그 사위가 죽었다는 것이었다. 집안이 발칵 뒤집힐 수밖에 없었다.

그랬는데 그게 거짓말이었다는 것이 이내 탄로 났다. 만돌인 또 즉사하게 맞았다.

이렇게 번번이 거짓말을 하는데도, 그때마다 곧이듣지 않을 수 없도록 꾸며대는 재주가 또 비상했다.

배 참봉 집과 건넛마을 원 진사 집이 불구대천의 원수가 된 것도 따지고 보면 만돌이 때문이었다.

서너 해 전에 원 진사 댁 아들과 배 참봉 집 딸 사이에 혼담이 있었는데, 만돌이가 원 진사 댁 주위의 사람들에겐 '배 참봉의 딸은 몹쓸 피부병에 걸려 있다'고 이르고, 배 참봉 집 사람들에겐 '원 진사의 아들이 고자임에 틀림없을 것이다'라고 일렀다. 조금 시간이 지나자, 그런 소문을 퍼뜨린 놈의 존재는 묻혀버리고, 소문만 나돌게 되었다. 드디어 집안 간에 반목이 생겼다. 혼사하기 싫으니까 괜히 생트집을 잡는다고 피차 생각하게 된 것이다.

다행히 배 참봉의 딸은 중신을 선 아낙네들 앞에서 옷을 벗어 보이는 등 해서 그런 소문을 꺼버리고 시집을 갈 수 있었지만, 원 진사 아들은 옷을 벗어 그것을 과시할 수도 없는 사정이라 아직껏 그 때를 못 씻고 있는 형편이었다. 원 진사 댁에선 종년을 시켜 그 아들이 고자 아님을 증명하려고도 했던 모양인데, 그렇게도 안 되는 것을 보니, 고자일 것이 틀림없다는 얘기로 굳어졌다. 그것이 사실이라면, 만돌이의 거짓말이 이 경우에 있어선 배 참봉 집의 화를 미연에 방지한 것이 되었다.

이렇게 만돌의 거짓말은 헤아릴 수가 없었다.

"그때마다 매질을 해서 그놈 버르장머리를 고쳐보려고 했지만 되질 않아요. 그런데 오늘 또 그놈이….''

하고 배 참봉은 흥분했다.

"오늘은 무슨 일이 있었습니까?''

자기가 느끼고 있는 흥미를 눈치채지 않게 마음을 쓰며 최천중이 물었다.

"글쎄, 그놈이….''

배 참봉은 아직도 치밀어 오르는 격분을 참지 못하겠다는 듯이 불이 꺼진 담뱃대를 빨다가, 그 담뱃대로 마루 끝을 딱딱 치곤 거칠게 말을 이었다.

"글쎄 그놈이…. 어젯밤 그놈에게, 내일 아침에 양주장엘 좀 갔다 오라고 했더니, 아침에 일어나니까 글쎄, 그놈이 보이질 않는단 말요. 사방을 찾았지만 있어야지. 밤 때가 돼두 나타나지 않구…. 부아가 나서 하루 종일 안절부절못할 지경이었는데, 글쎄 그놈이 아까에야 털레털레 나타나지 않겠수. '이놈아, 어딜 갔다 인제 오느냐?'고 했더니만, 하는 소리가, 양주장에 가보고 온다지 않겠소. 양주장엘 뭣 하러 갔느냐고 했더니, 글쎄 그놈이 하는 말이, '어젯밤 나으리께서 내일 아침 일찍 양주장엘 갔다 오라고 하지 않았습니까요. 그래 갔다 왔시유.' 이러더란 말유. 어이가 없어서 참을 수가 있어야지. 뭣 하고 왔느냐고 물었더니, 그저 가보고 왔다는 거예요. '심부름을 시키려고 장엘 보내려 한 거지, 괜히 다리 힘 올리라고 양주장엘 갔다 오라 한 거냐?'고 따졌더니, 그놈 하는 소리가 뭐겠소. '그럼 그렇게 말씀할 일이지' 하구 되레 제가 퉁명스럽게 나온단 말예요. 그래, 경을 쳐주기로 한 건데….'

최천중은 웃고 싶은 것을 겨우 참았다. 양주장에 갔다 오란다고 빈손으로 그냥 갔다 왔다면 만돌이는 필시 바보일 것이지만, 만돌인 바보가 아니었다. 필시 무슨 까닭이 있었을 것이다.

"그래, 만돌이가 양주장엘 갔다 온 건 사실인가요?"

"그걸 어떻게 알겠수. 어디 산골짜기 양지쪽에서 용두질[수음手淫]이나 하구 온 건지."

최천중은 문득, 만돌이가 죽자 하고 그날 양주장에 가기 싫으니까 꾀를 냈으리라고 짐작했다. 그 밖의 이유가 있을 까닭이 없었다. 동시에, 매 맞는 것을 무서워하지 않고 배짱을 부리는 꼴만은 볼 만하다고 느꼈다. 언뜻 엉뚱한 생각이 떠올랐다.

"참봉 나으리."

"예?"

"그 만돌이란 놈을 내게 주슈."

"만돌일 달라구요?"

"거저 달란 말은 아닙니다. 값을 치르고 사죠."

"그 거짓말쟁이에다 게으른 놈을 사서 뭣 할 겁니까?"

"배 참봉 나으리의 사정이 딱해서 말씀이오. 그런데 나는 그놈을 사람으로 만들어서 부려먹을 수 있을 것 같소."

"허 참, 별사람 다 보겠구려."

"아무튼 새 종을 사실 만한 값은 드릴 테니, 만돌이와 문서를 내게 넘기시오."

"어떻게 할 작정이신진 모르겠소만, 생원의 부탁이라면 그렇게 하죠."

일단 내친 일이면 빨리 서두르는 것이 최천중의 성미이다. 삼십 냥을 내기로 하고 거래가 간단하게 성립되었다.

그날 밤에 만돌은 최천중이 거처하고 있는 산정의 구철룡이 묵고 있는 방으로 옮겨져 왔다. 상처를 빨리 낫게 하기 위해서 똥물을 먹여야겠다는 허 의원의 말이 있었을 때, 최천중이 껄껄대며 한 소리는,

"거짓말하는 아가리엔 똥물을 퍼 넣어야 한다지만, 만돌의 입은 똥물 먹을 입은 아닌 것 같소. 똥물 먹이지 말고 치료해보시죠."

배 참봉 집에서 두통거리가 돼 있는 만돌이를 목돈을 주고까지 사들인 것을 기괴한 행동이라고 마을 사람들은 보았던 모양이지만, 최천중에겐 생각이 있었다. 불원 상노 몇쯤은 거느려야 할 사정이 되어 있고, 놈이 버릇처럼 거짓말을 잘한다는 것을 이편에서 미리 알고만 있으면 그 때문에 손해 입을 일은 없는 것이다. 그러나 무엇보다도 만돌일 데리고 온 것은, 그에 대한 최천중의 동정심 때문이었다.

만돌이가 허 의원의 산정으로 옮아온 지 이틀째가 된 밤이다.

311

워낙이 젊고 건강한 몸이어서, 찢어진 상처는 아직 아물지 않았고 이곳저곳 푸른 자국은 남았어도, 만돌이는 원기가 회복된 모양으로 구철룡과 도란도란 얘기를 주고받고 있었다. 최천중은 누워서 책을 읽고 있었는데, 장지 너머로 들려오는 그들의 얘기에 귀를 기울였다.

"만돌아, 왜 쓸데없는 거짓말을 하누? 거짓말은 좋지 않은 거야."

"그럼, 철룡인 거짓말을 한 적이 없나?"

"허기야 나두…, 사정이 정 딱해서 할 수 없을 때는 거짓말을 한 적도 있지. 그러나 아무 일두 없는데 일부러 거짓말은 안 한다."

그런데 그 뒤를 받은 만돌이의 말에 최천중의 귀가 삐쭉해졌던 것이다.

"참말만 해 갖고 어찌 사누? 재미가 조금도 없는 세상인데…. 거짓말을 해야만 재미가 있지. 참말로 심심산중에 예쁜 과부가 외딴집을 짓고 살겠어? 참말로 산신령을 만나 화수분을 얻을 수 있겠어? 참말로 우리 같은 상놈이 양반집 딸을 데리고 야반도주할 수 있겠어? 참말만 하려면 할 말이 없어. '예, 나으리' 하면 그만인걸. 목이 마르다, 배가 고프다, 잠이 온다, 그런 말밖엔 할 게 뭐 있어. 그런 말 하나마나…. 차라리 벙어리가 낫지."

"그렇다고 해서 엉뚱한 거짓말을 해 갖고 두들겨 맞아?"

"두들겨 맞는 것쯤이야 거짓말해 갖고 재미 보는 데 대면 아무것도 아니야. 배 참봉이 한강에 빠져 죽었다고 했을 때 참으로 신나더라야. 온 집안이 내 그 한마디에 발칵 뒤집혀졌거든. 마나님은 울고, 아들은 속으론 좋은데도 마당에서 뒹굴며 통곡하구, 친척들은 이때다 하구 얻어먹으려고 우글우글 모여들구…. 그게 모두 내가 한 말 한마디 때문에 생긴 일이었거든. 참말 해 갖고 그런 구경할 수 있겠어? 참말 해 갖고 상놈이 양반 혼내줄 수 있겠어? 그런 구경하기 위해서라면, 난 얼마라도 얻어맞을 수 있어."

"그건 그렇다고 치구, 맨손으로 양주장엔 뭣 하러 갔지?"

"바보 같은 소리. 누가 양주장엘 가? 뒷산 양지쪽에서 실컷 잤지. 엊그제 비석골 팔십 리 길을 갔다왔다하느라고 다리가 부어 있는 지경인데, '만돌아, 내일 새벽 양주장에 갔다 오너라'라고 하잖아? 제기랄, 조랑말도 꾀부릴 줄 아는데, 난들 그렇게 못할 까닭이 있어? '좋다. 갔다 오마' 하고, 새벽에 해주는 밥 싸들고 뒷산으로 가버린 거야. 새소리 들으며 실컷 잤으니까, 조금쯤 얻어맞아도 할 수 없지, 뭐."

"그게 조금 얻어맞은 거야?"

"이번엔 좀 심하긴 했어. 그러나 맞을 작정을 하고 맞은 거니까."

"그러다가 죽으면 큰일 아냐?"

구철룡이 이렇게 묻자,

"죽어? 나 하나 값이 황소 값과 맞먹는데 나를 죽여? 어림도 없지. 황소는 죽여도 고기를 팔아 본전을 찾을 수 있지만, 나를 죽여놓으면 몽땅 손해 보는 건데, 힛히."

"잘못 맞으면 죽을 수도 있어. 난 상놈이 양반한테 맞아 죽는 걸 봤어."

"죽으면 또 어때? 소나 돼지보다 못하게 사는데, 죽어 아까울 것 있어? 하기야 거짓말해 갖고 양반 혼나게 해주는 재밀 못 보는 것은 조금 안됐지만…."

"그래, 앞으로두 거짓말을 하겠단 말야?"

"들어봐. 나는 요즘 쭈욱 이런 궁리만 하고 있었어. 어떤 거짓말을 해야 이 동네 사람들이 집이구 뭐구 팽개쳐놓고 도망을 치게 할수 있을까 하구. 그런 거짓말만 할 수 있으면 얼마나 신나겠어? 그런데 그게 안 되겠단 말야. 산너머로 청나라가 쳐들어온다고 해도 곧이듣지 않을 거구 말이다."

"그래, 넌 매일 거짓말할 궁리만 하니?"

"그 궁리말구 달리 할 궁리가 있어야지. 양반은 나를 부려먹구, 나는 양반을 속여먹고, 피장파장인데, 뭐."

"그래, 너 우리허구 같이 살면서도 거짓말을 할 거야?"

"안 하겠다면 또 그게 거짓말이 되는데?"

"이거 야단났다. 너한테 속지 않으려고 마음을 꽤 써야겠구나."

"그럴 걱정은 없어. 나는 양반 아닌 사람을 속일 생각은 없어."

"그럼 우리 나으리는 속일 참인가?"

"그건 두고 봐야 알지."

"어떻게 두고 본단 말인가?"

"거짓말 안 해도 재미나게 살 수 있도록 해주면 거짓말 안 할 거구, 살기가 지긋지긋하면 거짓말을 할 거구…."

"요것 봐라! 네가 인마, 우리 나으리에게 앞으로 거짓말만 해봐라, 내가 가만 안 둘 거다."

"그렇게 빡빡하게 나오지 말어. 뒷간의 구더기도 약으로 쓰일 곳이 있는 거여. 참말로 사람 살리는 것보다 거짓말로 사람 살리는 일이 많다는 얘기, 넌 듣지도 못했냐?"

"야야, 너 어디서 그런 소리 주워들었니?"

"언젠가, 다리가 병신인 과객이 배 참봉 댁에 왔어. 병신이라고 해서 과객들이 눈치를 하는 거라. 그래, 우리 방에다 데려다놓고 같이 지냈는데, 그때 그 과객이 초한전楚漢傳 얘길 밤마다 들려주었지. 들어보니, 거짓말 잘하는 놈은 모두 살고, 참말하는 놈은 다 죽더라."

"그래서 너도 거짓말하기로 했나?"

"아냐, 아냐, 나는 재미를 보려고 거짓말을 한다고 하지 않더냐. 난 살기 위한 거짓말은 안 해. 그런 궁색스런 거짓말은 안 한단 말이다. 학을 타고 하늘을 날아가는 거짓말, 거북을 타고 용궁으로 가는 거짓말, 임금의 사위가 되는 거짓말… 얼마나 좋아?"

구철룡은 어이가 없었던 모양이다. 잠깐 말이 끊어지더니, 구철룡이 나직이 말했다.

"만돌아, 네 마음은 알 것도 같고 모를 것도 같다만, 우리 나으리에겐 거짓말하지 마."

"나으리를 위하는 거짓말두?"

최천중은 빙그레 웃었다.

얘기가 그쯤 되어가고 보니, 최천중은 더욱 흥미를 느꼈다. 아예 책을 덮어버리고 반듯이 누워 장지 너머에 귀를 기울였다.

"어른을 모시기 위해선 진실이 있어야 해. 거짓말 안 하는 게 곧 진실이야. 거짓말을 해 갖고 어떻게 어른을 모신다는 거여?"

구철룡의 말은 제법 준절했다.

한데, 만돌의 대답은 당돌했다.

"자넨 세상을 아직 잘 모르고 있는 모양이구만."

"뭐라구?"

"세상 길, 험한 파도 아닌가배. 그 험한 파도를 헤치고 나가려면 광대 줄도 타야 하구, 방귀를 곶감 꿰듯 꿰기도 해야 하는 기라. 사람이 닭소리도 내야 하구, 개소리도 내야 하구…."

"그러나저러나, 어른을 모시는 길은 진실이라야 해."

"거짓말이 진실이 되는 수도 있어."

"허튼소리 작작 하라구."

"허튼소리가 아냐. 초한전에 그렇게 돼 있어."

"또 초한전이야? 그놈의 초한전, 개나 물어 가라지. 초한전 같은 건 과객들의 잠꼬대나 마찬가진 거라."

"그렇진 않을걸. 내 얘기 들어봐."

"얘기해보렴."

"너 맹상군 얘기 들은 적 있지?"

"있다."

"맹상군이 꼼짝없이 진나라 군사들에게 붙들려 죽을 뻔했을 때, 맹상군을 구해낸 사람이 누군지 알지?"

"닭 우는 소릴 냈다는 사람 얘기지?"

"그렇다. 말하자면 거짓으로 닭 우는 흉내내 갖고 살린 것 아닌가."

"주인을 위해서 한 거니까, 그건…."

하다가, 구철룡은 자기 말에 자기가 먹힌 꼴이 되었다. 만돌이가 키득키득 웃고 말했다.

"그것 봐. 거짓말 가운덴 주인을 위하는 거짓말도 있는 거여."

"그런 일은 만에 한 번이나 있을까말까 한 일이야."

구철룡이 볼멘소릴 했다. 만돌은 아랑곳없이 얘기를 계속했다.

"얘기를 들어보니, 그 맹상군이란 사람, 거짓말로써 나고 자라 거짓말로써 출세하고 한 사람이더면. 만에 한 번이 아니라, 만에 구천 구백까지 말야. 맹상군 아버지는 전영이란 사람인데, 맹상군이 출생하자 당장 갖다버리라고 했대. 흉일인 5월 5일에 났다구 말야. 전영에겐 본실, 첩실 합쳐 마흔 몇인가 있었다니, 아들 하나쯤 버리는 건 문제도 아니었어. 그런데 그를 낳은 에미에겐 단 하나의 아들이었거든. 버렸다고 거짓말을 하고 몰래 키운 거라. 그 뒤 맹상군이 진나라 왕에게도 죽을 뻔했는데, 풍관이란 식객의 거짓말로 죽음을 면했을 뿐만 아니라, 높은 벼슬까지 했다지 뭐야. 딱 잘라 말해서, 거짓말이 있었기에 식객 삼천을 거느릴 수 있는 인간이 있게 된 거여. 그래도 넌 나더러 거짓말을 못 하게 할래?"

구철룡이 기가 차다는 듯 웃었다.

"넌 인마, 거짓말을 하기 위해 이 세상에 나온 놈이로군. 그러니 할 수 없지. 우리 나으리에게 이익이 되는 거짓말만 하도록 해여."

"거짓말을 하다가 보면 이익되는 것두 있을 테구, 손해되는 것도 있을 테구…"

하며, 만돌은 조금도 굽히려 들지 않았다.

최천중은 만돌을 크게 쓰일 곳이 있는 놈으로 보았다. 원래 무식한 사람이 기억력이 좋은 법이지만, 만돌은 맹상군의 고사 가운데 요긴한 부분을 외고 있는 것이다. 물론, 얘기한 과객이 그 대목에

역점을 두었겠지만, 그것을 그대로 외워두었다가 적당한 장소와 시기에 써먹는 재주는 대단하다고 아니 할 수 없었다.

구철룡이 쓸모가 있는 것처럼 만돌도 쓸모가 있다는 생각은, 최천중의 공상에 날개를 돋게 했다. 옥황상제를 모시고 민심을 수람收攬*하는 계획과 함께 널리 인재를 모아야겠다는 생각으로 기울어들었다. 그러자면 식객 삼천을 거느린 맹상군을 닮아야 한다. 물론, 이런 뜻은 미리부터 있었다. 그런 때문에 고한근을 시켜 큼직한 집을 지을 택지를 선택해보라는 부탁도 한 것이다.

옆방에선 만돌의 얘기가 아직도 계속되고 있었다. 그런데 또 귀가 번쩍하는 얘기가 나왔다.

"상피相避 붙었다는 걸 알면 관가에서 잡아가지?"

만돌이 물었다.

"난 그런 것 잘 몰라."

구철룡의 대답이었다.

"상피 붙은 걸 관가에서 알면 큰일난데. 그런데 그런 일이 있어."

최천중은 침을 삼키는 소리마저 억제했다. 전신이 귀가 되었다.

"배 참봉 사위가 사는 파줏골 말야, 그 건넛마을에 기씨란 큰 부자가 살고 있거든. 어느 여름에 그 동네 앞을 지나다가 어떤 영감이 서낭당 밑에서 오줌을 누구 있길래 욕을 한 번 해줬더니, 그 영감이 나를 붙들어다가 매질을 했어. 그게 기 부자였던 거라. 언제라도 한 번은 보갚음을 하려고 벼르고 있는데, 그 영감이 즈그 며느

_____
* 거두어 잡음.

318

리와 상피를 붙은 거라."

"그걸 너 봤니?"

"보긴…. 그렇게 꾸며댈 참이지. 살짝 그 집 대밭에 어린애의 뼈나 주워다 묻어놓고 관가에 고발하는 거라."

"예끼, 그런 짓 하면 못써. 남을 모함해서야 쓰나? 그건 사람의 도리에 어긋난 짓이야."

"서낭당 밑에 오줌 눈다고 뭐라 했다구 사람을 개 패듯 한 건 사람의 도리에 어긋난 짓 아닌가? 그리고 상피 붙은 건 틀림없어. 며느리는 젊고, 예쁘고 말야, 아들은 일찍 죽었고 말야. 내 눈치는 못 속여. 그 집 하인놈들에게 끌려 그 영감 앞에 갔는데 말야, 그 영감한테서 분 냄새가 나더란 말야. 젊은 여자가 안긴 증거야. 그런데 실컷 얻어맞고 그 집을 나서는데, 샛문 앞을 지나가는 여자가 분단장을 했더란 말야. 들으니, 그게 며느리였더란 말야. 청상과부가 어른을 모시고 살면서 어떻게 분단장을 하느냔 말야. 내 눈과 내 눈치는 못 속여. 언젠가 내가 직접 나으리께 여쭈어볼 참야. 명색이 양반이란 작자가 상피를 붙어 되는 일이냐구. 그러나 증거가 없으니까, 어디 어린애 죽은 무덤을 파 갖고 뼈를 추려두었다가 그 집 뒤뜰에 묻어놓고 와장창 해보는 거야. 그만 해놓으면, 그놈의 집구석 망했지 별수 있어? 여자의 원한은 서릿발 같다구 하는데, 나는 상놈이라도 사내야. 사내의 원한이 그렇게 호락호락할 거라구?"

최천중의 가슴에 계략이 돋아나고 있었다.

이튿날 아침 식사를 끝내고, 최천중은 구철룡과 만돌을 불러 앉했다.

"만돌아."

"예."

"네 이름이 달갑지 않아, 오늘은 네 이름을 지어줄까 한다."

"만돌이란 이름이 뭐 나쁘다고 그러십니까요? 좋으나 궂으나, 이십 년 동안이나 달고 다닌 이름인뎁쇼."

하고, 만돌은 약간 불만인 표정이었다.

"너는 좋을지 몰라도, 내 마음엔 안 든다. 불가불 이름을 바꿔야겠다."

"그럼 만돌이가 안 되는 것 아닙니까요. 남이 되는 것 아닙니까요."

"그렇다. 어제의 만돌이완 다른 사람이 돼야 한다."

"저는 그냥 그대로 있고 싶은뎁쇼."

"왜 말이 많으냐? 시키는 대로 해라."

"예."

"이름을 짓자면 성을 알아야 하겠는데, 이 문서엔 네 성이 없구나."

"상놈에게 성이 당할 말예요?"

"아무리 상놈이라도 애비가 있었을 것인즉, 뭔가 성이 있어야 할 것 아니냐?"

"듣기론, 전 이십 년 전 홍수에 떠내려가는 것을 배 참봉 집 머슴이 주웠답니다. 그러니 제 성은 홍수에 떠내려가버린 셈입니다요. 이십 년 전에 떠내려간 성을 어떻게 찾습니까요?"

"내가 찾아주지."

하고 최천중은 눈을 감았다. 물에 떠내려갔으니 흐를류流자의 유씨…. 그러나 그런 성은 이상하니, 그 음만 따서 버들류柳로 하자는 생각이 일었다.

"만돌아."

"예?"

"네 성은 유가다. 버들류자 유가. 알았나?"

"모르겠습니다요. 어떻게 해서 유가가 된답니까요?"

"네 애비의 성이 유가니까 너도 유가란 말이다."

"어떻게 그것을 아셨습니까요?"

"이놈, 잘 듣거라. 나는 하늘과 통하는 사람이다. 그쯤 일을 못 알아맞힐 까닭이 없지. 네 성은 유가였다. 그러니 너는 지금부터 유가다. 딴말할 필요가 없다. 알았지?"

만돌이 우물쭈물하자, 구철룡이 그의 옆구릴 푹 찔렀다.

"예, 알았습니다요."

"그리고 만돌이란 이름은 경망해서 못써."

"상놈은 경망한 구석이 있어야 합니다요."

"넌 오늘부터 상놈이 아니다. 그렇다고 해서 양반이 되었다는 말도 아니다. 그저 평민이다. 앞으론 양반 앞에서 굽실거릴 까닭이 없다."

"죄받을 건데요."

"그런 걱정은 말아라. 똑똑히 듣거라. 네 이름은 만석이다. 유만석이다."

"그런데 나리, 자…."

"잔소리 말라니까. 네 성명은 유만석이다."

구철룡이 또 만돌의 옆구리를 찔렀다.

"예."

최천중은 문갑에서 만돌의 노비문서를 꺼냈다.

"자, 보아라, 이게 네 종문서다."

하고, 그 문서에 불을 붙여 태워버렸다.

만돌이 입을 벌리고 멍청하게 바라보았다.

최천중이 위엄 있는 소리로 일렀다.

"네 종문서가 없어졌으니, 너는 내 종이 아니다. 내 곁에 남아 있건 다른 데로 떠나건 마음대로 해라."

그때야 만돌은 사태의 의미를 짐작한 모양으로 울먹거리며 말했다.

"전 나으리 곁에 있을랍니다요."

"네가 곁에 있고 싶다면 그로써 좋다. 그러나 밥을 얻어먹기 위해서라면 그럴 필요가 없다. 네가 떠나겠다면 당분간 먹고살 것을 주리라. 너만 한 걸대를 가진 놈이 무슨 짓을 한들 못 먹고 살겠느냐. 너는 이제 매인 몸이 아니다."

최천중의 말은 준절했다.

"아니올시다, 나으리. 전 굶어도 나으리 곁에 있고 싶습니다요. 제가 떠나면 나으리의 은혜를 어떻게 갚겠습니까요."

만돌의 말도 간절했다.

"은혜가 다 뭐냐? 은혜 같은 건 생각하지 않아도 된다. 그런 뜻으로 내 곁에 있다면 되레 거북하구나."

"아닙니다요. 덮어놓고 모시고 있고 싶습니다요."

"꼭 그러냐?"

"예."

"거짓말 아니지?"

"이 마당에 어떻게 거짓말을 합니까요."

"그럼 좋다."

하고, 조금 사이를 둔 후에 최천중은 다음과 같이 다졌다.

"나와의 약조를 지킬 수 있겠나?"

"목숨을 걸고 지키겠습니다요."

"그럼 똑똑히 듣거라. 내 주변에 있는 대소사는 일절 남에게 말하는 일이 없으렷다?"

"예."

"내가 네게 한 말, 철룡이가 네게 한 말, 네가 또한 내게나 철룡에게 한 말을 비롯해서, 내가 누구에게 어떤 말을 했건, 어떤 짓을 했건, 발설하는 일이 없으렷다!"

"예."

"좋다. 그것만 지키면 넌 너 하고 싶은 거짓말을 얼마든지 해도 좋다."

"예?"

하고 만돌이 놀랐다.

"놀랄 필요 없어. 보아하니, 네 재주는 거짓말하는 재주뿐인 것 같다. 그 재주를 쉽게 버릴 수 있겠나. 버려서도 안 되구."

만돌은 최천중이 정말을 하는지 빈정대는지 분간할 수 없어, 그저 눈망울만 굴리고 있었다.

그 마음을 눈치챈 최천중이 말했다.

"엉뚱한 생각을 할 필요 없어. 넌 거짓말을 해도 좋단 말이다. 특히 너에게만 용서하는 것이니, 그리 알도록 해라."

"예."

했으나, 만돌인 요령부득이었다.

"만돌, 아니, 만석아. 너 언문을 읽을 줄 아느냐?"

"언문, 모릅니다요."

"철룡아."

"예."

"넌 만돌에게, 아니, 만석에게 오늘부터 언문을 가르쳐주어라. 앞으로 무슨 일이 있을지 모르니, 언문만큼은 가르쳐둬야 하느니라."

"예."

"그럼 물러가거라."

최천중은, 만돌을 수중에 넣은 것이 뜻밖의 횡재라는 생각이 들어 흐뭇했다. 그놈 덕택에 한 바람 날릴 일도 있을 것이다. 이렇게 생각하는 밑바닥엔 어젯밤 들은 파줏골 건넛마을 기 부자의 상피 붙은 얘기가 있었다.

'양반의 주제에 상피를…?'

멋지게 골려주어야 하는 것이다. 그건 그렇고, 고한근이 왜 오질 않는지 최천중은 궁금했다.

고대했던 고한근이 양주 매리에 다시 나타난 건 중추仲秋도 지난 어느 날이었다. 반갑게 맞이하는 최천중이 제지하는데도, 고한 근은 큰절을 하고 다음과 같은 보고를 했다.

"소인, 분부를 받들어 경도京都의 주위를 샅샅이 살피느라고 여 외려外慮* 시일이 많이 걸렸습니다. 하오나, 절호의 장소를 보았사 옵니다. 한 곳은 삼전도三田渡라고 아룁니다. 삼전도는 광주廣州 접 경이옵고, 한양과의 상거는 삼십 리, 첩산지묘疊山之妙가 승하고 수 세 또한 좋사옵니다. 또 한 군데는 관악산冠岳山 아래 과천果川으 로 꼽았습니다. 험산이오나 앞으론 야활野闊하여 진퇴와 출몰에 기책奇策을 다할 수 있는 지형이라 보았습니다. 한양과의 상거는 역시 삼십 리허里許입니다. 또 한 군데는 마유산록馬遊山麓의 양 근陽根으로 보았사옵니다. 한양과의 상거는 역시 삼십 리허, 두 갈 래 한강의 분류를 끼고 절가絶佳의 경승인지라, 장부의 영기英氣 를 기를 적지로 보았습니다. 이상 세 군데를 꼽은 소인의 안목은 내명외회內明外晦, 즉 그곳에서 밖을 보면 모든 것이 완연 밝은데, 바깥에서 그곳을 보면 그 소재를 쉽게 짐작할 수 없는 그런 지형이 란 데 있사옵니다."

"바로 그것이 내 뜻이었소. 그런데 고형은 그 가운데서도 어느 곳이 가장 마음에 들었는지요?"

최천중이 흡족한 기분으로 물었다.

"소생은 도무지 우열을 가릴 수가 없사옵니다. 난형난제難兄難弟 인지라, 결심은 도사님께서 직접 답사하시와 내리시는 것이 좋을

---

* 뜻밖에.

줄 압니다."

그 대답이 또한 최천중의 마음에 들었다.

"그렇다면 그 세 곳을 모두 사들여, 필요에 따라 역사役事를 하면 어떠하올는지요?"

최천중은 먼 장래를 굽어보는 눈빛이 되어 말했다.

"그러할 형편만 된다면야 그 이상을 바랄 수가 있겠사옵니까. 하오나 도사님께서 일단 가보셔야 될 게 아니옵니까."

"일각에 나도 이곳을 떠나야 하오. 발의 상처가 완치된 마당에 이곳에 머물러 있을 필요가 없으니까요. 고형도 그때까지 여기에 머물러 있다가 같이 떠나기로 합시다. 그때 고형이 보아둔 그곳으로 가보도록 합시다."

"그렇게 하겠습니다."

하고, 고한근이 머리를 조아렸다.

최천중이 구철룡과 만돌을 불러들였다. 그리고 그들에게 인사를 시킨 뒤,

"이 어른은, 성은 고씨, 함자는 한자, 근자이시다. 너희들은 앞으로 이 어른을 나와 똑같이 모셔야 한다."

라고 이르고, 고한근에겐

"이 사람이 구철룡이오. 마음이 바르고 강직하며, 거조가 민첩한 젊은 사람이죠. 이 사람은 유만석이오. 여러모로 뛰어난 재주를 가지고 있는 사람이외다. 둘 다 내 권속이니, 고형께서도 앞으론 동기간처럼 깨우쳐주시오."

하고 말했다.

고한근, 구철룡, 유만석을 둘러앉혀놓으니, 최천중은 마음이 흐뭇했다.

"세상이 아무리 험하다고 해도 우리 넷이 힘을 합쳐나가면 용의 꼬리라도 붙들 것 같지 않소?"

하고, 그는 너털웃음을 웃었다.

구철룡과 유만석을 물린 뒤,

"한양 소식이나 들어봅시다."

하고, 최천중이 자세를 고쳐 앉았다.

"첫째, 상감의 병환이 매우 중태란 소식이 항간에까지 퍼지고 있습니다. 약원의 대조전大造殿 출입이 빈번한 건 사실인 것 같습니다."

최천중이 고개를 끄덕끄덕했다.

'아무래도 이해를 넘길 수가 없을 테지. 한데, 교동의 김씨들은…?'

하고, 지난 초여름 김흥근에게 '중양절택성重陽節擇成'이라고 써준 일을 상기했다. 중양절은 내일모레로 박두하고 있었다.

"광통교廣通橋 오전五廛에 회록지재回祿之災*가 있었다는 것은 들으셨을 줄 압니다."

"금시초문인데요."

"광통교 근처에 있는 포전布廛, 지물전, 면자전綿子廛, 동상전東床廛, 마상전馬床廛 등이 집 뼈대 하나 남기지 않고 죄다 타버린 모

---

* 화재.

327

양입니다. 밤중에 난 불이어서 손쓸 사이가 없었던 것 같습니다. 지물전에선 사람이 셋이나 타서 죽었다고 하니, 엄청난 일이었습죠."

그 말을 듣고 최천중이 구철룡을 불렀다.

"철룡아, 네가 중남으로 있던 지물전이 광통교에 있었다지?"

"예."

"그 지물전이 타버렸다는구나."

"예엣?"

"그런데다가, 그 지물전에서 사람이 셋이나 타 죽었단다. 네가 아직 지물전에 있었더라면 그 꼴이 될 뻔했구나."

"제가 아직 거기 있었더라면 그런 불이 안 났겠죠."

구철룡에게도 그만한 자부는 있었던 것이다.

"그랬을지도 모르지."

하고 웃곤, 최천중은 다시 고한근의 말을 기다렸다.

"이번 춘당대시春塘臺試*엔 난동이 있어 유생 수십 명이 의금부에 갇혀 있다고 들었습니다."

"어떤 난동인데…?"

"혁제공행赫蹄公行이 있었다고 몇몇 유생이 시관試官을 규탄한 데서 일이 벌어졌다고 하옵니다."

혁제공행이란 시험문제를 사전에 누설하는 행동을 말한다.

"어찌 혁제공행만이었을라구. 과거는 빛 좋은 개살구가 되어버렸

---

* 비정규적으로 설행(設行)된 과거시험.

어. 인재의 등용문이 그 꼴로 똥 친 값이 돼 있으니, 군자다운 군자가 그 문을 지나려고 하셨어?"

"그래도 날짜를 바꿔 잡아 과거를 치르기는 했습죠."

"장원은 어떤 사람이었소?"

"채동식蔡東寔을 장원으로, 열 명이 등과했나 봅니다."

"그 채동식이란 자, 혹시 김문의 체각體脚이 아닌가?"

"그 근처겠지요. 이번엔 무과과시도 있었는데, 조면식趙勉植을 비롯해서 칠백사십 명의 한량이 생겼다고 하옵니다."

"활 하나 제대로 쏠 줄 모르는 한량, 어디다 써먹겠어?"

"한데, 연치성延致成이란 기막힌 무술가가 있었는데, 그 사람이 낙방을 했대서 수군거리는 소리가 있었습니다."

"기막힌 무술가가 왜 낙방을…?"

"천첩의 소생이라는 게 그 이유인가 하옵니다."

"동당시대과東堂試大科**가 출생을 따진다는 것은 들었지만, 무과에서 출생의 적서嫡庶를 따진다는 건 처음으로 듣는 소리로군."

그러나 이것은 최천중이 잘못 안 사실이었다. 권문의 서자들의 응시를 묵인한 것이지, 제도로써 그렇게 고쳐진 것은 아니었다.

"하여간 지금 한양은 연치성의 얘기로 꽉 차 있습니다. 인물과 능력이 그만하면 됐지, 적서를 찾을 필요가 있느냐는 겁니다. 그래서 서출의 자제들이 붕당朋黨을 만들어 모반할 것이란 풍문까지 나돌고 있는 형편입니다."

**　과거 본시험.

"헌데, 그 연치성이란 사람, 대강 어떤 사람인가요?"

"고향은 전라도 익산이지만, 선대에 벼슬을 한 사람이 있어 뒤론 쭉 한양에서 살고 있었는가 봅니다. 그 아버지는 생원인데, 생모가 노비였답니다. 장성함에 따라 워낙 총명하고 담력이 있어, 연 생원은 적출 이상으로 귀히 길렀는데, 이번 무과에 응시하자 적출의 아들 가운데서 시관 앞으로 밀고를 한 모양입니다. 그래서 조면식을 물리치고 으뜸으로 뽑힐 판인데, 낙방 결정이 있었다고 하옵니다."

"꽤 똑똑한 사람이겠군."

"경학經學의 소양으론 동당시에서도 장원할 만큼 재능이 있다고 들었사옵니다. 술과 병학은 두말할 나위가 없구요."

"그 사람을 한번 만나보고 싶은데요."

"쉬운 일입니다. 한양으로 나가 수소문을 하면 곧 찾게 될 것이 아니겠사옵니까."

최천중은, 서출의 자제에 출중한 인물이 많을 것이란 기대를 해볼 수 있었다. 불평과 불만이 가득한 서출의 자제들 가운데서 인재를 뽑는다는 것도 헛된 생각은 아닌 것이다.

"그런데 참…"

하고, 고한근이 하마터면 잊을 뻔했다는 투로 말했다.

"바로 엊그제 영의정 정원용이 물러앉고, 그 자리에 교동의 김좌근이 앉았다고 하옵니다."

"김좌근이면 김병기의 양부가 아닌가."

"그러하옵니다."

"상감의 병환이 위중하다고 하니까, 체면을 차릴 지각도 없어지는 모양 아니우?"

"교동 김씨들의 세도는 이미 알고 있는지라, 그런 일에 대해선 새삼스러운 풍문이 없는 줄로 압니다."

"그 밖에 또 무슨 일은 없었소?"

"이렇다 할 두드러진 일은 없사오나, 한성의 인심이 흉흉한 건 눈에 뵈는 듯했사옵니다. 백귀百鬼 아닌 백도百盜가 야행하는데도 포도청은 손을 묶어놓은 듯 꼼짝을 안 하니, 백성들은 불안해 죽을 지경이고, 광통교 오전의 회록지재도 그 도둑놈들의 소행이라고 하옵니다만, 하여간 난세의 징조가 역력하옵니다. 사대문 밖엔 기아棄兒*가 부지기수인데, 누구 하나 거들떠보는 사람도 없이 야견野犬의 밥이 되고 있는 정경은 참으로 목불인견이로소이다."

"흠."

최천중은 국사를 한탄하는 마음으로 기울이면서도 기아의 시체에 관심을 가졌다. 만돌의 얘기를 상기했던 것이다.

최천중이 양주 매리를 떠나던 날, 인심을 얻은 탓인지 촌로들이 동네 앞까지 나와 그를 전송했다.

그 일행은 최천중을 비롯한 고한근, 구철룡, 이름을 유만석으로 고친 만돌.

만돌은 그래도 인사성은 있었다. 전송 나온 사람 가운데 배 참봉의 얼굴이 보이자, 달려가서 나부시 절을 하고,

---

*   버려지는 아기.

"소인 버릇없이 굴어 참봉 어른씨의 애를 많이 먹였습니다요. 용서하십시오."

하고 인사를 했다. 만돌은 숱한 매를 맞았지만, 그 모두가 자기의 잘못임을 깨닫고 있었던 것이다.

"내가 너헌테 너무했던 것 같구나."

하고, 배 참봉은 한 꾸러미의 엽전을 만돌의 손아귀에 쥐어주기까지 했다. 그 광경은 모두들의 마음을 흐뭇하게 했다. 더욱이 최천중은 만돌의 사람됨을 새삼스럽게 치하하는 느낌이었다.

일행은 주엽산注葉山 아래에 왔을 때 바위 위에서 잠깐 쉬었다. 그때, 최천중이 서장書狀 하나를 꺼내 구철룡에게 건네며 일렀다.

"자넨 만석을 데리고 바로 한양으로 가거라. 한양에 이르자마자, 이 서함을 가지고 교동 김홍근 대감 집을 찾아 청지기에게 주고, 뒤도 돌아보지 말고 오너라."

"그러고는 어떻게 할깝쇼?"

"만석을 데리고 자네 집에 가 있거라. 당분간 만석이는 자네 집에 있어야 할 것이니, 네 집 아래채를 수리하고, 방에 도배도 하고 해라. 그리고 회현동 마님에게 가선, 우리가 모레 한양으로 가겠다고 일러라. 나와 고형은 조금 들러 갈 데가 있다."

거기서 구철룡과 헤어진 최천중은 고한근이 이끄는 대로 마유산 아래 양근으로 갔다. 마유산 중턱에서 추색 짙은 들과 그늘을 안은 두 가닥 한강을 보는 것은, 고한근의 말대로 절가絶佳한 경색이었다. 이 경색에 도취하여 말을 잃은 최천중에게 고한근이 물었다.

"나으리, 어떠하십니까?"

"여긴 지사志士를 모을 곳이 아닌 것 같소. 풍경이 너무 좋아 모두가 가슴이 객수客愁에 물들면 천하지계는 소홀히 되게 마련이오. 그러나 이곳을 버릴 수는 없으니, 친구 사오십 명을 청해 놀 수 있는 별업別業을 지읍시다."

고한근은 최천중의 이 말을 듣자,

"과연 높으신 안목으로 보셨습니다."

라고 감탄해 마지않았다.

양근의 서북 십 리허에서 분류하는 한강을 남으로 건너면, 거기가 삼전도. 고한근이 봐둔 지점은, 그 삼전도에서 남한산을 향해 십 리쯤 간 곳에 있었다. 치맛자락을 겹친 것같이 산줄기 하나가 골짜기를 덮고 있는데, 들어서 보니 제법 넓은 들까지 끼여 변화가 많은 골짜기였다. 계류溪流 소리가 높았다.

수세가 좋다는 고한근의 말은 그 계류를 두고 한 말일 것이다.

"우리의 본진本鎭, 아니 본거本據를 여기로 합시다."

최천중은 당장에 결단을 내렸다.

"물론, 관악산 아래 과천에도 가봅시다. 언제 무슨 일로 필요할지 모르니까요."

그러나 과천에 가는 것은 다시 시일을 택하자고 했다.

그날 밤, 최천중과 고한근은 삼전도에서 묵기로 했다. 추강야백秋江夜白의 감흥을 얻기 위해서였다.

삼전도에서 아침을 먹고 느긋이 강변의 추색을 즐기며 천호동千戶洞까지 오니, 이른 점심때가 되었다. 어지간히 느릿느릿 걸었던 것이다.

추경완보불가난秋景緩步不可難

백운유정도배회白雲有情徒徘徊

(가을의 경치 속을 느릿느릿 걷는다고 탓하지 마라. 저 흰 구름도 정이 있어

공연히 빙빙 돌고 있지 않느냐.)

이렇게 읊고, 최천중은 고한근을 돌아보았다. 고한근이,

"제게 시재가 있었다면 대련對聯을 할 것이온데 무식한지라…."

하고 미안해했다.

"내겐들 시재가 있을 까닭이 있소? 괜히 흉내를 내봤을 뿐이외다."

하고 최천중이 파안일소破顔一笑했다.

광나루 주막에서 나룻배를 기다렸다. 그런데 저편에서 몇몇 사람

들이 모여 앉아 뭔가를 맛있게 먹고 있었다.

"저분들 먹고 있는 게 뭐요?"

최천중이 물었다.

"강복입니다요."

하는 주모의 대답이었다.

"강복이라니?"

"한강에서 잡히는 복징어 말입니다요."

"복징어는 독이 있다고 하잖소."

"그 독이 맛으로 변하는 것입니다요. 장만하기에 따라서요."

"장만하기에 따라서 독이 맛으로 변한다…?"

334

최천중으로 하여금 생각게 한 대목이었다. 장만하기에 따라 독이 맛으로 변한다고 뇌다가, 독이 약으로 변한다로 바뀌었다. 최천중은 무릎을 탁 치고 싶은 충동을 받았다. 그것은 최천중의 지금의 심정에 딱 들어맞는 계시가 되었으며, 자기가 저지를 갖가지를 정당화시켜주는 금언일 수 있었다.

'장만하기에 따라 독이 맛으로 변한다. 독이 약으로 변한다. 어떤 짓을 해도 끝이 좋으면 그만이다. 대국의 유위전변은, 장만하기에 따라 독이 약으로 변한다는 교훈이 아니고 뭣이냐. 독이 약으로 변한다.'

돌연 용맹이 솟아올랐다. 강 건너로 아슴푸레 바라보이는 인경산引慶山, 백악白岳, 삼각산三角山이 환호하는 듯 최천중의 눈앞에 다가섰다.

"고형, 갑시다."

하고, 최천중은 힘차게 일어나 이제 막 나룻배가 닿은 선창을 향해 걸었다.

"눈이 있으면 무심한 돌멩이로부터도 배울 수가 있는 것이며, 귀가 있으면 나루터의 주모에게서도 배울 수가 있는 거요."

고한근으로선 요령부득인 말을 최천중은 중얼거리고 있었다.

나룻배에서 내리자 최천중이 말했다.

"또 우리 추경완보를 합시다. 성문이 닫히기 전에 한양에 이를 수 있으면 되니까요."

"좋으실 대로 합시다."

고한근은 최천중의 풍류심이 그렇게 말하는 것으로만 알았다.

동소문을 들어섰을 땐 황혼이었다. 종로로 나왔을 땐 캄캄한 어둠이었다. 최천중은 남대문 안에 있는 단골 여사旅舍로 고한근을 보내놓고, 자기는 혼자 회현동, 곧 황봉련을 만날 것이라고 생각하니 소녀처럼 가슴이 뛰었다. 그러면서도 한편 위구도 있었다. 보따리 속에 만전을 기한 장구裝具가 있는데도 어쩐지 마음이 떨렸다.

대문에 초롱이 달려 있었다. 최천중을 맞이하는 황봉련의 마음이 초롱이 되어 대문 밖에까지 나와 있는 것으로 풀이해도 좋았다.

문은 닫혀 있었으나, 밀어보니 소리 없이 열렸다. 온 집 안이 불빛으로 휘황했다. 사방팔방에 등을 달아놓았기 때문이다. 최천중은 안으로 들어서며 헛기침을 했다. 정면의 방문이 탕 열렸다.

황봉련이 황급히 일어서서 버선발로 뜰을 밟고 뛰어왔다. 그리고 섬섬옥수로 최천중의 도포자락을 잡으며,

"서방님, 반갑소이다."

하고 울먹였다.

황봉련의 벅찬 감격은 이해할 만했다.

두 달 얼마 전, 최천중을 내보낼 땐 불귀不歸의 손을 보내는 심정으로 애통해했던 것이다. 살아 돌아오길 원하는 마음은 간절했어도, 가망 없는 소원인 줄 알면서도, 빌어보는 허망한 바람이었던 것이다. 한데, 그 낭군이 살아 있다고 듣고 얼마나 기뻤던가. 항차, 전보다도 건강한 모습으로 다시 이 집에 나타났으니, 그 감격 이를 데 없음은 능히 짐작할 수 있지 않은가.

"견우를 그리는 직녀의 마음도 저와 같을 수는 없었을 것이에요."

두 손으로 선차仙茶를 바치며 황봉련이 한 말은 추호도 과장이 아니었다.

재회의 기쁨을 나누고 있는 가운데, 서로의 근황 얘기가 나오고, 이어 시국의 화제로 옮아갔다.

최천중은 개세慨世*의 탄식을 늘어놓은 뒤, 역성혁명이 있어야 할 것을 강조하고, 늦어도 삼십 년 안에는 이루어질 것이라고 단언했다. 지금 왕씨 부인의 배 속에 있는 아이가 서른 살이 될 즈음을 염두에 두고 한 말이었다.

"삼십 년!"

황봉련이 탄식했다.

"천하를 잡을 시간으로선 결코 길다고 할 수 없지요."

"그러나 그때 우리들의 나이는 노경에 있을 것 아니우? 소녀는 잘은 모릅니다만, 여세순류與世順流하여 화조풍월花鳥風月을 즐기며 유유자적悠悠自適 사는 게 어떨까 하옵는데요. 낭군을 모시고 평온하게 살고 싶어요."

황봉련의 말은 간절했다. 그러나 최천중은 단호하게 말했다.

"장부는 뜻을 꺾고는 살 수가 없소. 나는 이 나라의 백성들을 위해서 만세萬世의 기를 잡아주어야 하겠소."

"산수의 은총, 한 지어미의 지성으로써도 당신의 보람은 부족하다 이 말씀이구려."

봉련이 쓸쓸하게 웃었다.

"그 은총, 그 지성으로써도 부족한 것이 아니라, 그 은총, 그 지성에 보답함이 있어야 하겠다는 말씀입니다."

---

* 세상 돌아감을 개탄함.

"바람을 타고 구름을 잡는 일 아니옵니까?"

"아닙니다. 명년 갑자년甲子年 봄에 성왕聖王의 씨앗이 이 땅에 탄생합니다. 우리는 그 씨앗만 가꾸고 키우면 되오. 그러기 위해선 임자의 신통력이 큰 힘이 되어야 할 것이오."

하고, 최천중은 상제교上帝敎를 만들어 전국에 선포할 계획을 말하고 봉련이 신녀의 자리에 앉아야 할 것이란 말까지를 덧붙였다. 그러나 이때, 황봉련은 소이부답笑而不答이었다.

밤이 깊었다.

밤참을 겸해 금잔金盞 옥호玉壺로 된 주안상이 나왔다.

등명燈明을 받아 상기된 봉련의 얼굴은 이미 요염을 넘어 처염悽艶한 아름다움으로 야기夜氣를 피웠다. 곳과 사연과 시간에 따라 청초에 광염으로까지 색합色合을 달리하는 여인의 아름다움은 인세人世의 것이 아니었다.

상제를 모시는 신녀의 구상을 최천중이 할 수 있었던 것은 당연한 일이다.

금잔의 미주를 마시고, 최천중은 봉련에 대한 감탄을 다음 시구로 대했다.

"방불혜약경운지폐월髣髴兮若輕雲之蔽月이로다. 가벼운 구름이 달을 가린 풍정이외다."

"조식曹植의 낙신부洛神賦인가요?"

봉련의 가벼운 응수였다.

"수색엄금고秀色掩今古 하화수옥안荷花羞玉顏*이오."

최천중이 다시 이렇게 말하자, 황봉련은

"이태백의 서시시西施詩까지…."

하며 웃었다.

"임자는 정말 아름다워."

최천중이 봉련의 손등을 어루만졌다.

"그러나 삼십 년을 지탱하지 못할 저예요. 꽃은 한철이랍니다."

"그럴 까닭이 없지. 임자는 신녀니까 인세의 여인과는 다를 것이오."

"나는 신녀 되길 원하지 않아요. 오직 당신의 지어미가 되길 원할 뿐예요. 비록 견우와 직녀처럼 될망정…. 당신과 나는 천상의 배필이니까요."

자기의 몸을 지나간 사람은 모름지기 죽게 마련인데, 유일하게 살아남은 최천중이고 보니, 봉련이 그렇게 생각하는 것도 무리가 아닌 얘길 것이다.

그러나 최천중의 생각은 달랐다. 어떻게 하건 봉련을 자기의 계략 속에 넣어야 하는 것이다. 그렇게 되는가 안 되는가에, 자기의 목적이 성취되는가 안 되는가의 관건이 있다고까지 최천중은 생각하고 있었다.

"천상의 배필이란 말을 잘 하셨소. 그렇다면 부창부수해야 할 일

* '수려함이 예전이나 지금이나 둘도 없어, 연꽃도 아름다운 얼굴 앞에서 부끄러워하네.'

339

아니오? 임자는 나를 도와야 하오. 임자의 힘 없인, 나는 내 마음 먹은 바 일을 해낼 수가 없소."

"부창부수는 도리이겠지만, 그처럼 서둘러 인생을 허비하는 일이 있으면 어떻게 되겠소이까."

봉련의 말투엔 모험을 피하자는 뜻이 포함되어 있었다.

"모사謀事는 재인在人이고, 성사成事는 재천在天이란 말이 있잖소. 진인사대천盡人事待天하자는 겁니다. 이뤄지지 않는다고 해도 본전인걸요. 공수래공수거空手來空手去가 아니겠소?"

"붕어나 피라미를 낚느니보다는 용을 낚겠다는 그 기개는 장부다워 반갑소. 하오나 천기를 기다려보는 것이 어떠하올는지?"

설왕설래說往說來, 이경二更에 이르렀는데도 매듭이 지어지지 않았다. 그러나 최천중은 초조하지 않았다. 천하유일녀天下唯一女를 앞에 하고 긴 가을밤을 지내보는 것이 나쁠 까닭이 없는 것이다.

어느덧 등명 하나가 꺼졌다.

"밤이 꽤 깊은 모양이에요."

황봉련이 일어섰다. 자리에 들 채비를 하려는 것이다.

봉련이 잠자리를 마련하고 있을 동안, 최천중은 측간으로 갔다.

허리춤 주머니에서 곰방대와 부싯돌을 꺼내, 이미 준비한 가운데서 열 장으로 된 마엽麻葉 세 속束을 고스란히 피웠다. 두 달가량의 금욕이 있은 뒤 봉련 같은 여체를 만나 접이불루한다는 건 무망한 노릇에 가깝다는 생각에 공포심까지 지니고 있는 터였다.

그리고 시원스럽게 방뇨를 하고 경피로써 장신裝身을 했다.

하나의 여체에 접근하면서 사생을 결단하는 용기를 필요로 한다는 것은, 생각하기에 따라선 너무나 어처구니없는 일이지만, 최천중은 자기의 야심과 포부와 꿈을 위해선 어떠한 모험도 불사할 각오가 되어 있었던 것이다.

아무튼 접이불루는 그렇게 쉬운 일이 아니다. 그러니까 소녀경素女經도 다음과 같이 밝히고 있다.

'한 번 행하여 정精을 옮기지 않으면 기력이 강해지고, 두 번 행하되 정을 옮기지 아니하면 이목이 총명하게 되고, 세 번 행하되 정을 옮기지 아니하면 중병衆病*이 없어지고, 네 번 행하되 정을 옮기지 아니하면 오신五神이 건전해지고, 다섯 번 행하되 정을 옮기지 아니하면 혈맥이 활기를 띠고, 여섯 번에도 그러하면 오장육부가 왕성해지고, 여덟 번이면 신체에서 광光이 발하고, 아홉 번에도 정을 옮기지 않으면 불로장수하고, 열 번째에도 그러하면 선인仙人으로 화化한다.'

선경仙經에서도 이르되,

'접이불루로 인한 환정還精은 옥경의 정을 뇌수로 옮겨 뇌의 기능을 보충하고 사람을 총명하게 한다.'

고 했다.

소녀경이나 선경에서 말하는 '행한다'는 것은 여체에 충분한 만족을 주는 경우를 말한다. 고대 중국의 제왕이 거느렸다는 후궁 삼천은, 성감이 예민하면서도 담백한 젊은 여자를 말한다. 접이불루가 불가능한 경우를 두 가지로 들면, 하나는 음심만 강한 불감증

---

* 온갖 병.

을 가진 여자이고, 또 하나는 성감이 비상하게 민감한 동시에 칠팔합七八合의 절정감을 겪기까진 남자를 놓아주지 않는 여자이다. 황봉련은 이 후자의 경우에 속하니, 최천중으로서도 다소 겁을 먹지 않을 수 없었던 것이다.

최천중이 침실의 문을 열었을 땐 방안의 등명이 홍사紅紗의 초롱으로 바뀌어 있었다. 은은한 초롱빛이 사향의 냄새를 감싸고, 냉수를 담은 베갯머리의 은기銀器마저 요조한 색감을 돋우고 있었다.

최천중은 옷을 벗고 속옷 바람으로 금란수 그윽한 이불 속으로 몸을 넣고 반듯이 누워 천장에 하늘거리는 초롱불 빛의 그림자를 보았다.

저절로 한숨이 새어나왔다.

'아아, 바로 여기가 극락과 지옥의 갈림길일지 모르겠구나!'

벌레 소리도 들리지 않았다. 첩첩한 고요가 에워쌌다. 간간이 바람이 이는 소리가 난 듯하다가는 곧 꺼져버렸다.

이윽고 비단이 스치는 소리가 들렸다. 사뿐사뿐한 버선발 소리도….

'보살의 왕림인가, 야차의 출현인가.'

문이 열렸다. 보살도 야차도 아닌, 바로 황봉련일 수밖에 없는 여인이 수줍은 웃음을 띠고 금란의 이불을 젖혔다.

여자의 함수含羞*란 결국은 교태의 일종일 수밖에 없다.

그렇지 않고서야 그 수줍음이 어떻게 한 오라기의 실도 걸치지

---

* 부끄러워하는 빛을 띰.

않은 채 사나이 앞에서 나신이 될 수 있느냐 말이다.

최천중은 봉련과의 이 두 번째의 밤이 그의 인생에 있어서 가장 중요한 사건이 될 것이란 예감을 가졌다.

첫 번째의 만남은 사생을 결단하는 모험이었다. 숙명을 연기演技한 절박한 사정이었다. 그러나 두 번째의 기회인 이 밤엔, 그야말로 남자와 여자로서의 향연이 있어야 할 것이다. 이렇게 생각함으로써, 최천중은 가슴속에 불안의 빛깔이 던지고 있는 일말의 공포를 말쑥이 쫓아버리기로 하고 조용히 기다렸다.

아슴푸레 물을 쓰는 소리가 들려오는 것은, 봉련이 목욕을 하고 있다는 짐작을 가지게 했다.

밤중에 여인이 목욕하는 소리를 듣는 것은, 그것에 자기를 위한 의식의 뜻이 있다고 함을 알면서 듣는 것은 짜릿한 자극이 아닐 수 없다. 최천중은 '밤중에 여인이 목욕하는 소리를 들으면서 느낀 감회를 적은 시구가 없을까?' 하고 챙겨보는 마음이 되었지만, 그의 기억 속엔 없었다. 무릇, 시인은 가난한 족속들이다. 그 가난한 시인들이 그러한 호사를 겪을 순 없었을 것이라고 생각하니, 최천중은 자기의 행운은 축복할 만한 것이라고 느껴졌다. 그 느낌이 오언五言의 절구로 피었다.

관관농수성灌灌弄水聲
연연여심영戀戀女心影
야경충어적夜更蟲語寂
수식극기정誰識極其情

(관관 물을 쓰는 소리는 연연한 여심의 반영이다. 밤이 깊어 벌레 소리도 잠잠해져버렸는데, 그 누가 그 기막힌 정을 알 수 있을까.)

그러나 나만은 알고 있다는 기분으로 최천중은 회심의 미소를 지었다.

이윽고 봉련이 새 옷으로 정장한 모습으로 나타났다. 곱게 화장한 얼굴이 홍사의 등명을 받아 처염했고, 몸 전체에선 그윽한 이국의 향내가 풍겼다.

"운빈화안雲鬢花顔에 금보요金步搖는 당신을 두고 한 말이군요."

최천중은 상체를 일으켜 앉아 황봉련의 손을 잡고 자리에 앉혔다.

그리고 가볍게 한 손으로 어깨를 안곤 한 손으로 버선을 벗겼다.

홑버선이었다. 벗기게 하기 위해 신은 버선, 의식을 위한 버선의 뜻을 최천중은 알았다. 겹겹으로 껴입은 옷 하나하나를 섬세한 정감으로 벗겨야 한다는 의무를 깨달았다.

저고리를 벗기니 속저고리가 나왔다. 큰 치마를 벗기니 속치마가 나왔다. 속저고리를 벗기니 자리저고리가, 속치마를 벗기니 속곳이…. 지중至重한 보물을 겹겹으로 싸놓은 보따리를 끄르듯, 벌써 황홀한 감정이 손끝으로 해서 가슴에 전달되어 왔다.

가끔 거북한 옷 매듭엔 스스로 돕기도 하면서 봉련은 말이 없었고, 숨소리만 거칠게 높아갔다. 봉련의 육체는 이미 정염에 싸여 있었다.

드디어 봉련의 나신이 나타났다. 홍사의 등명도 의미가 있었다.

그 등명으로 해서 조화의 신비가 분홍빛으로 최천중의 눈앞에 펼쳐진 것이다.

"아아, 연꽃이 부끄러워하겠소."

조식曹植의 낙신부洛神賦의 일절이 최천중의 입에서 튀어나왔다.

밤은 이경에서 삼경으로 깊어갔다. 두 사람의 환오歡娛를 위해 벌레도 속삭임을 그쳤다.

내일을 기대할 수 있다는 마음 탓인가. 황봉련의 광란에 가까운 탐욕은 나타나지 않았다. 그러나 그 대신 면면한 정열이 봄 바다처럼 유착했다. 최천중은 그 봄 바다 같은 정열의 흐름에 몸을 맡겨 놓고 있으면 좋았다. 비로소 종용안서 이화위귀를 성취할 수가 있었다.

그렇더라도 황봉련의 육체의 변화는 놀랄 만했다. 남자를 신허로 만들어버릴 정도의 그 강렬한 탐욕은 온 데 간 데가 없고, 귀부인이 산해의 성찬을 상미하는 풍정으로 변해 있는 것이다.

"그 격렬한 불길은 어디로 갔소?"

동산 위에서의 대화를 최천중은 이렇게 시작했다.

"당신의 강하고 강한 의지 앞에서 복종을 배웠는가 봐요."

눈을 감은 채로 봉련은 대답했다.

"무서운 폭풍은 지나갔는가 보구려."

"여자의 정은 가을에도 춘풍을 불게 한답니다."

"첫 번 임자를 만났을 땐, 나는 당신의 포로처럼 되었더니만…."

"지금은 나의 주인이 되셨죠?"

"아냐, 아직은."

"폭풍은 가고 정만 남았는데두?"

"그 정이 반갑구려."

동산 위의 대화가 일시 끊겼다. 대화는 다른 부위로 옮아갔다. 그 대화가 절정을 이루자, 다시 동산 위의 대화가 시작되었다. 이번에 말머리를 연 사람은 봉련이었다.

"재회의 기쁨이 이렇게 즐거울 줄이야…"

"일찍 그것을 몰랐다, 이 말이우?"

"그래요, 그래요."

"만날수록 정은 깊어가는 법이오. 첫 번짼 서로 여탐열탕如探熱湯하는 기분이 아니었었소?"

"지금은…?"

"여무주옥如撫珠玉 같은 기분이오."

"그대로예요. 꼭 그대로…"

최천중은 황홀한 의식 속에서도, 황봉련이 같은 사나이와 두 번 접한 일이 없다는 사실에 상도想到*했다.

초회初會만으로 정이 생겨날 까닭이 없다. 정이 없는 교환이 충전할 까닭도 없다. 남녀 간의 교접은 교정交情이며, 교정은 회를 거듭할수록 깊어지는 것이다.

그러나 최천중은 다시 생각을 멈추어야 했다. 황봉련의 육체가 폭발 직전에 있는 것 같은 징조를 보인 것이다.

"정농무변제情濃無邊際 천추장약사千秋長若斯."

---

* 생각이 닿음.

최천중의 가슴에 머리를 파묻고 황봉련이 흐느끼듯 애소한 소리다. 정이 짙어 끝 간 데를 모를 지경이니, 천년이 지나도록 길이 이런 행복이 계속되었으면 하는 여심의 염원인 것이다.

"영원은 마음에 있는 것인즉, 오심불변吾心不變하고 여심불변汝心不變하면 천추에 장약사하리다."

"내 마음이 변할 까닭이 있나요? 변하지 않아요. 결단코 변하지 않아요."

황봉련이 어리광을 부리듯 몸을 틀었다. 최천중이 자기의 뜻에 따라주기만 하면, 자기도 영원불변하겠다고 맹세했다.

"따르겠어요, 당신의 뜻에. 당신의 웅도雄圖에…."

황봉련이 다소곳이 속삭였다.

황봉련이 일시적인 기분으로 한 말이 아니라는 것은, 이튿날 아침 식사를 하고 난 뒤의 태도에 나타났다.

황봉련은 최천중이 당장에 원하는 바가 뭣이냐고 물었다. 최천중은 양주 매리에서 익혀온 생각을 죄다 털어놓았다.

황봉련은 그런 문제에 있어서 최천중보다 훨씬 침착하고 객관적이었다.

"섣불리 일을 꾸몄다가 사교邪敎로 몰리거나 사문난적斯文亂賊으로 몰리면 어떻게 하실 작정이우?"

최천중의 긴 얘길 들은 후, 황봉련이 이렇게 물었다.

"그러니까 임자의 도움이 필요하다는 거요. 임자의 신통력으로 세도 대감들의 마음을 사로잡아야 하오. 사정에 따라선 임자가 대궐에 접근해야 할지도 모르오. 우리의 포교布敎가 사문난적으로

몰리지 않기 위해서요. 물론, 많은 민심을 수람하기까진 정사政事
와 무관하기도 해야 하구요."

"하여간 교리敎理의 대전大全은 있어야 할 것 아뇨?"

"교리의 대전은 옥황상제의 뜻에 순종하라는 거죠."

"그것만 가지고 민심을 수람할 수가 있겠소?"

"간혹 당신의 신통력이 영험을 보이면 백성들은 따라올 것으로
아오. 더구나, 양반의 행패에 억눌려 사는 백성들이니, 옥황상제 앞
에 만민이 평등하다는 교리를 설하면 그것만으로도 큰 보람이 있
지 않겠소? 한편, 맹상군, 신릉군의 고사에 따라 식객을 모아 그
가운데서 인재를 가려내기도 하구요."

황봉련은 최천중의 생각을 황당무계한 것으로 보았다. 그러나 여
심의 신중함은 그런 말을 하지 않았다.

"그 대신, 시기를 보아가며 일을 꾸밉시다. 먼저 인재들을 얻어놓
고, 그 인재들의 시혜를 모아야 할 것 아네요? 당신은 팔도깅산을
유람하며 민심의 동향을 알 겸 인재들을 모으시오. 삼전도와 양근
에 가역家役*을 한다는 건 좋은 일예요. 청원에 있는 내 집도 장차
쓸모가 있을지 몰라요. 중요한 건 시기를 기다리는 일예요. 일을 꾸
미는 게 문제가 아니라, 성사시키는 게 문제가 아니오리까."

최천중은 황봉련의 말에 반론할 수가 없었다.

"그럼요. 일이 년 동안 정세를 관망하도록 하죠. 그동안에 재물
이나 모으구…."

---

*　집을 짓거나 고치는 일.

"재물보다는 인재예요."

"인재도 재물이 있어야 모을 수 있는 게 아니겠소?"

"재물로써 모은 인재는 재물이 없어지면 떠납니다."

"그럼 어떻게…?"

"덕망으로 모아야죠. 내게 비록 신통력이 있다고는 하나, 그런 것 가지고는 백성을 속일 수는 있어도 화복化服시킬 순 없습니다. 재물을 모으는 수단쯤은 될 거고, 썩어빠진 세도 대감들을 사로잡아 얼마쯤의 편리를 볼 순 있을 거예요. 하나, 그런 정도를 넘어설 순 없어요. 천하를 얻는다는 건, 천하를 덕화德化하는 거로 아셔야 해요."

지당한 말이었지만, 최천중의 비위에 맞는 말은 아니었다.

"후한서後漢書에 이런 대목이 있습니다. 직여현사도변直如絃死道邊이고 곡여구반봉후曲如鉤反封侯라구요."

하고, 최천중은 봉련의 눈치를 살폈다.

황봉련의 얼굴에 보일락 말락 웃음이 돌았다.

"거문고의 현처럼 곧으면 길가에서 죽기가 쉽고, 낚싯바늘처럼 꼬부라진 놈은 되레 영주領主로서 봉함을 받는다는 말은 춘추전국 시대의 시대상을 얘기한 것뿐예요. 그것이 도리라고 한 말은 아녜요. 그리고 기껏 제후의 하나가 되는 것하고 천하를 얻는 것하곤 성질이 다른 것 아닐까요?"

간밤에 실오라기 하나 걸치지 않은 나신으로 더불어 환오한 여자를 찾아볼 수 없을 만큼 황봉련의 말은 조리가 정연했고, 그 태도는 의젓했다.

"정도正道만을 걸어서도 안 된다는 뜻으로 말해본 겁니다."

최천중은 땀을 뺄 지경이었다.

"정도를 걷다가 때에 따라 변칙을 가미하는 것은 좋지만, 처음부터 변칙을 노린다는 것은 안 될 말예요."

황봉련의 말은 일일이 옳았다. 최천중은 슬그머니 화가 났다.

원래가 기상천외한 생각인데, 그것을 정도에 비추어 논하게 된다면 부지할 근거가 없는 것이다.

달빛 아래 보아야만 그 진미를 알 수 있는 꽃이 있고, 햇빛에서 보아야만 진미를 나타내는 꽃도 있다. 정도에 의해 살핀다면 최천중이란 존재 자체가 성립되지 않는다. 햇빛에 바래놓으면 관상사가 용납될 땅이 어디에 있겠는가 말이다.

그런데도 최천중은 백성의 거의 전부가 굶는 둥 마는 둥 하고 있는 이 나라의 상황에서 수만금의 돈을 벌지 않았는가. 그것이 바로 황봉련의 의견에 이의를 제기할 수 있는 근거였다. 하지만 그런 밀을 할 순 없는 노릇이었다.

"그럼, 내 소망을 버리란 말인가?"

음성은 부드러웠지만, 최천중의 말엔 토라진 낌새가 섞였다.

"아녜요. 당신의 소망은 나에게도 중요해요. 당신의 소망이니까요. 내 몸, 내 마음, 내 재물은 모두 당신의 것이에요. 다만 말하고 싶은 것은, 쉽게 시작해서 실패로 끝나는 것보다 어렵게 시작해서 성사가 되도록 하는 것이 바람직한 일이니, 신중을 기하자는 얘기예요."

"고마운 말이오. 어렵게 시작하더라도 성사는 돼야죠."

최천중은 석연할* 수가 있었다.

그러자 황봉련이, 무슨 생각이 그때 났다는 듯이 물었다.

"혹시 동경대전東經大典이란 책을 본 적이 있으세요?"

"없는데요. 그것이 뭡니까?"

"나도 읽진 못했습니다만, 나라와 백성을 구하는 방략이 씌어 있는 책이라고 하옵디다."

"누구의 저술인데요?"

"경상도 경주에서 사는 최제우崔濟愚란 사람이 쓴 책이라고 들었어요."

"흐흠."

하고 최천중은, 어떻게 그런 사실까지 아느냐는 표정으로 황봉련을 보았다.

"최제우는 나이 금년 마흔가량, 동경대전을 펴낸 지 삼 년 안팎인데, 벌써 문도門徒가 천 명을 넘었답니다. 그 물결이 한양에까지 미치고 있는 모양이에요. 교리의 주지主旨는 '경천애인敬天愛人, 만민평등萬民平等'이라고 하니, 당신의 의도와 닮았지 않습니까. 그들은 스스로를 동학도東學徒라고 부른답니다."

황봉련은 이어, 최제우의 사람 됨됨이를 이야기했다.

"한마디로 말해 독실근행篤實勤行의 거울이 될 만한 사람인가 봐요. 게다가 정후정녕情厚叮寧이라고 하니, 성자로서의 면목이 있다는 거죠. 외모는 시원치 않으나, 불쌍한 이웃을 돕는 정과, 우매

---

* 釋然하다: 의혹이나 꺼림칙한 마음이 없이 환하다.

한 백성을 아끼는 성력誠力이 대단하고 보니, 기필 대사大事를 이
룰 사람으로 짐작되지 않소?"

최천중은 고개를 끄덕끄덕했다. 그러나 한마디 없을 수가 없었다.

"그런 덕행만으로 대사가 이루어지진 않는 겁니다."

"그건 그렇소. 공맹孔孟의 덕행으로 천하가 얻어진 건 아니니까
요. 그러나 내가 말하는 것은, 당신이 천하를 노린다면 그러한 인물
들을 다룰 줄 알아야 한다는 거예요. 그 교도들과 인연을 맺도록
해야 한다는 거예요."

"내가 그 동학도인가 뭔가 하는 것이 되어야 한다는 말입니까?"

"아니죠. 그런 말은 아닙니다. 동학도가 될 것이 아니라, 동학도
에 이해를 갖는 사람이 되어야죠. 만일 당신의 수족과 같은 사람
이 많다면, 그런 사람들 몇을 골라서 동학도로 만들어둘 필요는 있
죠. 그 사람들의 힘으로 동학도의 위세를 이용해야 할 경우가 있을
지도 모르니까요. 그러나 그런 일도 시기를 보아가며 해야 할 거요.
지금 조정에선 동학도에 관해 양론兩論이 일어나고 있는 모양이니
까요. 한편은, 경천애인의 사상이 나라에 위험할 것은 없으니 두고
보자는 의견이고, 다른 한편은, 경천애인은 좋으나 만민평등을 외
쳐 반상의 구별이 없이하려는 것은 나라의 터전을 위태롭게 하는
것이니, 당장 그 수모자를 징치하고 금교령을 내리자는 의견이오.
하여간 머잖아 동학을 둘러싼 무슨 조처가 있을 것은 사실이오.
그러니 다만, 그 동태를 조심스럽게 지켜보아야 한단 말예요."

"지당한 말씀으로 들었습니다."

최천중의 충심에서 우러나온 말이었다.

최천중은

"결국은, 가역이나 하고 축재나 하고 가만있어야 한다는 얘기가
아니오?"

하고 물었다.

"가역은 사람들에게 맡겨두면 될 일이구, 축재는 서둔다고 해서
될 일이 아니니, 팔도강산을 유람하며 민심의 동향을 알아보는 동
시, 많은 인재를 사귀어둘 필요가 있어요. 한데, 그러기에 앞서 당
신이 꼭 해줘야 할 일이 있소. 지난번 과거 때 과장에서 난동이 있
어, 수십 명 유생들이 의금부에 갇혀 있는데, 그 유생들이 풀려나
오도록 힘을 써야 하오. 동시에, 무과에 낙방한 연치성이 언동이 무
엄하다고 역시 의금부에 갇혔다니, 그 사람도 당신의 힘으로 풀려
나도록 해야 하오. 모두들 의義에 민감하고 피가 끓는 젊은이들이
오. 교동의 김씨들이 겁나서 감히 거론도 못하고 있는 형편인데, 당
신이 나서서 그들을 구한다면, 그 은혜를 그들은 한평생 잊지 못할
것 아니겠소?"

"어떻게 하면 되겠습니까?"

"방법은 내가 생각해보죠. 그런데 돈이 이만 냥가량은 있어야 할
게요."

"이만 냥?"

하고 최천중은 놀랐다. 그걸 보고 황봉련이 웃으며 말했다.

"그 돈도 제가 마련하죠."

돈까지 황봉련에게 부담시킨다는 것은 장부의 체면에 관한 문제
였다.

"그만한 돈은 내게도 있소."

하고 최천중은 물었다.

"그러나 난동한 유생을 구하기 위해 과연 그런 돈을 쓸 필요가 있을지?"

"타산他山의 돌이란 말을 들은 적이 있겠죠? 그것이 타산의 돌이어서 보람이 없어도 그만, 혹시 보람이 있을지 몰라도 그만이란 마음으로, 피 끓는 청년들의 난경難境을 목불인견하다는 것만으로 그들을 구해주세요. 일단 구해준 후에도 생색은 내지 마세요. 그들을 찾지도 말구요. 다만, 최천중이란 이름 석 자만 그들의 가슴속에 새겨지도록 해놓고, 당신은 행방을 감추어버리면 돼요."

"행방을 감추다니, 나더러 숨어 살란 말이우?"

최천중은, 황봉련의 입에서 하도 기특한 말이 나와 웃음을 머금었다.

"당분간은 숨어 살아야 하옵니다. 능한 독수리는 발톱을 숨기는 법이며, 뜻있는 지사는 시기가 올 때까지 숨어 살아야 하는 법예요."

"어떻게 숨습니까?"

"팔도강산 유람도 숨는 방편이에요. 그리고 당신의 만리동 거처도 옮겨놓아야 할 거예요."

"그건 나도 생각하고 있었소. 어디로 옮겨야 될까요?"

"남대문 안 시장 가운데로 옮기는 게 좋을 것이오."

"그건 또 왜요?"

"소은小隱은 산곡山谷에 숨고, 대은大隱은 조시朝市에 숨어 산다는 건 왕강거王康据의 명론이오."

"좋소. 그렇게 하리다."

해놓고, 최천중은 금부禁府에 갇혀 있는 유생들을 구출할 방법을 물었다.

황봉련은 눈을 멀리 뜨고 한동안 생각하더니 말했다.

"사흘 후에 경장방慶長坊으로 유성렬 진사를 찾아가시오. 유 진사에게 유생들을 구해주겠다는 사연을 한마디 말하고 그에게 동행을 청해, 그를 데리고 형조판서 김응근과 김좌근을 찾아가서 각각만 냥을 내놓고, 금부에 갇혀 있는 유생들과 무과에 낙방한 연치성을 풀어달라고 말하시오. 한마디로 말이오. 그리고 답을 기다릴 필요 없이 물러나시오. 물러난 뒤 당신은 유 진사에게 자기의 이름만을 고하고 곧 헤어져야 합니다."

"김좌근은 영상이고 김응근은 형조판서인데, 쉽게 만날 수 있을까요?"

"돈 냄새를 맡는 덴 귀신같은 사람들이니, 만 냥 돈을 가지고 간 당신을 만나주지 않을 까닭이 있겠사옵니까?"

황봉련은 웃음을 지었다.

"그렇게만 하면 그들이 풀려날까요?"

최천중이 미심쩍어 물었다.

"이틀 후엔 모두 풀릴 거예요."

"그 내막을 좀 알았으면…."

하고, 최천중이 황봉련의 마음을 물어보았다.

황봉련은 웃음 띤 그대로의 얼굴로 말했다.

"내막까지 알 필요는 없어요."

이 무렵에 바깥으로부터 구철룡의 말소리가 들려왔다.

최천중은

"그럼 오랜만의 한양이라서 볼일이 있으니…"

하고 일어섰다.

"사흘 후의 일, 잊지 마세요."

등 뒤에서 황봉련이 다시 한 번 다졌다.

〈2권으로 이어집니다〉

서곡
序曲

나라의 불행은 시인의 행幸이런가.
창상滄桑을 읊은 시 구절 절묘하니라.
(국가불행시인행國家不幸詩人幸 부도창상구편공賦到滄桑句便工)

청나라 조익趙翼이 유산遺山 원호문元好問에게 제題하여, 원호
문이 적은 평시評詩의 일절이다.

나는 이 구절에서 받은 충격으로 원호문의 글을 읽기 시작했다.

비극이 있는 곳에 비가悲歌가 있게 마련이지만, 그 비가가 만인
의 가슴을 치며 영원할 수 있자면 금조金朝의 유신遺臣 원호문과
같은 천재가 매체로 되어야 한다는 사실을 비로소 알았다.

이른바 그의 '상란시喪亂詩'는 북서의 요충 봉상부鳳翔府가 몽고
군에 의해 점령되었다는 비보를 접한 1231년 4월에 비롯되었다.

궁도窮途*의 노완老阮에겐 기책奇策이 없고, 덧없이 기양岐陽을 바

---

* 길이 막힘, 즉 어려운 처지에 몰림.

357

라보고 눈물로 옷을 적신다.

금조金朝는 여진족이 거란을 정복하고, 이어 송실宋室을 쳐부수고, 드디어 그들의 열 배가 넘는 한漢민족을 지배하게 된 나라다. 그러나 9대 120년을 지속한 끝에, 1234년 칭기즈 칸이 이끄는 몽고군 앞에 무릎을 꿇고 말았다.

백이관하百二關河에 풀이 시들고, 십 년 융마戎馬 진경秦京 어두워 기양岐陽을 바라본들 서신 없고, 동류롱수東流隴水에서 곡성哭聲을 듣는다. 야만野蔓에 정이 있는저, 전골戰骨을 감싸 있고, 잔양殘陽은 공성空城을 비춘다.

아아, 누구와 더불어 창창한 하늘을 향해 구구한 사정을 물어볼까. 어인 까닭으로 치우蚩尤로 하여금 오병五兵을 만들게 했는가를!

국난이 시재詩才를 더욱 빛나게 하는 경우는 원호문의 경우만이 아니다. 두보杜甫도 국난에 단련된 시인 가운데의 하나이다.

나라는 망해도 산하는 있어, 성에 봄이 오니 초목이 우거진다.

(국파산하재國破山河在 성춘초목심城春草木深)

망해보지 않은 나라의 시민으로선 엄두도 내지 못할 영적인 시상이다. 원호문의 친구인 신원辛愿에게도 다음과 같은 절창絶唱이 있다. '난후亂後'라는 시다.

병兵은 가고 사람들이 돌아오는 날, 하늘에 눈이 개고 꽃이 피었다. 천원川原엔 헝클어진 숙초宿草, 퇴락한 마을에 오르는 신연新煙. 곤서困鼠는 허벽虛壁에서 울고, 기조飢鳥 폐전廢田을 쪼는 소리, 실성한 사람들의 재잘거림을 닮았는데, 현리縣吏는 벌써 세금을 내라는 독촉이다.

망국의 시름은 또한 예레미아의 애가哀歌로 괴었다.

슬프다, 이 성이여! 원래는 그처럼 붐비더니, 이젠 어찌 이같이 적막한고? 열국 중에는 거룩했던 자가 이제는 과부를 닮았구나….

나라의 불행이 시인에겐 행으로 될 수 있다지만, 고왕금래古往今來 어떤 시인도 이 같은 행을 얻기 위해 나라의 불행을 바라지는 않았을 것이다.

나라는 망해도 시는 남는다면, 시의 행은 될망정, 시인의 행복까지 될 수는 없다. 시는 비록 별처럼 영원해도, 생신生身의 시인은 망국의 한과 더불어 상처를 입는다.

이렇게 볼 때, '국가불행시인행國家不幸詩人幸'은 하나의 역설이 되지 않을 수 없으며, 이 역설은 그 비통한 영탄의 색조로 하여 그대로 절창이랄 수가 있다. 하여간 망국의 한이 원호문의 경우에서처럼 처연한 시화詩華를 이룬 예는 드물다.

'즉사卽事'는 1234년에 쓴 시다. 이해의 초, 애종哀宗이 몽고와 남송南宋 양군의 포위하에 채주에서 자해하여 금조 120년의 역사는 끝났다. 반역자 최립崔立은 6월 말경 변경汴京에서 이백연李白淵에 의해 척살당했다. 다음의 시는 그 소식을 들은 연후의 감회이다.

역적은 마땅히 회膾처럼 썰어 죽여야 할 것이었다.

백연이 휘두른 칼은 삼군三軍을 통쾌하게 했다.

연제燃臍가 빨리 끝난 것이 한스럽구나.

하나, 유취遺臭는 끝날 날이 없을 것이다.

적의翟義를 경관京觀*케 한 것은 너무나 억울할 일이지만,

그러나 이번의 경우엔 모두 상복을 입고 고훈高勳의 선례를 따라야 할 일이니라.

추풍 속에 흐르는 고신孤臣의 눈물

단장의 마음으로 천자께서 돌아가신 창오蒼梧를 향해 일모日暮의 구름에 통곡한다.

(역수종당회루분逆豎終當膾縷分

휘도금득쾌삼군揮刀今得快三軍

연제이진차하급燃臍易盡嗟何及

유취무궁고미문遺臭無窮古未聞

경관기당무적의京觀豈當誣翟義

최의자합종고훈衰衣自合從高勳

추풍일국고신루秋風一掬孤臣淚

규단창오일모운叫斷蒼梧日暮雲)

---

* 큰 구경거리. 전쟁이 끝난 뒤 적의 시체를 쌓아 올리고 흙을 덮은 무덤.

나는 이와 같은 시를 읽으며, 이조 5백 년이 종언을 고하는 그 무렵, 이 땅에 원호문에 비견할 만한 시인이 있었을까 하는 생각을 해왔다.

방대한 시편은 있었다. 그 부피가 도저히 전부를 섭렵할 수 없을 만큼 방대하다는 것을 알았다. 그러나 단언하는 건 지극히 위험한 일이지만, 나는 이 땅에서 아직껏 한 사람의 원호문도 발견하지 못했다. 충忠은 있었다. 성誠도 있었다. 정情도 있고 열熱도 있었다.

그러나 그 모든 것이 원호문의 글처럼 천일天日을 어둡게 하는 비가悲歌로서 승화되지를 못했고, 만인의 가슴을 저리게 하도록 그 서정이 정화晶化되지도 못했다. 탄식과 통곡만으론 시가 이루어지지 않는가 보았다. 물론 가슴을 치는 것이 없지는 않았다. 가령 다음과 같은 매천梅泉의 시다.

새와 짐승이 슬피 울고, 바다와 산은 얼굴을 찡그린다.
근화槿花의 세계는 이미 침윤沈倫하고 말았다.
추등秋燈 아래 책을 덮고 천고의 역사를 생각하니,
학문하는 사람이 구실을 다하기가 참으로 어렵구나.
(조수애명해악빈鳥獸哀鳴海岳嚬
근화세계이침윤槿花世界已沈倫
추등엄권회천고秋燈掩卷懷千古
난작인간식자인難作人間識字人)

5백 년을 지속한 왕조가 망하는 판인데, 한 사람 절창의 시인이

없다고 해서야 너무나 쓸쓸하다. 그래 나는 열심히 찾았다. 그러나 기껏 찾아냈다는 것이,

몸은 죽지만 마음은 변하지 않는다. 무거운 건 의義, 가벼운 건 사死, 뒷일을 누구에게 맡길까. 말없이 앉아 있으니 벌써 오경五更이 되었다. _정환직鄭煥直

또는,

원한에 사무쳐 밤마다 아픈 가슴을 문지른다. 원수의 목을 베어 말머리에 묶어 와서 남대문에 걸까 보다. _문석환文奭煥

하는 유의, 분격한 뜻이 앞선 아우성이었을 뿐이다.

그렇다고 해서, 아니 시인이 없었다고 해서 불평을 하고 있는 것은 아니다. 뜻만으로도 충분히 갸륵하다. 한말韓末에 원호문은 없어도 안중근安重根 의사는 있었던 것이다.

장부가 세상에 처함이여, 그 뜻이 크도다. 때가 영웅을 만들고, 영웅이 때를 만든다. 천하를 응시하여 언제 업을 이룩할까. 동풍이 점점 차갑다. 반드시 목적을 이뤄야 한다.

동포여, 동포여, 빨리 대업을 이뤄, 만세 만세 대한 독립 만세를 부르자! 대한 동포여!

시에 치중하지 말고 뜻[志]에 치중하면, 우리에게도 유산은 있다. 그런데 '목을 끊을망정 상투야 끊을쏜가' 하는 구절에 부딪쳐 당혹해하기도 한다.

규당規堂 안병찬安秉瓚의 다음과 같은 혈시血詩는 시대 사정을 반영하는 의미로서 보존해 둠직하다.

차라리 대가리 없는 귀신이 될망정
상투 깎은 사람은 되지 않으련다.
(영작단두귀寧作斷頭鬼
불위체발인不爲剃髮人)

그런데 나라의 불행이 시인의 행일 수 있다는 시업詩業을 낳게 된 것은 상투를 깎은 시민들에 의해서다.

지금은 남의 땅, 빼앗긴 들에도 봄은 오는가. 나는 온몸에 햇살을 받고 푸른 하늘 푸른 들이 맞붙은 곳으로, 가르마 같은 논길을 따라 꿈속을 가듯 걸어만 간다.

는 이상화李相和를 비롯해서,

그날이 오면… 종로의 인경을 머리로 들이받아 울리우리다. 두개골은 깨어져 산산조각이 나도 기뻐서 죽사오매 오히려 무슨 한이 남으오리까.

하고 외쳤던 심훈沈熏, 그리고 윤동주尹東柱로 이어지는 것이다.

창밖에 밤비가 속살거려 육조방六疊房은 남의 나라…. 나는 무얼
바라, 나는 다만 홀로 침전하는 것일까. 인생은 살기 어렵다는데 시
가 이렇게 쉽게 씌어지는 것은 부끄러운 일이다. 육조방은 남의 나
라, 창밖에 밤비는 속살거리는데, 등불을 밝혀 어둠을 조금 내몰고
시대처럼 올 아침을 기다리는 최후의 나….

그러나 이상화, 심훈, 윤동주는 한말의 시인이 아니다. 한말에 시
인이 없었던 것은 이조에 대한 애석이 있을 수 없었던 탓이 아닐까
도 했지만, 나는 기어이 한말의 시인을 찾아야만 했다. 이러한 집념
이 드디어 하나의 시인을 발견했다. 그런데 그는 원호문처럼 창오를
향해 호곡號哭하는 시인이 아니고 저주의 시인이었다.

그 이름은 민하閔賀. 당나라의 귀재 이하李賀를 닮은 그 이름이
우선 나의 관심을 끌었다.

이하는 보들레르처럼 괴려瑰麗하고 랭보처럼 현란하고 조숙한,
불세출의 재능을 가진 8세기 초두의 당나라 시인이다.

장안에 남아가 있어
나이 스물에 마음은 이미 지쳤다.
책상 위엔 능가경이 놓였고
등 뒤엔 초사가 걸려 있다.
인생에 궁졸함은 항상 있는 법이니,

해가 지면 술이나 마실 수밖에….

(장안유남아長安有男兒

이십심이후二十心已朽

능가퇴안전楞伽堆案前

초사계주후楚辭繫肘後

인생유궁졸人生有窮拙

일모료음주日暮聊飮酒)

그가 죽은 2백 년 후에 간행된 남부신서南部新書에 다음과 같은 기록이 있는 것도 까닭이 없는 일이 아니다.

이백李白은 천재절天才絶이고, 백거이白居易는 인재절人才絶이고, 이하李賀는 귀재절鬼才絶이다.

아닌 게 아니라, 보잘것없는 전원 풍경도 이하의 시필詩筆에 걸리면 환상을 곁들인 아름다운 풍경으로 된다.

가을의 들은 밝고, 가을의 바람은 희다.

지당池塘의 물은 맑고 깊은데 벌레 소리는 처량하다.

산상山上, 구름이 솟은 언저리에 이끼 낀 바위,

거기 차갑게 붉은 꽃이 이슬에 눈물지어 피었고,

황량한 전원은 구월 나락 포기 사이로

철 그른 반딧불이 낮게 나는데,

두렁길은 비스듬히 뻗었다.

바위틈에서 물이 흘러 샘이 되어 모래를 적시면

귀화鬼火, 옻처럼 빛나서 송화를 비춘다.

(추야명추풍백秋野明秋風白

당수류류충책책塘水漻漻蟲嘖嘖

운근태소산상석雲根苔蘇山上石

냉홍읍로교제색冷紅泣露嬌啼色

황휴구월도차아荒畦九月稻叉牙

칩형저비롱경사蟄螢低飛隴逕斜

석맥수류천적사石脉水流泉滴沙

귀등여칠조송화鬼燈如漆照松花)

　민하가 이하에게 경도했다는 것은 그의 시풍으로써도 알 수가 있
지만, 그 이름 하賀는 이하를 닮고자 한 그의 마음을 증명하고 있다.

　이렇게 민하가 이하를 닮고자 했다고 해서 그 천재까지 닮을 수
는 없다. 이하에 있어선 강개慷慨의 뜻마저도 하늘과 바람과 별과
꽃에 감싸여 유곡의 시냇물처럼 유로流露*하는데, 민하의 경우엔
그 강개가 서툴러, 숨겨놓은 비수처럼 앙상한 구석이 없지 않다. 그
좋은 예가 다음과 같은 것이다.

　　위방불거危邦不居라고 했지만, 이미 몸은 위방에 있다. 난방불입亂

邦不入**이라고 했지만, 몸은 이미 난방에 들어왔다. 성현의 지혜도 땅과 때에 어긋나면 철벽 앞의 순시荀矢와 다를 바가 없으니, 차라리 혼이나마 은하를 날게 해서 언젠가 유성과 더불어 몰락했으면 한다.

그런데 이하는 이러한 강개를 '낙막하구나. 너는 누구 집의 자식인데, 모처럼 장안에까지 와서 가을의 슬픔에 젖으려고 하는가(낙막수가자落寞誰家子 내감장안수來感長安愁)'로 애이불상哀而不傷***하는 것이다.

그러나 이하와 비교해서 민하를 평정하려는 것은 아니다.

나는 민하에게 범상치 않은 애착을 느낀다.

비록 시재詩才만은 닮은 데가 있지만, 이하와 민하는 다른 점이 너무나 많다.

첫째, 이하는 27세의 나이로 요절했는데, 민하는 난세에 살았으면서도 60세를 넘겼다.

이하는 문약文弱함이 눈에 보이는 것 같은 포류蒲柳****의 체질이었는데 민하는 육 척 가까운 우람한 체격을 가진 위장부였다.

결정적으로 다른 또 한 가지는, 이하는 시작詩作을 통해서만 그의 생명을 연소했는데, 민하는 일세의 무술가였다. 말하자면, 민하는 자연과 세사世事를 관조하는 시인인 동시에 행동인이었다. 그런데 그 행동이 기구했던 것은 시인으로서의 뿌리 깊은 허무사상의

** 위방불거, 난방불입: 위험한 곳에 머물지 않고, 어지러운 곳에 들어가지 않는다.
*** 슬퍼하되 상심하지 않음.
**** 갯버들.

탓이며, 그의 시가 때론 너무나 과격했던 것은 행동인으로서의 기질 탓으로 보여진다.

벌레들인 충蟲은 대각臺閣 위에서 교만하고,
충성을 다하는 충忠은 황초荒草 아래서 겸손히 있는데,
암우暗愚한 임금에겐 분별이 없으니,
일월이 이 강산을 비추길 부끄러워한다.
(충교대각상蟲憍臺閣上
충손황초하忠遜荒草下
암우무분별暗愚無分別
일월수강산日月羞江山)

민하의 허무주의가 얼마나 철저했던가는, 자기의 시고詩稿를 아쉼 없이 태워버린 행동으로써도 알 수가 있다.

그런데도 몇 편의 시가 남은 것은 그의 애인 송이화宋梨花의 덕택이다. 송이화는,

"소첩에게 대한 일국一掬의 정이라도 있다면, 몇 편의 시만은 남겨 주사이다."

하고 간청했다.

민하는, 절대로 타인에게 보이지 않을 것을 조건으로 몇 편을 골라 한 권의 책을 만들어 이화에게 주었다. 그리고 '시이화示梨花'란 제시題詩를 붙였다.

강개의 뜻은 아직 남았지만, 광부狂夫의 소리만도 못하고, 광복의 마음은 간절하지만, 망월望月하여 짖는 개 소리를 닮았으니, 이 문자들은 일월을 기룬한다. 그러니 이것은 시가 아니고, 이화에게 주는 정이라고 하겠다. 심야의 우리 교정交情이 남의 이목을 피하듯이, 시편도 남의 이목을 피하는 게 마땅하리라. 언젠가 이 성城을 하직할 때, 이 소집小集을 구내柩內*에 동반하길 바라노라!

민하가 이처럼 자기 시를 남기지 않으려고 한 데는, 허무사상과 더불어 어떤 원려遠慮도 있었을 것이다.

그는 대원군을 지칭하길 '피에 굶주린 호랑이'라고 했고, 민비는 '5백 년 묵은 요호妖狐'라고 했고, 고종을 '색도色道 외엔 아무것도 모르는 비돈肥豚'이라고 표현하길 서슴지 않았다.

그런 까닭으로, 혹시 시집이 남으면 후환이 있지 않을까 염려했는지도 모른다.

송이화는 애인 민하의 유언을 지키지 못했다. 여심을 믿지 못함을 증거하는 또 하나의 예라고 하겠으나, 나는 부실한 여심의 덕택으로 민하를 알게 된 것이니 송이화를 탓할 마음은 없다.

민하는 본명이 민좌호閔佐鎬, 민비 일문一門과는 비교적 가까운 친척이었다고 한다.

그러나 그는 노비를 어머니로 하고 태어난 서출이었다. 서출의 자식이 양반의 문중에서 어떤 처우를 받는가는 상상하고도 남는

---

* '이 작은 시집을 관 속에~'.

다. 그는 분명히 손아래인 아이들에게도 존댓말을 써야 했다. 그리고 자기는 어떤 괄시를 받아도 참아야 했다.

제사를 지낼 때면, 조카뻘이 되는 어린아이까지도 대청마루에 서는데, 자기는 뜰아래에서 절을 해야만 했다.

이러한 차별 대우가 감수성이 강한 그에게 반발심을 일으키지 않았다면 되레 이상한 노릇이다. 그는 제사나 문중이 모이는 곳엔 일절 나가지 않기로 작정했다. 문중에선 이것이 큰 문제가 되었다. 호된 꾸지람이 있었고, 모진 매질도 있었다. 그런데도 민하는 굴하지 않았다. 문중에서 의절을 선고하기에 앞서, 그는 집을 나와버렸다. 민하 13세 때라고 한다. 그때, 그의 보따리엔 종이와 먹과 벼루와 붓, 그리고 고문진보古文眞寶 한 권이 들어 있었다.

한양을 떠나 남행 오십 리 길을 걷고 나니 가을 해가 저물었다. 등불을 가늠하고 산길을 얼마간 걸으니, 그곳이 절이었다.

승방에 들어앉기가 바쁘게, 그는 보따리에서 지필을 꺼내어 다음과 같이 썼다.

거천하지광거居天下之廣居라고 했는데, 무벽無壁의 천하엔 거居할 수가 없고, 입천하지정위立天下之正位라고 했는데, 정위正位도 추풍秋風 속에 입立하니 적막하다.*

---

* '이 세상에서 가장 넓은 데서 살아가라고 했는데 벽 없는 천하엔 살 수가 없고, 이 세상에서 가장 올바른 자리에 서라고 했는데 올바른 자리도 가을바람 속에 서 있으니 적막하다.' 맹자의 원문은 다음과 같다. '거천하지광거(居天下之廣居: 이 세상에서 가장 넓은 데서 살아가고)/ 입천하지정립(立天下之正위: 이 세상에서 가장 바

맹자 가운데 장구章句를 깊이 있게 활용한 것이다.

절의 주지는 놀랐다. 소년의 사정을 듣자, 그 절의 빈객으로 맞아들이기로 했다.

2년쯤 지난 뒤, 소식을 전해 들은 민씨 문중에서 민하를 데리러왔다. 민하는,

"차마 성을 버리지는 않겠습니다만, 민씨의 무리에 섞일 마음은 없습니다. 나는 민閔가 성을 괴로워할 민悶자로 알고 평생 머리에 쓰고 다닐 작정입니다."

하고 거절했다.

민씨 문중의 압력이 그 절에 와 닥쳤다. 민하는 다시 기약 없는 방랑의 길을 떠나지 않을 수 없게 되었다.

그 방랑의 길에서, 그는 평생의 맹우로서 사귀게 될 왕문王文과 최천중을 만나게 된다.

그런데 원호문 같은 시인을 한말에서 찾으려다 이하를 닮은 시인을 만났다는 사실 이상으로 민하에 관한 얘길 이 자리에서 더 할 수는 없다. 민하에 앞서 왕문을 얘기해야 하고, 그에 앞서 최천중 얘기를 해야 하기 때문이다.

최천중이 등장하기에 앞서, 민하의 시 한 수만을 덧붙인다.

　　한 권의 책은 이하의 시,

른 자리에 서며/ 행천하지대도(行天下之大道: 이 세상에서 가장 큰 도를 행하라)/ 득지여민유지(得志與民由之: 뜻을 얻으면 다른 이들과 함께하고)/ 부득지독행기도 (不得志獨行其道: 뜻을 얻지 못해도 혼자서 옳은 길을 가야 한다)/ (이하 생략).

한 알의 과일은 이름 없는 감,

베개 언저리에 귀뚜라미 속삭이는데,

객사의 야반에 추풍이 인다.

(서지권이하시고문書之卷李賀詩杲文

일과무명시一顆無名柿

침변실솔야방저枕邊蟋蟀夜訪低

객사야반추풍기客舍夜半秋風起)

　'시는 시인의 운명이 완성되길 증오한다'는 두보의 말이 있다. 이
말은 이하에게 대해서와 마찬가지로, 민하에게도 해당되리라 믿는다.